古典詩歌研究彙刊

第二十輯

龔鵬程　主編

第 10 冊

蘇軾黃州與嶺南時期
詩歌審美意識研究（上）

林 素 玲 著

國家圖書館出版品預行編目資料

蘇軾黃州與嶺南時期詩歌審美意識研究（上）／林素玲 著——
初版 —— 新北市：花木蘭文化出版社，2016〔民 105〕
目 4+170 面；17×24 公分
（古典詩歌研究彙刊 第二十輯；第 10 冊）
ISBN 978-986-404-831-1（精裝）
1.（宋）蘇軾 2. 詩歌 3. 審美 4. 詩評
820.91   105015104

ISBN-978-986-404-831-1

9 789864 048311

古典詩歌研究彙刊
第二十輯　第十冊　　　　　ISBN：978-986-404-831-1

蘇軾黃州與嶺南時期詩歌審美意識研究（上）

作　　者　林素玲
主　　編　龔鵬程
總 編 輯　杜潔祥
副總編輯　楊嘉樂
編　　輯　許郁翎、王筑　美術編輯　陳逸婷
出　　版　花木蘭文化出版社
社　　長　高小娟
聯絡地址　235 新北市中和區中安街七二號十三樓
　　　　　電話：02-2923-1455／傳真：02-2923-1452
網　　址　http://www.huamulan.tw 信箱 hml 810518@gmail.com
印　　刷　普羅文化出版廣告事業
初　　版　2016 年 9 月
全書字數　244352 字
定　　價　第二十輯共 18 冊（精裝）新台幣 28,800 元

蘇軾黃州與嶺南時期
詩歌審美意識研究(上)

林素玲　著

作者簡介

林素玲，中國文化大學中國文學所博士、碩士。研究領域：中國古典詩歌、文學、詩歌美學。著作：《詩經十五國風審美意識研究》、〈試論《洛陽名園記》之花卉意象與造景美學〉、〈陸游山陰詩之美──以嘉泰三年（1203）至嘉定二年（1209）期間爲核心〉、〈西域文化對地域審美風格之影響〉。

提　要

　　時代的政治、經濟、文化、人文、宗教等因素，影響著人們對審美的追求取向，而且不同時代各有其對美的追求。是以，宋代也受這些因素影響，北宋當時的美學取向是呈現自然平淡的美學觀。蘇軾受時代的影響，尤其貶謫黃州、嶺南時期的詩風，大變倅杭守密的縱筆，直到渡海其詩風全入化境，其意境也愈隱而不可窮了。是以，此時期的詩歌非常值得研究。

　　蘇軾受政治迫害，被政敵羅織罪名入獄。之後，貶謫黃州，期間他的思想漸受釋道思想影響，曠達、自適、眞率、隨遇而安，縱情於山水間，躬耕田野，體驗質樸生活，此時期的詩風趨於曠達、清曠簡遠、平淡自然的風格；謫居嶺南時期的生活更窮困，對人生的體驗更深，思想更漸趨於超脫；詩歌之創作，筆鋒自然，語言平淡，但見其爐火純青的境界。

　　本論文即以蘇軾貶謫時期之思想及生活的轉變，進行詩歌中呈現的審美意識及美質內蘊研究。首先，以蘇軾貶謫三地時，由其詩、文中所呈現的心境轉變，探析其思想的轉折。其次，以審美活動主客互動關係中，探析蘇軾對謫居生活的態度，以及與客體之間的互動與感悟。再者，由詩歌中發掘蘇軾此時期詩歌美學內蘊的呈現，是他在審美過程中以虛靜觀照物象之後，而進入於物我合一相融的境界。最後，由蘇軾詩、文、賦、書、畫中的文藝美學理論中，探討詩歌創作的審美理想追求是以樸素、平淡、自然形態，造詣出意境深遠的詩歌爲其最高審美理想。

目

次

第一章 緒 論

　　蘇軾集詩、詞、文、賦、題跋、論策、書、畫於一身，尤其他的詩、詞、文、書、畫、題跋文藝理論，其中蘊含了美學思想與實踐，是值得探索挖掘的一塊寶藏。「蘇軾在對對象進行文學審美時，有着深邃的內在意識，因此，便超越於一般的經驗現象，上升到普遍性的審美高度，成為人們感知到却無法加以言說的理念。」〔註1〕因他的美學思想蘊含有儒之仁義、禪意、玄學等的傳統文化精神，展現了哲學美學的體認與實踐。

　　蘇軾晚年因仕途的挫折，在儒釋道思想相互牽引之下，思想有了深一層超然的蛻變。此時期的詩歌超脫於現實的束縛，生活周邊事物都成為他歌詠抒發的題材，是以，無論從何面向探析，都非常值得研究。

第一節　研究動機

　　蘇軾貶謫黃州時，他的思想受釋道思想影響漸深，由年輕時膚淺之認知，漸而深入體悟道家之率性、清淨、無為，佛家之心境空寂，超越塵世。所以，他以曠達、自適、真率、隨遇而安，縱情於山水間，躬耕田園，體驗質樸生活，此時的詩風趨於曠達、清曠簡遠、平淡自

〔註 1〕吳功正：《宋代美學史》（南京：江蘇教育出版社，2007 年 10 月），
　　　頁 155。

然的風格；謫居嶺南時期的生活更窮困，對人生的體驗更深，思想更漸趨於超脫。詩歌之創作，筆鋒自然，語言平淡，但見其爐火純青的境界。

　　蘇軾自儋州北歸時作〈自題金山畫像〉言：「心似已灰之木，身如不繫之舟。問汝平生功業，黃州惠州儋州。」〔註2〕他不視仕宦時之功績爲平生功業，而認爲謫居黃州、惠州、儋州時所作事情爲平生功業。謫居期間是人生最困蹇、最孤獨與惶恐之際，但他並不退縮，而是更曠達、眞率的體驗人生，處在天地間，感悟宇宙的深奧命題，讓生命活得更有意義與價值。是以，當他要離儋州渡海北歸時說「九死南荒吾不恨，茲游奇絕冠平生。」〔註3〕此即是他晚年對他人生最大的肯定與放下。

　　由蘇軾與友人的尺牘得知，他於謫居期間完成了《論語說》、《易傳》、《書傳》等著作。如其〈與藤達道〉尺牘之二十一首言：「某閑廢無所用心，專治經書，一二年間欲了卻《論語》、《書》、《易》，舍弟已了卻《春秋》、《詩》。雖拙學，然自謂頗正古今之誤，粗有益於世，瞑目無憾也。又往往自笑不會取快活，眞是措大餘業。」〔註4〕復〈答蘇伯固〉尺牘言：「某凡百如昨，但撫視《易》、《書》、《論語》三書，即覺此生不虛過，如來書所諭，其他何足道。」〔註5〕完成《易傳》是其父蘇洵之遺願，晚年終於完成，及撰成《易傳》、《書傳》、《論語說》，此何嘗不是此生大功業！因之，撰寫《易傳》、《書傳》、《論語說》對其謫居時的思想有極大影響。

　　蘇軾在嶺南時盡寫和陶詩，宋人胡仔《漁隱叢話》提及：「東坡在

〔註2〕（宋）蘇軾撰，張志烈等主編：《蘇軾全集校注》詩集八（石家莊：河北人民出版社，2010年6月），卷四八，頁5573。

〔註3〕同註2，詩集七，卷四三，頁5130。

〔註4〕同註2，文集七，卷五一，頁5532。此封尺牘寫於黃州（1080年）。措大：貧寒失意之讀書人。

〔註5〕同註2，文集八，卷五七，頁6364。此封尺牘寫於北歸途中（1101年）。

揚州和飲酒詩，只是如己所作。至惠州和歸田園六首，乃與陶淵明無
異。《冷齋夜話》云：東坡在惠州盡和淵明詩。……。東坡嘗云：淵明
詩初視若散緩，熟視有奇趣。」〔註6〕蘇軾和陶詩是於晚年嶺南時始作，
因思想心境的轉變，漸對陶淵明作品以綺爲文，平淡、自然、樸質的
內蘊得到共鳴。蘇轍在〈子瞻和陶淵明詩集引〉中引蘇軾之言：

> 古之詩人有擬古之作矣，未有追和古人者也，追和古人則
> 始於東坡。吾於詩人無所甚好，獨好淵明之詩。淵明作詩
> 不多，然其詩質而實綺，癯而實腴，……。吾前後和其詩
> 凡百數十篇，至其得意，自謂不甚愧淵明，今將集而并錄
> 之，以遺後君子，子爲我志之。然吾於淵明，豈獨好其詩
> 也哉，如其爲人，實有感焉，淵明臨終疏告儼等：「吾少而
> 窮苦，每以家弊東西遊走，性剛才拙，與物多忤，自量爲
> 己，必貽俗患，黾俛辭世，使汝等幼而飢寒。」淵明此與
> 蓋實錄也。吾今真有此病，而不早自知。半生出仕，以犯
> 世患，此所以深服淵明，欲以晚節師範其萬一也。〔註7〕

謫居時蘇軾無論是思想或心境與陶淵明相似，讓他有師範陶淵明於萬
一之情結，且淵明之詩集是其排遣慰藉心靈之書。所以他與淵明之間
的距離越走越近，幾乎形影不離，因此以作和陶詩爲己任。他說「古
之詩人有擬古之作矣，未有追和古人者也，追和古人則始於東坡。」
此何嘗不是蘇軾謫居時的又一功業！

　　蘇軾晚年寫了一百多首和陶詩，這是蘇軾後期的思想和生活寫
照，也是蘇詩風格臻於成熟的集中表現。〔註8〕蘇軾的和陶詩蕭淡簡
遠、高風絕塵的遠韻，此韻味是一種「發纖穠於簡古、寄至味於澹

〔註6〕（宋）胡仔：《漁隱叢話前集》卷四，(《景印文淵閣四庫全書》第1480
　　　冊，臺北：台灣商務印書館)，頁1480-63。

〔註7〕（宋）蘇轍撰 曾棗莊 馬德富校點：《欒城集》(上海古籍出版社，
　　　1987年9月)，後集卷二一，頁1402。依據《儋縣志》記載：「揚州
　　　有二十首，惠州有三十首，儋州有五十九首包括有和意及次韻兩
　　　種。」

〔註8〕周偉民 唐玲玲：《蘇軾思想研究》(臺北：文史哲出版社，1996年2
　　　月)，頁466。

泊。」〔註9〕誠如他對陶淵明詩的評價「質而實綺，癯而實腴」、「外枯而中膏，似淡而實美。」的審美旨趣一樣。此為他晚年詩風格表現，此風格在王文誥評論蘇軾詩風轉變時言及：

> 到鳳翔首作石鼓歌已出昌黎之上不可壓也，自此以後，熙寧還朝一變，倅杭守密正其縱筆時也，及入徐、湖漸改轍矣，元豐謫黃一變，至元祐召還又改轍矣，紹聖謫惠州一變，及渡海而全入化境，其意愈隱，不可窮也。〔註10〕

此證明詩人創作會隨心境、環境、歲月、地域、思想及客觀諸因素而改變其詩風。蘇軾由早期縱筆的詩風，隨時勢、人事的更迭，其創作亦隨之而改變，尤其晚年謫居時，由於思想、心境、環境的改變，其詩風也隨之而異，此時是他文學創作的巔峰期，已臻於爐火純青之境界。此境界如他自儋州北歸時言「心閑詩自放，筆老語翻疎。」〔註11〕的灑脫自如，而更臻於「渡海而全入化境，其意愈隱，不可窮也」了。

　　鑒於此，本論文即以蘇軾謫居三地時之思想、生活及詩作風格的轉變，進行詩歌中呈現的審美意識研究，期能探析蘇軾詩歌中之美學內蘊。

第二節　研究範圍與研究方法

一、研究範圍

　　本論文是以蘇軾貶謫黃州與嶺南時期之詩作為研究範圍。包括有一、黃州時期：其詩歌研究範疇係自宋神宗元豐三年（1080）始，至元豐七年（1084）止，詩作之探討自出京師始赴黃州沿途、謫居期間

〔註9〕同註2，文集十，卷六七，頁7598。見〈書黃子思詩集後〉。
〔註10〕（清）王文誥：《蘇文忠公詩編注集成總案・蘇海識餘》（成都：巴蜀書社，1985年），頁1。
〔註11〕同註2，詩集八，卷四四，頁5179。見〈廣倅蕭大夫借前韻見贈，復和答之，二首〉其二。

及離開黃州量移汝州止，約 130 首。二、嶺南時期：（一）惠州時期
詩歌研究範疇：係自宋哲宗紹聖元年（1094）始，至宋哲宗紹聖四年
（1097）止，詩作包括赴惠州沿途及謫居地，約 120 首。（二）儋州
時期詩歌研究範疇：係自宋哲宗紹聖四年（1097）始至哲宗元符三年
（1100）止，詩作包括赴儋州沿途、儋州謫居地及北歸渡海止，約
85 首，總共 335 首。本研究範圍之詩名、時間及卷次，詳附錄一。

　　蘇軾赴黃州謫居地（今湖北黃岡市）之路線，依詩作，沿途經過
之地如陳州，今河南商丘市南。蔡州，今河南汝縣南。新息縣，新息
在淮水北岸，今河南息縣。麻城，今屬湖北。離開黃州赴汝州，沿途
如經過武昌，今湖北鄂城縣。岐亭，今湖北麻城縣西南之岐亭鎮。興
國，今湖北陽新縣。

　　蘇軾南遷赴惠州謫居地（宋初屬嶺南道，熙寧七年始，屬廣南東
路。今廣東惠州市）之路線，依詩作，沿途經過之地，如湖口，縣名，
今屬江西。廬山，今江西九江市南。南康，今江西星子縣。廬陵，今
江西吉安市。惶恐灘，今江西萬安縣境，為贛江十八灘之一。虔州，
今江西贛州市。大庾嶺，在今江西、廣東交界處。清遠縣，今廣東清
遠市。

　　蘇軾南遷赴儋州謫居地（今屬海南省儋縣。漢時為儋耳郡，唐為
儋州，宋熙寧六年廢州為昌化軍。今屬海南。）之路線，依詩作，沿
途經過之地，如梧州，今廣西梧州市。瓊州、崖州、萬安州等地，今
屬海南。

　　本論文雖然是以蘇軾在黃州與嶺南時期的詩歌為審美意識之探
討，但涉及到蘇軾思想、美學理論之詞、文、賦及尺牘，亦一併納入
論述。以俾更寬廣的了解蘇軾詩歌中美學的內蘊精神。

二、研究方法

　　本論文是以審美視域探討蘇軾於黃州與嶺南時期詩歌中呈現的
審美意識。審美意識是審美活動中表現出來的人類意識，它產生於具

有審美能力的主體，對具有審美屬性的客觀對象的反映過程中，主體心靈在審美活動中所表現出來自發狀態，並表現為審美主體的審美感受、體驗、趣味、判斷、理想、觀念及美學思想等多種形態。在審美活動過程中，審美體驗是主體在特定的心境、時空條件下，在既有的歷史文化的浸潤下，通過自身的感受、想像與理解，體驗到美的本質。在審美體驗過程，審美主體需處於虛靜、凝神狀態中觀照物象，並於霎時間妙悟、體悟到物象的內蘊，而達到物我合一及心物相融的境界，在此境界中體察美的本質，主體體悟到的美是一種純粹、明靜之美。在主客間相互融合進入清澈、空靈的心理境界時，主體在此境界中實現了對客體的超越，同時也實現了對自我的超越，於此過程主體產生的妙悟，主要是感悟對象作用於情感深處美的內蘊，而以客體言之，為其能夠促使主體在進行審美活動時情感的變動，進而獲得美感的內核。〔註12〕「凡物之美者，盈天地間皆是也。然必待人之神明才慧而見。而神明才慧本天地間之所共有，非一人別有所獨受而能自異也，故分之則美散，集之則美合，事物無不然者。」〔註13〕此是指主體在審美活動時，對物象的觀照必需處於凝神、虛靜的心理狀態，才能發現物象之美。

　　審美主體在凝神、虛靜的心理狀態下，才能達到情與景之交融，此時美的內蘊才會在妙悟中體現，而臻於物我合一之境界。此心境之產生，誠如明代謝榛《四溟詩話》言：

> 作詩本乎情景，孤不自成，兩不相背，凡登高致思，則神交古人，窮乎遐邇，繫乎憂樂，此相因偶然，著形於絕跡，振響於無聲也。夫情景有異同，模寫有難易，詩有二要，莫切於斯者。觀則同於外，感則異於內，當自用其力，使內外如一，出入此心而無間也。景乃詩之媒，情乃詩之胚。

〔註12〕上述參考自朱志榮：《美學原理》（上海：華東師範大學出版社，2011年12月），頁93～123。

〔註13〕（清）葉燮：《已畦集‧集唐詩序》（《叢書集成續編》第152冊，臺北：新文豐出版，1989年6月），卷九，頁537。

合而爲詩，以數言而統萬形，元氣渾成，其浩無涯矣。同
而不流於俗，異而不失其正，豈徒麗藻炫人而已。然才亦
有異同，同者得其貌，異者得其骨。人但能同其同，而莫
能異其異。吾見異其同者，代不數人爾。〔註14〕

由此知，詩歌的創作是在情、景的交會中，在偶然刹那間產生。而「景
乃詩之媒，情乃詩之胚。合而爲詩，以數言而統萬形，元氣渾成，其
浩無涯矣。」此爲情景交融之最高呈現，已臻於物我相融，合而爲一
之境。

　　是以，本論文即探討主體於審美活動過程之中，主、客體對待之
關係，及對物象的感悟而體現於詩歌之中的美質內蘊。

第三節　前人研究成果

　　宋代蘇詩的研究在蘇軾生前即已肇端，迄至宋末約二百年的歷
程。……，其詩以刊印、傳鈔、刻石、歌唱及其親筆手迹等形式流布
宇內，甚至少數民族地區亦有其詩的傳播。〔註15〕可見他詩歌在當時
流行的盛況，因此，歷代對蘇軾詩的研究不勝枚舉。前人的研究成果，
是吾人研究時無論是論證、詮釋或學術研究上，皆爲寶貴有價值的資
料來源。本文將自宋代至清代，前人所著之箋釋概要述之，以及近人
所著蘇軾詩專著及與本論文相關之學位論文及期刊論文簡略敘明
之，其他專著及期刊論文篇帙繁多於此不贅述〔註16〕。

　　首先，自宋代至清代前人所著之箋釋：蘇詩在宋朝時即有三種不
同的傳本，分別是：（一）全集本：此集本之蘇詩收集自《東坡集》、
《東坡後集》、《和陶詩》之中。（二）分類註本：王十朋編《百家註

〔註14〕（明）謝榛：《四溟詩話》宛平校點（北京：人民文學出版社，1998
　　　　年2月），頁69。
〔註15〕王有勝：《蘇詩研究史稿》（北京：中華書局，2012年7月），頁9。
〔註16〕目前電子資料庫資料可謂浩瀚繁多，如中國期刊網、維普網站、CEPS
　　　　中國電子期刊……，資料多，下載方便，研究者可各依所需下載，
　　　　故於此不贅述。

分類東坡先生詩》二十五卷，此係由四註、五註、八註、十註發展而來。（三）編年本：爲施元之與顧禧等合撰之《註東坡先生詩》四十二卷。於元明兩朝期間，全集本與分類本迭經翻刻、略有補正、有竄改及摻進僞作。到清朝時，註家蜂起，計有宋犖、紹長蘅、查愼行、翁方綱、沈欽韓、馮應榴、王文誥等人，分別對蘇詩進行了刊行、箋註……等等。〔註17〕

蘇軾的詩自北宋末年即有注本，即是趙次公、宋援、李德載、程縯四家。四家注經逐步增補而演變爲五家注、八家注，以至十家注。這些注本早期是以《東坡前集》前十八卷、《東坡後集》前七卷，作爲注釋依據。〔註18〕

元明時期蘇詩的編年注本久佚，到清代因受時代學術風氣影響，掀起箋注、整理蘇詩的研究。清代注蘇詩名家如宋犖、邵長蘅、馮景、查愼行、汪方綱、沈欽韓、汪詩韓、馮應榴、王文誥、張道等，其注釋蘇詩卓效有成，此對後世研究蘇詩之益頗巨。譬如今人孔凡禮等研究蘇詩即以清人研究成果爲圭臬。

孔凡禮點校《蘇軾詩集》是以清代王文誥編《蘇文忠公詩編註集成》道光二年武林韻山堂王氏原刊本，及馮應榴輯注《蘇軾詩集合注》爲底本，尚有他相關文獻資料輔佐。張志烈等人主編之《蘇軾全集校注》中之《蘇軾詩集校注》、《蘇軾文集校注》係以孔凡禮點校之《蘇軾詩集》及《蘇軾文集》爲底本，以及充分參考吸收前人及時賢成果的基礎上，進行新註。對蘇詩、蘇文進行編集、校勘、繫年、注釋、辨僞、集評等。此《蘇軾全集校注》爲目前惟一蘇軾全集校注本，該校注本由四川大學中文系古典文學教研室及幾所大學教授合注，自1979 年始，「經過二十餘年幾代人的努力，《蘇軾全集校注》終於在

〔註17〕參考自（清）王文誥輯註 孔凡禮點校《蘇軾詩集》（北京：中華書局，1992 年4 月），點校說明，頁1。
〔註18〕參考自（宋）蘇軾著（清）馮應榴輯注，黃任軻、朱懷春校點：《蘇軾詩集合注》（上海：上海古籍出版社，2001 年6 月），前言頁28。

2004年全部脫稿，並於2005年5月與河北人民出版社簽訂出版合同。」
〔註19〕以上兩者校注均嚴謹，足可供蘇詩研究者的典範本。本論文之
研究對蘇詩的繫年相當重要，此關係著審美活動的進程中，主體心緒
的轉變，思想的轉折，其影響詩歌呈現的審美意識表現。鑒於此，本
論文採用張志烈等人主編之《蘇軾全集校注》作爲研究底本。另外，
本論文復次以清代馮應榴輯注黃任軻、朱懷春校點之《蘇軾詩集合注》
及清代王文誥輯註孔凡禮點校之《蘇軾詩集》文本爲輔本。

　　其次，近人所著蘇軾詩專書及黃州、嶺南時期相關學位論文及期
刊論文：

（一）蘇軾詩專著

　　簡略舉之：王洪《蘇軾詩歌研究》，此專書不同於其他論述，其首
先是探討蘇軾野性思想的本源及其形成發展過程；其次則是探討蘇軾
詩歌的藝術造詣的研究，此有其精闢之闡釋，有參考價值。王水照、
朱剛《蘇軾詩詞文選評》，此專書精選蘇軾一生之詩詞作品分類論述，
有參考價值。曾棗莊《蘇詩彙評》，此專著主要編纂有關蘇詩的評論、
背景資料，此有助於研究者更易取得歷代前彥對蘇詩的評價，以俾研
究。程伯安《蘇東坡民俗詩解》，本專書著作係以民俗學的分類方法，
對蘇軾詩歌中屬民俗性的詩歌區分出來，並依歲時篇、生產生計篇、
衣食住行篇、婚喪壽誕篇及祭祀占卜篇等類別，據此亦可了解蘇軾謫
居時期類似詩篇的的闡釋。曾棗莊、曾弢譯注《蘇軾詩文詞選譯》及
嚴既澄《蘇軾詩》及徐續《蘇軾詩選》此三書皆有精闢闡釋詩歌內蘊。
陶文鵬《蘇軾詩詞藝術論》，此專書係於蘇軾的文藝思想理論中發掘新
意餘韻，如蘇軾所提「詩畫本一律，天工與清新」、「留意」、「寓意」、
「傳神」、「意境說」⋯⋯等等文藝思想，其中蘊含著深刻的美學思想，

〔註19〕同註2，詩集一，前言，頁69。《蘇軾全集校注》中之《蘇軾詞集校
　　　　注》係以龍榆生《東坡樂府箋》（商務印書館1958年重印第一版）
　　　　爲底本，參考傳世蘇詞各重要版本，對蘇詞集進行校勘、注釋、編
　　　　年、集評、辨疑等。（《蘇軾詞集校注》，頁1。）

並論及蘇軾自然山水詩,則有蘇軾具體深切的審美體悟,此論述值得參考。陳新雄《蘇軾詩選》,此專書對詩的內容有詳細的註解,頗具參考價值。江惜美《蘇軾詩分期代表作研究》,本專書係將蘇軾詩分為奔放期、諷諭期、沉潛期、凝定期、圓融期、精深期等六期論述之,並逐期來區別其範圍;對每首詩的年分時間都有詳細的交代,以及流暢的闡釋,值得參考研究。綜上所述,這些專著有精闢的闡釋,為重要參考文獻。

(二)學位論文

本論文摘錄之學位論文,僅以蘇軾於黃州及嶺南貶謫時期相關之研究為主。這些學位論文,詩歌研究方面,除鄧瑞卿《蘇軾儋州詩研究》有一節論述美學之風格——蕭散簡遠、平淡韻致、曠達自適之外,大致以謫居時期思想的轉折影響其創作風格為論述,此對蘇詩的研究,頗具參考價值,簡略舉之。茲列表如下:

蘇軾貶謫時期詩歌之研究

編號	論文題目	研究生	學校系所	年度
01	《蘇軾黃州詩研究》	羅鳳珠撰	國立師範大學 中國文學研究所碩士論文	1988
02	《蘇軾嶺南詩論析》	劉昭明撰	國立師範大學 國文研究所碩士論文	1989
03	《蘇軾儋州詩研究》	鄧瑞卿撰	國立臺灣師範大學 國文教學碩士論文	2003
04	《蘇軾嶺南詩研究》	林淑惠撰	國立政治大學 中國文學系碩士論文	2003
05	《論蘇軾黃州詩的禪悅與詩情》	巫沛穎撰	玄奘大學 中國語文學系碩士論文	2007
06	《蘇軾嶺南詩研究》	張麗明撰	北京語言大學 碩士論文	2007
07	《蘇軾嶺南詩探析》	洪麟瑩撰	玄奘大學 中國語文學系碩士論文	2010

蘇軾貶謫時期其他之研究

編號	論文題目	研究生	學校系所	年度
01	《蘇軾黃州時期書蹟研究》	刑莉麗撰	國立政治大學 國文教學碩士論文	2004
02	《東坡黃州詞研究》	周鳳珠撰	國立中興大學中 國文學系碩士論文	2004
03	《蘇軾黃州民俗諷諭詩文發微——兼論相關詩文及史事》	黃子馨撰	國立中山大學 中國文學研究所碩士論文	2006
04	蘇軾文學與佛禪之關係——以蘇軾遷謫詩文為核心	施淑婷撰	國立臺灣師範大學 國文學系博士論文	2008
05	《蘇軾寓惠生活研究》	楊玉琴撰	國立臺南大學 國語文學系碩士論文	2010
06	《蘇軾貶謫時期飲食書寫之道家思想研究》	張曉月撰	國立屏東教育大學 中國語文學系碩士論文	2012
07	《蘇軾黃州文學研究》	駱曉倩撰	重慶：西南師範大學漢語文學系碩士論文	2002

（三）期刊論文

　　研究蘇軾一生詩歌的期刊論文汗牛充棟。本論文僅摘錄蘇軾貶謫黃州與嶺南時期相關之論述者，如蘇軾謫居時思想的改變，影響詩歌的內蘊及藝術風格之論述；這些篇章的探析無論是對蘇軾思想或詩歌風格之改變，都作了概要性分析。另，以美學觀點論述者寥若晨星，其認為謫居的蘇軾對美學的追求是一種自然平淡美之崇尚，有似淡而實美的美學內蘊，然並無全貌性探討，以窺蘇軾詩美學之堂奧。這些期刊都有其參考價值，簡略舉之。茲列表如下：

表一、黃州時期

編號	作者	篇　名	期　刊　名	出版年度
01	梅大聖	〈蘇軾黃州時期的生活方式及社會意義〉	《江漢論壇》	1996
02	王兆鵬 徐三橋	〈蘇軾貶居黃州期間詞多詩少探因〉	《湖北大學學報》（哲學社會科學版）	1996
03	田龍過	〈略論黃州時期的蘇軾人格〉	《唐都學刊》第 12 卷第 3 期	1996
04	胡婭	〈蘇軾黃州時期思想情緒淺測〉	《開封大學學報》第 2 期	1997
05	林斌	〈蘇軾貶居黃州心態探微〉	《社科縱橫》第 3 期	1997
06	馮紅	〈淺析蘇軾黃州時期的詩歌風格〉	《黑龍江教育學院學報》第 3 期	2000
07	張進 張惠民	〈蘇軾貶謫心態研究〉	《蘇州大學學報》（哲學社會科學版）第 2 期	2001
08	李顯根	〈試論蘇軾貶謫期間與當地人民的深厚情誼〉	《湖南行政學院學報》第 3 期	2003
09	胡秋宏	〈試論蘇軾黃州時期的思想和創作〉	《常州師範專科學校學報》第 22 卷第 1 期	2004
10	徐峰	〈蘇軾黃州時期作品中的「人生如夢」探析〉	《高等函授學報》（哲學社會科學版）第 17 卷第 3 期	2004
11	趙偉東	〈黃州時期蘇軾的人生及思想淺論〉	《學術交流》第 3 期總第 132 期	200
12	陸蓉華	〈淺論蘇軾在黃州時期的人生思考〉	《三江學院學報》第 2 卷第 3、4 期	2006
13	趙偉東	〈試論黃州時期蘇軾創作的轉型〉	《學術交流》第 11 期總第 188 期	2009

編號	作者	篇 名	期 刊 名	出版年度
14	金燕	〈論蘇軾在黃州時期的藝術創作及思想觀〉	《文學教育》	2010
15	杜妹	〈論蘇軾黃州時期的文學創作及思想〉	《內蒙古社會科學》第31卷第3期	2010
16	張啓善	〈蘇軾「黃州寒食詩帖」的美學意義〉	《綏化學院學報》第30卷第3期	2010
17	談祖應	〈論蘇東坡的黃州「功業」〉	《黃岡師範學院學報》第31卷第5期	2011
18	劉文星	〈淺談黃州東坡文化的表現形式〉	《文學教育》	2011
19	王怡梅	〈從貶謫黃州的創作看蘇軾思想變化和人生態度〉	《長江大學學報》(社會科學版) 第35卷第4期	2012
20	戚榮金	〈蘇軾黃州詩書的多元情感論析〉	《湖北社會科學》第8期	2012

表二、嶺南時期

編號	作者	篇 名	期 刊 名	出版年度
01	林冠群	〈蘇軾嶺南詩作的思想品格〉	《海南大學學報》(社會科學版) 第2期	1985
02	梅大聖	〈蘇軾儋州時期悲劇情感論〉	《黃岡師專學報》第15卷第2期	1995
03	朱靖華	〈天地精神境界——評蘇軾嶺海時期的人生反思〉	《新東方》第6期	1996
04	張福慶	〈從蘇軾黃州、嶺南詩的比較看蘇軾晚年的情感文化〉	《外交學院學報》第1期	1997

編號	作者	篇　名	期　刊　名	出版年度
05	譚玉良	〈蘇軾嶺海時期的遭遇和人生反思〉	《康定民族師範高等專科學校學報》第 8 卷第 3 期	1999
06	韓國強	〈試論蘇軾嶺南的詠物詩〉	《瓊州大學學報》第 1 期	1999
07	陳麗	〈從蘇軾在海南的詩文究其晚年的人生觀〉	《瓊州大學學報》第 8 卷第 3 期	2001
08	梅大聖	〈論蘇軾嶺海時期學陶情結〉	《韓山師範學院學報》第 24 卷第 2 期	2003
09	成杰	〈蘇軾前後貶謫思想之異同〉	《河北理工學院學報》（社會科學版）第 3 卷第 4 期	2003
10	修嫄嫄 胡泰斌	〈從蘇軾南遷和北歸看其人生價值觀的變化——讀蘇軾過大庾嶺詩〉	《江西藍天學院學報》第 1 卷第 4 期	2006
11	楊子怡	〈論蘇軾惠州詩文之變及其意義〉	《船山學刊》第 4 期（復總第 70 期）	2008
12	盧捷	〈我行西北隅，如度月半弓——記蘇軾惠州到儋州行程〉	《長春理工大學學報》第 4 卷第 7 期	2009
13	李俠	〈蘇軾寓惠、寓儋所作「和陶詩」淺析〉	《北方文學》	2011
14	任曉凡	〈從蘇軾的儋州散文看其晚年的生活狀態〉	《長治學院學報》第 29 卷第 3 期	2012
15	涂普生	〈蘇東坡在貶居地的惠民思想和惠民之術〉	《黃岡職業技術學院學報》第 14 卷第 3 期	2012
16	潘殊閑	〈快意雄風海上來：試論蘇軾海南詩詞的「海」味〉	《重慶師範大學學報》（哲學社會科學版）第 4 期	2013
17	白貴 石蓬勃	〈論蘇軾貶謫詩的創作心態〉	《河北學刊》第 34 卷第 2 期	2014

表三、美學

編號	作者	篇　名	期　刊　名	出版年度
01	張維	〈試論蘇軾的美學思想與道學的聯繫〉	《社會科學研究》	1994
02	楊勝寬	〈試論蘇軾的藝術追求與人格境界的統一〉	《四川大學學報》（哲學社會科學版）第 2 期	1995
03	張連舉周玲	〈試論蘇軾詩歌景物描寫的繪畫美〉	《渭南師專學報》（社會科學版）第 2 期	1995
04	馬馳	〈蘇軾文藝美學思想的系統總結〉	《學術月刊》第 1 期	1995
05	鄒志勇	〈蘇軾人格的文化內涵與美學特徵〉	《山西大學學報》（哲學社會科學版）第 1 期	1996
06	文師華	〈論蘇軾的詩歌美學思想〉	《南昌大學學報》（社會科學版）第 28 卷第 2 期	1997
07	閻自啓	〈蘇軾美學思想新探〉	《洛陽大學學報》第 12 卷第 3 期	1997
08	劉艷麗	〈蘇軾美學思想淺論〉	《河北師範大學學報》（哲學社會科學版）第 21 卷第 3 期	1998
09	嚴明	〈論蘇軾詩歌的繪畫美〉	《長沙大學學報》第 1 期	1998
10	楊存昌隋文慧	〈蘇軾：中國古典文藝美學的一個典型〉	《東岳論壇》第 4 期	1998
11	湯岳輝	〈蘇軾文藝美學思想蠡測〉	《惠州大學學報》（社會科學版）第 18 卷第 2 期	1998
12	黨聖元	〈蘇軾的文章理論體系及其美學特質〉	《人文雜誌》第 1 期	1998
13	湯岳輝	〈從蘇軾寓惠創作看他晚年的審美趣向〉	《惠州大學學報》（社會科學版）第 19 卷第 3 期	1999

編號	作者	篇　名	期　刊　名	出版年度
14	湯岳輝	〈簡論蘇軾在傳統文藝美學思想發展中的貢獻〉	《惠州大學學報》（社會科學版）第 21 卷第 3 期	2001
15	何林軍	〈簡論蘇軾的人生美學〉	《郴州師範高等專科學校學報》第 22 卷第 6 期	2001
16	黃貞權	〈蘇軾的審美心理經驗管窺〉	《社會科學家》第 3 期（總第 107 期）	2004
17	王德軍	〈蘇軾「平淡」美的意蘊及其思想淵源〉	《長春大學學報》第 14 卷第 3 期	2004
18	張連舉	〈論蘇軾詩歌景物描寫的繪畫美〉	《湛江海洋大學學報》第 24 卷第 2 期	2004
19	張惠民 張進	〈簡論蘇軾高風絕塵之美的美學內涵〉	《蘇州大學學報》哲學社會科學版）第 3 期	2004
20	殷坤娣	〈簡論蘇軾寓惠時期的審美人格〉	《惠州學院學報》（社會科學版）第 25 卷第 1 期	2005
21	魏永貴	〈蘇軾詩歌美學旨趣探析〉	《集寧師專學報第》27 卷第 1 期	2005
22	李軍	〈蘇軾詩歌美學思想發微〉	《江淮論壇》第 3 期	2005
23	陰雯艷	〈淺論蘇軾的詩歌美學〉	《漯河職業技術學院學報》第 8 卷第 1 期	2009
24	曾輝	〈從蘇軾詩論看「平淡」詩歌的審美張力〉	《文教資料》	2012
25	金燕	〈淺析蘇軾儋州詩的藝術特色和風格〉	《黃岡職業技術學院學報》第 14 卷第 2 期	2012

第二章　蘇軾家世生平與時代背景

第一節　蘇軾家世與生平

　　蘇軾（1036～1101），字子瞻，一字和仲，自號東坡〔註1〕，四川眉山縣紗縠行〔註2〕人。生於宋仁宗景祐三年（1036）丙子十二月十九日卯時，換算爲西曆，則是 1037 年 1 月 8 日〔註3〕，於宋徽宗建中靖國元年（1101）七月二十八日，卒於常州，享年 66 歲，南宋孝宗時諡文忠公。

　　蘇軾父親蘇洵（1009～1066）字明允，二十七歲才發憤讀書，然舉進士皆不中，文學博通古文。兄景先，早卒。弟蘇轍（1039～1112）字子由，受父兄影響，博覽群書。蘇洵、蘇軾、蘇轍父子號稱「三蘇」。

〔註1〕蘇軾除號東坡之外，尚有鐵冠道人、海上道人、戒和尚、玉局老、眉陽居士、雪浪齋。人稱無邪公、仇池翁、毗陵先生、泉南老人、水東老人、東坡道人、蘇仙、坡仙。此稱號有自己取，有別人取之。上述參考摘要自達亮：《蘇東坡與佛教》頁 1。

〔註2〕參考孔凡禮撰：《蘇軾年譜》（北京：中華書局，1998 年 2 月），頁 9。

〔註3〕生日換算爲西曆參考孔凡禮撰：《蘇軾年譜》（北京：中華書局，1998 年 2 月），頁 9。及王水照：《蘇軾》（臺北：萬卷樓圖書，2003 年 9 月出版二刷），頁 3。

　　蘇軾的先祖，依據蘇洵《嘉祐集・蘇軾族譜》：「蘇氏出於高陽，而蔓延於天下。」〔註4〕漢順帝（126～144）時的祖先蘇章，曾爲冀州（今河北冀縣）刺史，又遷爲并州（今山西太原），其子孫家於趙州（今河北趙縣），因此，三蘇都自稱「趙郡蘇氏」。

　　到了唐朝武則天時，祖先蘇味道居趙州欒城（今河北縣），據《新唐書》記載他九歲能文，與同鄉李嶠都以文翰著稱，時號「蘇李」。他在朝曾爲鳳閣侍郎，後貶爲眉州（今四川眉山）刺史，遷益州（今四川成都）長史，然未赴任即逝世，其中有一子未歸欒城，在眉州定居下來，自此眉州始有蘇姓。「吾先人先世之行，吾不及有聞焉，蓋嘗聞其略曰：蘇氏自遷於眉，而家於眉山，自高祖涇則以不詳，自曾祖釿而後稍可記。……以俠氣聞於鄉閭，生子五人，而最少最賢，以才幹精敏見稱，生於唐哀帝天祐二年。」〔註5〕

　　蘇軾曾祖蘇杲「最好善，事父母極於孝，與兄弟篤於愛，與朋友篤於信，鄉閭之人無親疏皆愛敬之。」曾祖爲人賢達且有才幹，蘇洵《嘉祐集・族譜後錄下篇》記載：

> ……。善治生，有餘財，時蜀新破，其達官爭棄其田宅以入覲。吾父獨不肯取，曰：「吾恐累吾子。」終其身田不滿二頃，屋弊陋不葺也。好施與，曰：「多財而不施，吾恐他謀我，然施而使人知之，人將以我爲好名。」〔註6〕

祖父蘇序爲人亦正直，樂善好施，在《嘉祐集・族譜後錄下篇》記載：

> 性簡易，無威儀，薄於爲己而厚於爲人。與人交，無貧賤，皆得其歡心。見士大夫曲躬盡敬，人以爲諂，及其見田父野老亦然，然後人不以爲怪。外貌雖無所不與，然其中心所以輕重人者甚嚴。居鄉閭出入不乘馬，曰「有甚老於我而行者，吾乘馬無以見之。」敝衣惡食，處之不恥。務欲

〔註4〕（宋）蘇洵撰：《嘉祐集・族譜後錄下篇》1986年據上海圖書館藏宋朝刻本原大影印，（北京：中華書局1987年4月），卷十三，頁1。

〔註5〕同註4，卷十三，頁6。

〔註6〕同註4，卷十三，頁6。

> 以身處眾之所惡，蓋不學《老子》而與之合。居家不治家
> 事，以家事屬諸子。至族人有事，就之謀者，常為盡其心，
> 反覆而不厭。凶年嘗鬻其田以濟飢者。既豐，人將償之，
> 曰：「吾自有以鬻之，非爾故也。」卒不肯受。力為藏退之
> 行，以求不聞於世。然行之既久，則鄉人亦多知之，以為
> 古之隱君子莫及也。〔註7〕

蘇序有三個兒子，長子蘇澹，次子蘇渙，三子蘇洵。蘇澹、蘇渙「皆
以文學舉進士」，蘇渙於宋仁宗天聖年間進士及第。在蘇轍《欒城集·
伯父墓表》記載：「公諱渙，始字公羣，晚字文父。……。公少穎悟，
職方君自總以家事，使公得篤志于學，其勤至手書司馬氏《史記》、
班氏《漢書》。公雖少年，而所與交遊者皆一時長老，文詞與之相上
下。天聖元年始就鄉試，通判州事蔣公堂就閱所為文，嘆其工……。
明登科，鄉人皆喜，迓者百里不絕。」〔註8〕

　　蘇軾父親蘇洵在二十七歲時，開始發憤讀書，到四十八歲時，帶
領蘇軾、蘇轍兄弟進京應試，在這段時間，他以文章名震天下。蘇洵
在〈送石昌言使北引〉：

> 昌言舉進士時，吾始數歲，未學也。憶與羣兒戲先府君側，
> 昌言從旁取棗栗啖我，家居甚近，又以親戚故，甚狎。昌
> 言舉進士，日有名。吾後稍長，亦稍知讀書，學句讀，屬
> 對聲律，未成而廢。昌言聞吾廢學，雖不言，察其意甚
> 恨。……〔註9〕

蘇洵少遊蕩不喜學，對句讀、屬對、聲律不感興趣。而昌言舉進士，
對蘇洵的啟發很大，從此發憤學句讀、屬對、聲律，而不荒廢。他年
少時幾次應試皆不中，即決心不再求仕進之路。因此他在〈上韓丞相
書〉言：「洵少時，……以為遇時得位當不鹵莽，及長，知取仕之難，

〔註7〕同註4，頁8。
〔註8〕（宋）蘇轍撰，曾棗莊　馬德富校點：《欒城集》（上海：上海古籍出
　　　　版社，1987年3月）卷之二十五，518、519。
〔註9〕同註4，卷十四。石昌言，名揚休，眉州人。其兄弟石揚言，取蘇序
　　　　幼女，故文中曰「以親戚故」。

遂絕意於功名，而自托於學術。……」〔註10〕在〈廣士〉文又言：「夫人固有才智奇絕，而不能爲章句、名數、聲律之學者，又有不幸而不爲者。苟一之以進士、制策，是使奇才絕智，有時而窮也。」〔註11〕他認爲章句、名數、聲律是束縛人的思想。或許因之故，蘇軾受影響，在詩文創作上，求新求變，不受傳統格律之束縛。由上述略知，蘇軾的人品才氣似乎受到祖先及父親的遺傳。

蘇軾年幼受母親思想影響深，此在蘇轍〈欒城後集・亡兄子瞻端明墓誌銘〉記載：

> 公生十年，而先君宦學四方，太夫人親授以書。聞古今成敗，輒能語其要。太夫人嘗讀《東漢史》，至范滂傳慨然太息。公侍側曰：「軾若爲滂，夫人亦許之否乎」太夫人曰：「汝能爲滂，吾顧不能爲滂母耶？」公亦奮厲有當世志。太夫人喜曰：「吾有子矣。」比冠，學通經史，屬文日數千言。〔註12〕

由上文知，他的幼年教育，使他有了致君堯舜之志。

於嘉祐二年（1057）蘇軾參加禮部進士考試。他的〈刑賞忠厚之至論〉，議論自然流暢，一反「時文之詭異」，受到當時文壇領袖知貢舉歐陽修（1007～1072）及梅堯臣高度賞識，同時也受到元老眾臣文彥博、富弼及韓琦的重視。嘉祐六年（1061），歐陽修舉薦蘇軾對制策，應仁宗直言極諫策問，入第三等，授簽書鳳翔府節度判官廳事。英宗治平二年（1065）由鳳翔簽判任還朝，差判登聞鼓院。蘇軾依近例召試學士院，試〈孔子從先進論〉、〈春秋定天下之邪正論〉二論，又入三等，獲得直史館館職。接著妻喪之後，又父喪，蘇軾回蜀丁父憂。終喪還朝已是神宗熙寧二年（1069），除判官告院兼尙書祠部，權開封府推官。熙寧四年由於受新黨的排擠，蘇軾請求外調，通判杭州。後於熙寧七年知密州，於是年十二月到任。熙

〔註10〕同註4，卷十二，頁1。
〔註11〕同註4，卷四。
〔註12〕同註8，後集卷二二，頁1411。

寧十年（1077）知徐州，元豐二年（1079）三月知湖州，於是年四月二十日到任。是年七月遭「烏臺詩案」之禍，貶黃州團練副使，此依據蘇軾〈到黃州謝表〉言：「去歲十二月二十九日，準勅責降臣檢校尚書水部員外郎充黃州團練副使本州安置，不得僉書公事。臣已於今月一日到本州訖者。」〔註13〕蘇軾於元豐三年（1080）一月離京，二月一日抵達黃州貶所。元豐七年（1084）移汝州團練副使，此依據蘇軾〈謝量移汝州表〉言：「臣軾言：伏奉正月二十五日誥命，特受臣汝州團練副使，本州安置，不得僉書公事者。……。」〔註14〕元豐八年（1085）知登州，此依據蘇軾〈登州謝上表二首〉之一言：「臣軾言：伏奉誥命，授臣朝奉郎，知登州軍州事，臣已於今月十五日到任上訖者。」〔註15〕哲宗元祐元年（1086）遷中書舍人，改翰林學士。元祐三年，周穜上疏以王安石配享神宗，蘇軾堅持反對，於是遭到新舊兩黨的攻擊，所以於元祐四年，蘇軾請知杭州，其後於元祐六年知穎州，元祐七年知揚州，元祐八年知定州。紹聖元年（1094）貶惠州，此依據蘇軾〈到惠州謝表〉言：「先奉告命，落兩職，追一官，以承議郎知英州軍州事。續奉告命，責授臣寧遠軍節度副使惠州安置。已於今月二日到惠州公參訖者。」〔註16〕於紹聖四年（1097）貶儋州，此依據蘇軾〈到昌化軍謝表〉言：「今年四月十七日，奉被告命，責授臣瓊州別駕昌化軍安置。臣尋於當月十九日起離惠州，至七月二日已至昌化訖者。」〔註17〕之後於元符三年（1100）十一月遇赦北歸，在蘇軾〈提舉玉局觀謝表〉言：「臣先自昌化軍貶所奉勅移廉州安置，又自廉州奉勅授臣舒州團練副使永州

〔註13〕本段引自、參考（宋）蘇軾撰　張志烈等主編：《蘇軾全集校注》詩集一前言2～4頁，及文集四（石家莊：河北人民出版社，2010年6月），卷二三，頁2583。

〔註14〕同註13，卷二三，頁2590。

〔註15〕同註14，頁2602。文中「臣已於今月十五日」之「今月」指元豐八年十月。

〔註16〕同註13，卷二四，頁2782。

〔註17〕同註16，頁2785。

居住。今行至英州,又奉勅授臣朝奉郎提舉成都玉局觀在外州軍任便居住者。七年遠謫,不自意全。萬里生還,適有天幸。驟從縲絏,復齒搢紳。……。」〔註18〕

　　宋神宗元豐二年(1079年)發生的「烏臺詩案」,此不僅是蘇軾的政治迫害,也浮現出北宋的政治腐敗。此案蘇軾是新舊黨之政治鬥爭中之犧牲者。蘇軾遭「烏臺詩案」之導火線,源於沈括。依據王文誥《蘇文忠公詩編注集成總案》注引王銍〈元祐補錄〉記載:

> 沈括素與蘇軾同在館閣,軾論事與時異,補外。括察訪兩浙,陛辭。神宗語括曰:「蘇軾通判杭州,卿其善遇之。」括至杭,與蘇軾論舊,求手錄近詩一通,歸即籤貼以進云:「詞皆訕懟。」軾聞之,復寄詩劉恕戲曰:「不憂進了也。」其後李定、舒亶論軾詩置獄,實本於括云。元祐中,軾知杭州,括閑廢在潤,往來迎謁恭甚,軾益薄其爲人。〔註19〕

依文沈括之本子起因,而引起一場有策謀的政治迫害。而其主謀者有舒亶、李定、何正臣等人。

　　宋神宗元豐二年(1079)一月二日,監察御史舒亶自蘇軾至湖州呈神宗之〈湖州謝上表〉始指責。依據朋九萬《烏臺詩案》有記載,本文謹摘錄監察御史裏行舒亶箚子:

> 臣伏見知湖州蘇軾,近謝表上,有譏切時事之言。流俗翕然,爭相傳誦。忠義之士,無不憤惋,且陛下自新美法度以來,異論之人,固不爲少。然其大不過文亂事實,造作譏說,以爲搖奪沮壞之計。其次又不過腹非背毀,行察坐伺,以幸天下之無成功而已。至於包藏禍心,怨望其上,訕讟謾罵,而無復人臣之節者,未有如軾也。……〔註20〕

該等人以卑鄙手段,羅織罪狀,以構成蘇軾死罪。其在蘇軾詩文中,

〔註18〕同註16,頁2787。
〔註19〕（清）王文誥撰:《蘇文忠公詩編注集成總案》(成都:巴蜀書社,1985年11月)卷十九,頁2。
〔註20〕（宋）朋九萬撰（清）李調元編纂:《烏臺詩案》(臺北:宏業書局印行,1972年4月),頁3087～3090。

以尋章摘句方式望文生義、斷章取義、牽強附會、索隱發微，甚至無中生有，節外生枝，鄙視汙衊蘇軾所作之善事，誣陷詩文。依據朋九萬撰《烏臺詩案》中，詳備誣陷之內容資料有：與「王詵往來詩賦」、「與王詵作寶繪堂記」、「與李清臣寫超然臺記并詩」、「次韻章傳」、「送劉述吏部」、「寄周邠諸詩」、「與子由詩」、「杭州觀潮五首」、「和黃庭堅古韻」、「與王紛作碑文」、「與劉邠通判唱和」、「與湖州知州孫覺詩」、「送錢藻知婺州」、「送張方平」、「和李常來字韻」、「爲王安上作公堂記」、「揚州贈劉摯孫洙」、「次韻潛師放魚詩」、「知徐州作日喻一篇」、「爲錢公輔作衰辭」、「與僧居則作大悲閣記」、「與晁澤先生作文集序」、「和陳述古十月開牡丹四絕」、「寄題司馬君實獨樂園」、「送曾鞏得燕字」、「湖州謝上表」、「遊杭州風水洞留題」、「和劉恕三首」、「送蔡冠卿知饒州」、「爲張次山作寶墨堂記」、「送杜子方陳珪戚秉道」、「與王鞏作三槐堂記并眞讚」、「謝錢顗送茶一首」、「送范鎮往西京」、「祭常山作放鷹一首」、「後杞菊賦并引」、「同李杞因獵出遊孤山作詩四首」、「徐州觀百步溪（洪）詩」、「張氏蘭皋園記」〔註21〕等。

　　蘇軾於神宗元豐二年（1079）七月二十八日在湖州被捕解京，八月十八日入御史臺獄，十一月二十八日結案聞奏，十二月貶黃州（今湖北黃岡）團練副使，當時與蘇軾有文字往來者如蘇轍、司馬光、黃庭堅等，因此案被牽累，遭貶謫或罰款。次年正月離京，二月一日抵達黃州。至元豐七年（1084）奉正月二十五日誥命量移汝州，居常州，赴登州，期間約有一年時間，於元豐八年（1085）十二月初抵京師，旋擢起居舍人，出入宮禁，至元祐三年擢中書舍人，爲時約三月左右。哲宗於（1086）即位後，司馬光執掌政權，蘇軾先後任登州（今山東蓬萊）太守、中書舍人、端明殿學士、翰林學士、吏部尚書、兵部尚書、禮部尚書等職。此時王安石新法盡廢，蘇軾卻主張對新法「參用其是」，勿須全盤否認，此舉因爲蘇軾在任地方官時，發現王安石的

〔註21〕同註20，目錄頁3079～3083。

一些新法是可取是適用的。結果引起司馬光的不滿與惱怒，而被知杭州，後改知潁州、揚州。

元祐八年（1093）九月三日，太皇太后高氏崩，哲宗親政，他已傾向新黨執政，所以蘇軾於九月十三日罷尚書職，以端明殿學士兼翰林學士知定州。元祐九年（1094）四月改元祐爲紹聖元年，哲宗詔述神宗新政，新法復活，政策及人士變更。此時，御史虞策及殿中侍御來之邵發難，彈劾蘇軾「從前所作誥詔文字，語涉譏諷」及「譏斥先朝，援古況今，多引衰世之事，以快怨憤之私」。據施宿《東坡先生年譜》記載：「紹聖元年六月，御史來之邵等復言先生自元祐以來多託文字譏斥先朝，雖已責降，未厭輿論。責授寧遠軍節度副使惠州安置。」然而因〈縱筆〉：「白頭蕭散滿霜風，小閣藤牀寄病容。報道先生春睡美，道人輕打五更鐘。」執政者（章惇）聞而怒之，於紹聖四年（1097）貶至儋耳。此依據《宋史·哲宗紀二》記載：「閏二月甲辰，蘇軾責授瓊州別駕，移昌化軍安置。」〔註22〕上述爲蘇軾三次貶謫之原委。

第二節　北宋的政治社會及文學文化思想

本論文是研究蘇軾貶謫時期的詩歌審美意識，因此，本章有必要探析北宋時期的政治、社會及文學、文化思想層面的變異及潮流指標，其對宋人審美觀及審美觀照的變化影響，以致產生以理性爲宗的宋詩。此也讓宋詩別於其他朝代，而將詩學的創新，發展到另一顛峰期。

北宋初期在太祖、太宗、眞宗三朝，以政治言之，宋之制度已立。然以美學言之，宋初的美學受唐代唐風影響，則未全臻於宋體。吳功正《宋代美學史》提及：

宋代的文學、美學群體具有比較規範意義的流派性質、特

〔註22〕　（元）脫脫撰　王雲五主編：《宋史·宋史本紀》（臺北：臺灣商務印書館，2010 年 3 月），卷十八，頁 20-217。

點，較之唐代的鬆散型則更顯得緊密，從宋初的白體、西
崑體、晚唐體便兆現端倪。……。初、盛唐人揮揚蹈厲、
青春意氣的精神並不符合初宋人的心理、精神。中、晚唐
人的心理結構出現變化，斂縮、恬靜，這一變化又詔示著
並規範了此後的發展。宋人的心理在其內涵和表現形式上
正延續和對接了中、晚唐人，這是唐韻風靡初宋之內在原
因。〔註23〕

朝代更迭，無論是文學、文化上都會受到前朝的影響。且必須經過
一段時間的衝擊改造，才有另一番新的思想出現。宋人的思維模式
屬於思辨、懷疑，這種思辨、懷疑，當然是推翻創新改造的精神。
本節將朝北宋時期的政治、文學、文化、社會作一環視，以了解當
時人們的審美心理、審美意識思潮走向，及其對詩歌創作的改變、
影響之探討。

一、北宋的政治及社會思想

　　北宋的政治制度中，中央集權的強化具有其時代的特點。趙宋立
國之初，最重要及迫切之問題，一爲進行統一，消滅地方割據勢力，
二爲加強中央集權。宋初統治者將政權、兵權及財政權集中於中央管
理。各路監司、各州之官，幾乎都以文人問政，並以文人掌兵權，重
文輕武的抑武政策，以根除防範藩鎮割據跋扈之禍。或許宋代重文輕
武，重內輕外政策，造成軍事處於弱勢地位，屢遭外敵入侵，使國家
陷於積貧積弱的狀態之中，然確實也造就了宋代文化的繁榮。

　　在《宋史・藝文志》記載：「宋有天下，先後三百餘年。……其
時君汲汲於道藝，輔治之臣莫不以經術爲先務，學士縉紳先生，談
道德性命之學，不絕於口，豈不彬彬乎近於周文之哉，宋之不競，
或以爲文勝之弊，遂歸咎焉，此以功利爲言，未必知道者之論也。」

〔註23〕吳功正：《宋代美學史》（南京：江蘇教育出版，2007年10月），頁
　　　　61、62。

〔註24〕此見仁見智，筆者認為以宋代的時空環境言之，當時的時代是以武力強弱為立國標準，而宋代連軍事要職皆以文官為之，恐是國事積弱積貧之要因之一。

宋初實施輕徭薄賦，招徠流亡，獎勵生產，懲治貪官，不抑兼併，不立田制等政策。因此，就促進了生產，社會穩定，人民的安居，各行各業幾乎是均衡發展。同時提倡文教，如復興儒學、激勵士大夫忠義氣節、養好士風及各種典章制度。並促進各階層與中央政權，或各階層之間的關係變化。同時以經濟結構帶動政治及各個領域的進步成長，彼此間互相作用，又互相制約，而使宋代別於前朝的政治及社會現象。〔註25〕

除此之外，台諫〔註26〕制度的完備，也是重要政策。於理言之，中央集權的加強，必導致專制主義，然而宋代一方面是集權政治的不斷加強，一方面是學者文人議論相對的自由，照理而言，此是相悖不能並存的二個極端，但是宋代確實得到了和諧的統一，這對宋代學術文風的影響很大。據史學家陳寅恪認為：「宋代人言論是最自由的。」此是淵源於宋「百年未嘗誅殺大臣」之故，然北宋何以如此做，且可以做到，在蘇軾〈上神宗皇帝書〉有一段言及：

> ……。古者建國，使內外相制，輕重相權。如周如唐，則外重而內輕。如秦如魏，則外輕而內重。內重之弊，必有姦臣指鹿之患。外重之弊，必有大國問鼎之憂，聖人方盛而慮衰，常先立法以救弊。我國家租賦籍於計省，重兵聚

〔註24〕（元）脫脫等撰：《宋史·藝文志》（臺北：台灣商務印書館，2012年），卷二百零二，頁20-2360。

〔註25〕本段參考自楊渭生等著：《兩宋文化史》（杭州：浙江大學出版社，2008年1月），頁2。但是，宋代的官僚政治體制造成的弊端，到真宗後期已顯現出來，仁宗時朝野要求改革之聲越來越高，而至後來有王安石之新法革新政策。

〔註26〕所謂台諫，乃是御史台與諫院的並稱。兩者原本是各司其職、不相連屬的機構。御史台秦漢以來即是獨立機構，其長官為御史大人，其職在《大唐六典·御史台》卷十三說：「掌邦國刑憲、典章之政令，以肅正朝列，中丞為之貳。」是代表君主糾察百官的專門機構。

於京師，以古揆今，則似內重。恭惟祖宗，所以深計而預
慮，固非小臣所能臆度而周知。然觀其委任臺諫之一端，
則是聖人過防之至計。歷觀秦、漢以及五代，諫諍而死，
蓋數百人。而自建隆以來，未嘗罪一言者，縱有薄責，旋
即超升。許以風聞，而無官長，風采所繫，不問尊卑，言
及乘輿，則天子改容；事關廊廟，則宰相待罪。故仁宗之
世，議者譏宰相，但奉臺諫風旨而已。聖人深意，流俗豈
知。臺諫固未必皆賢，所言亦未必皆是，然須養其銳氣而
借之重權者，豈徒然哉？將以折姦臣之萌，而救內重之弊
也。……。〔註27〕

「自建隆以來，未嘗罪一言者」就是自宋太祖以來「百年未嘗誅殺大
臣」之意，此也是趙宋王朝建國以來奉行的國策，如蘇軾「烏台詩案」
終而不死，責降貶到黃州之例證。在《宋史》卷三百九十《列傳》第
一百四十九附論記載：「考宋之立國，元氣在台諫。」又卷四百十一
《歐陽守道傳》：「國事成敗在宰相，人才消長在台諫。」又卷四百零
七《杜範傳》：「行之者宰相，言之者台諫。」〔註28〕由此可知，宋人
獨擅議論之盛爲其他朝代所未有，此現象實有其政治背景因素，進而
貫徹到社會、文化各個層面的時代精神，以及由此衍生的懷疑精神、
創造精神、實用精神等等。在歐陽修〈述懷〉：「願我實孤生，饑寒談
孔孟。壯年猶勇爲，刺口論時政。」〔註29〕及〈鎭陽讀書〉：「平生事
筆硯，自可娛文章。開口攬時事，議論爭煌煌」〔註30〕復〈讀書〉：

〔註27〕同註 13，卷二五，頁 2885、2886。文中所謂所謂「家租賦籍於計省，
　　　　重兵聚於京師。」即是，財政、軍事大權均掌握在由文官擔任的中
　　　　央首腦機關三司及樞密院之中。所謂外重，即是指地方割據的實力
　　　　大於中央，如商周時代的諸侯及唐代後期的藩鎭割據，內重則是指
　　　　中央集權。
〔註28〕（元）脫脫等撰：《宋史・列傳》（臺北：鼎文書局，1983 年）卷三
　　　　百九十，第一百四十九，頁 11963。《宋史・歐陽守道傳》卷四百十
　　　　一，頁 12364。《宋史・杜範傳》卷四百零七，頁 12280。
〔註29〕（宋）歐陽修撰 李逸安點校《歐陽修全集》（北京：中華書局出版，
　　　　2001 年 3 月），卷五，頁 89。
〔註30〕同註 29，卷二頁 35。

> 吾生本寒儒，老尚把書卷。眼力雖已疲，心意殊未倦。正
> 經首唐虞，僞説起秦漢。篇章異句讀，解詁及箋傳。是非
> 自相攻，去取在勇斷。〔註31〕

知識分子對議論的熱中，由此可以看出。宋代喜歡議論，在政治層面
上言之，則是知識分子參與議事的表現，如范仲淹〈靈烏賦〉：「寧鳴
而死，不默而生。」〔註32〕此言，已將宋代知識分子議事之心表露無
遺，此現象是大時代環境造成，其他歷代未見之，筆者認爲宋代此時
已有民主思想。宋代人不僅好議，且也好辯。他們不但與古人辯，也
與今人辯。如蘇軾自稱「軾少時好議論古人」但至晚年覺得「既老，
涉世更變，往往悔其言之過。」〔註33〕

　　宋初由於帝王右文政策提倡臣屬閱讀，並身體力行，率領讀書之
風氣，致使宋代充滿著文化的氛圍。在《續資治通鑑・宋紀》記載：

> 帝性喜讀書，詔史館所修《太平總類》，日進三卷。宋琪等
> 言：「日閲三卷，恐聖躬疲倦」，帝曰：「開卷有益，不爲勞
> 也。此書千卷，朕欲一年遍讀。」尋改名《太平御覽》○……。
> 朕歷覽前書，大抵君臣之際，情通則道合，故事皆無隱，
> 言必可用。朕勵精求治，卿等爲朕股肱耳目，設有闕政，
> 宜悉心言之。朕每行一事未當，久之尋繹，惟自咎責耳，
> 故不以居尊自恃，使人不敢言也。〔註34〕

此文記載了宋太宗刻苦勤學之精神，以及爲求君臣之際，情通則道
合，是以事皆無隱，言必可用。「朕勵精求治，卿等爲朕股肱耳目，
設有闕政，宜悉心言之」的問政理想。因此，促進了宋代文化發展臻
於巔峰。

〔註31〕 同註 29，卷九，頁 139。
〔註32〕 （宋）范仲淹：《范文正公集》（北京：中華書局影印，1984 年據北
　　　　京圖書館藏北宋刻本原大影），頁 28。
〔註33〕 （宋）蘇軾撰，張志烈等主編：《蘇軾全集校注》文集七（石家莊：
　　　　河北人民出版社，2010 年 6 月）卷四九，頁，5306、5307。
〔註34〕 （清）畢沅編著：《續資治通鑑・宋紀》（臺北：中華書局據原刻本
　　　　校刊，1965～1966 年）冊一，卷十二，頁 12。

　　宋代皇帝除了喜歡讀書之外，也重視儒釋道三教的融合發展。而對儒家的重視，表現在科舉制度上，此為宋文學、文化發達原因之一。宋科舉考試以儒家經典為主要內容，宋初以詩賦進退，神宗時罷詩賦，以經義策論取士。元祐間恢復了詩賦考試，之後又罷詩賦，又以經義取士，至南宋則以經義、詩賦取士。其中以經義、策論比詩賦更受重視，此與宋太祖立下戒碑「不得殺士大夫及上書言事人。子孫有渝此誓者，天必殛之」有關，此造就了敢諫言者。在《續資治通鑑》記載宋太宗之言：「清靜致治，黃老之深旨也。夫萬務自有為，以至於無為，無為之道，朕當行之。」〔註35〕由此段話，可以了解到宋代文人何以重視老莊思想之淵源。因之，蘇軾也受老莊之思想，尤其遭貶謫時期，此思想更是其心靈的慰藉。

二、北宋的文學及文化思想

　　陳寅恪言：「華夏民族之文化，歷數千載之演進，造極於趙宋之世。」其無論政治、經濟、民生、宗教、學術、詩文、文藝、科技、典籍、及言論等等各層面上，都有其成就及嶄新發展。由此言之，歷來「從宋文化總體衡量上言，華夏文化造極於趙宋之說，已為學術界所共識。」〔註36〕

　　北宋初期興起的古文運動，到了歐陽修便掀起了一股詩文革新復古運動。在詩文及美學理論上，不僅改變了唐末至宋初的駢偶、晦澀的審美潮流，且更提升了美學的內蘊。此影響著當時著名文學家，如王安石、曾鞏、蘇洵、蘇軾、蘇轍的美學思潮，結束了唐末、五代的艷麗、流俗，形成平易流暢的宋代文風，也影響後世，如汪師韓《詩學纂聞・四美四失》提及：「宋元後，詩人有四美焉：曰博、曰新、

〔註35〕（宋）李燾撰；（宋）趙希弁補注；清四庫全書館輯並撰考證；（清）楊文瑩等校；（清）黃以周等輯拾補《續資治通鑑長編新定本六百卷》（臺北：世界書局，2010年）卷三四，頁356。

〔註36〕楊渭生等著：《兩宋文化史》（杭州：浙江大學出版社，2008年1月），頁1。

曰切、曰巧。既美矣，失亦隨之；學雖博氣不清也，不清則無音節。文雖新詞不雅也，不雅則無氣象且也。切而無味，則象外之境窮。巧而無情，則言中之意盡枯。」〔註37〕此是宋人對詩文內蘊的追求。

在《神宗舊史‧歐陽修傳》言及此次詩文革新運動之原委：

> 國朝接唐，五代末流，文章專以聲病對偶為工，剟剝故事，雕刻破碎，甚者若俳優之辭。如楊億、劉筠輩，其學博矣，然其文亦不能自拔於流俗，反吹波揚瀾，助其氣勢。一時慕效，謂其文為崑體。時韓愈文，人尚未知讀也。修始年十五六，於鄰家壁角破籃中得本學之，後獨能摒棄俗時故步，與劉向、班固、韓愈、柳宗元爭馳逐。是時，尹洙與修亦皆古文倡率學者，……。至修文一出，天下士皆向慕，為之猶恐不及。一時文章大變，庶幾乎西漢之盛者，由修發之。〔註38〕

一個朝代人才輩出，有其時空背景因素，而文學的變新改革，要有其深厚博學才能者，方能為士人臣服，歐陽修的博學、文學美學素養、身分、地位，以及他寬厚的心胸、樂於擢拔人才的魄力，形成了一派的詩文創新的潮流學派。在其〈與梅聖俞書〉：「讀軾書，不覺汗出，快哉快哉，老夫當避路，放他出一頭地也。」〔註39〕他擢拔蘇軾獎掖後進之心，由此可見，之後蘇軾受歐陽修詩文變革的影響甚大。

歐陽修對北宋文學的改革，對此蘇軾於〈六一居士集敘〉也言及：

> 愈之後二百有餘年，而後得歐陽子。其學推韓愈、孟子以達於孔氏，著禮樂仁義之實，以合於大道。其言簡而明、信而通，引物連類，折之於至理，以服人心，故天下翕然

〔註37〕（清）汪師韓：《詩學纂聞‧四美四失》（《叢書集成續篇》第201冊，臺北：新文豐出版，1989年8月），頁427。

〔註38〕《神宗舊史‧歐陽修傳》是葉濤重修實錄本傳，見於（宋）歐陽修：《歐陽文忠公集》（臺北：臺灣商務，1979年）冊5～6附錄卷三，頁1276。

〔註39〕（宋）歐陽修戰撰 李逸安點校《歐陽修全集》（北京：中華書局出版，2001年3月），卷一四九，頁2459。

師尊之。自歐陽子之存，世之不說者，譁而攻之，能折困
其身，而不能屈其言。士無賢不肖，不謀而同曰：『歐陽子，
今之韓愈也。』宋興七十餘年，民不知兵，富而教之，至
天聖、景祐極矣，而斯文終有愧於古。士亦因陋守舊，論
卑氣弱。自歐陽子出，天下爭自濯磨，以通經學古為高，
以救時行道為賢，以犯顏納說為忠。長育成就，至嘉祐末，
號稱多士，歐陽子之功為多。嗚呼，此豈人力也哉？非天
其孰能使之？歐陽子沒十有餘年，士始為新學，以佛老之
似，亂周孔之真，識者憂之。賴天子明聖，詔修取士法，
風厲學者專治孔氏，黜異端，然後風俗一變。考論師友淵
源所自，復知誦習歐陽子之書。予得其詩文七百六十六篇
於其子棐，乃次而論之曰：『歐陽子論大道似韓愈，論事似
陸贄，記事似司馬遷，詩賦似李白。』此非余言也，天下
之言也。〔註40〕

「自歐陽子出，天下爭自濯磨」可見歐陽修在當時文壇的影響力。而
蘇軾言「賴天子明聖，詔修取士法，風厲學者專治孔氏，黜異端，然
後風俗一變。」及「歐陽子論大道似韓愈，論事似陸贄，記事似司馬
遷，詩賦似李白。此非余言也，天下之言也。」可見當時朝廷對儒學
的重視及學術潮流的轉變。

　　吳功正《宋代美學史》提及歐陽修的詩文革新運動認為：

它是一場文學運動，又是一場美學思潮。它徹底改變了晚
唐、五代以來積習既久的審美傾向，它真正形成了具有宋
代美學特徵的宋調，它使得詩歌這一審美樣式真正具備了
宋人的品格，它又具有文體的審美革命意義，結束了六朝
以來綿延六百年駢文歷史，並且產生了新的文賦體式。它
是一場革故鼎新、扭轉大勢的美學革命，其旗手是歐陽
修。〔註41〕

〔註40〕（宋）蘇軾撰，張志烈等主編：《蘇軾全集校注》文集二（石家莊：
　　　　河北人民出版社，2010年6月），卷一〇，頁978、979。
〔註41〕吳功正：《宋代美學史》（南京：江蘇教育出版社，2007年10月），
　　　　頁82。

以此，宋代詩歌美學在歐陽修的詩文運動之後，有了嶄新的面貌。此影響了宋代的文藝美學思潮趨向，尤其當時的詩歌美學意蘊，有了很大的變革與取向。清代趙翼《甌北詩話》記載：「以文為詩，自昌黎始，至東坡益大放厥詞，別開生面，成一代之大觀。尤其不可及者，天生健筆一枝，爽如哀梨，快如并剪，有必達之隱，無難顯之情。此所以繼李杜之後為一大家也。」〔註42〕

北宋初、中期的學術是複雜且多樣的，社會上流行著一種求新求變的學術思潮，有理學〔註43〕的興起、有疑經等的思潮。有所謂之宋學，它是以義理解經的新經學，對《周易》、《論語》、《孟子》、《中庸》、《大學》等儒家經典從新闡釋。對於疑經者，於王應麟《困學紀聞》記載：

> 自漢儒至於慶曆間，談經者守訓故，而不鑿，《七經小傳》出，而稍尚新奇矣，至《三經義》行，視漢儒之學若土梗。古之講經者，執卷而口說，未嘗有講義也。……陸務觀曰唐及國初學者，不敢議孔安國、鄭康成，況聖人乎，自慶曆後，諸儒發明經旨，非前人所及，然排《系辭》，毀《周禮》，疑《孟子》，譏《書》之《胤征》、《顧命》，黜《詩》之序，不難於議經，況傳注乎。斯言可以

〔註42〕（清）趙翼《甌北詩話》（臺北：廣文書局，1971 年 9 月），卷五，頁 1。

〔註43〕敏澤：《中國美學思想史》（濟南：齊魯書社，1989 年 8 月），頁 245、246。中提及：「由儒家經學、道教和佛教相互融會而產生和發展起來的宋代理學，是儒學發展史上的重要而嶄新的階段，因之被稱為『新儒學』或稱道學，或稱理學。如果說，儒學在秦、漢之際經歷了一次大的改造，即陰陽五行學說與儒學的結合，那麼，北宋時期佛學與儒學的結合，則是儒學發展史上的第二次大的改造。……宋代理學的前導，是唐代的韓愈和李翱。韓愈標舉道統，實受佛教判教之法的啟示，他的標舉仁義道德，也與佛教重心性、重主體自覺的影響有關。李翱的《復性書》實援佛家之『性』義，以論證孔孟之性論。……宋代理學雖然也向韓愈、李翱一樣，力張儒家道統，極力排斥佛道之說，但在他們的思想理論體系中，以至他們的一些具體的論述中，卻吸收並融入了許多佛、道的觀點和資料，卻是歷史的事實。」

箴談經者之膏盲。〔註44〕

由此觀之，宋初始有疑經之思潮。嚴羽《滄浪詩話》批評宋代詩：「本朝人尚理而病於意興，唐人尚意興而理在其中」〔註45〕此為宋代社會處在一個哲理思辨背景因素而造成。所以他也說「詩有別裁，非關書也。詩有別趣，非關理也，然非多讀書，多窮理，則不能極其至。所謂不涉理路，不落言筌者上也，詩者吟詠性情也。盛唐諸人惟在興趣羚羊掛角，無跡可求，……」〔註46〕總之，宋代時代思想、政治、社會及各層面因素，影響著文化、文學及美學的發展趨向與特有的文化思惟。

至於，宋代的美學，吳功正在《宋代美學史》言：

> 宋代美學具有多方面的豐富形態、多層級的淵源內涵，它與宋代社會、文化特徵密切相關，具有明顯的流變性，美學思潮的波翻浪疊使其富於色彩感。宋代美學在廣闊文化背景和深厚文化土壤中孕生，氤氳著濃郁的文化氣和書卷味，成為中國美學的標準範式，更能體現學問型美學的特徵，更能符合生活化和情調型的審美需求。〔註47〕

又言

> 宋代的文化、審美行為出現擴展性、蔓延性趨勢，反映了宋人文化、審美需求量的增大，尋求新的滿足對象和載體，出現了審美形式、形態增多的勢態。……宋代諸多社會、文化因素從多個側面影響美學，產生了與宋型文化具有同

〔註44〕（宋）王應麟（清）閻若璩 何悼評注：《困學記》（《景印文淵閣四庫全書》第 854 冊，臺北：臺灣商務印書館發行），卷八，頁 854-323～324。該注曰：「排《系辭》按謂歐陽永叔，毀《周禮》按謂歐陽永叔、蘇軾、轍，疑《孟子》按謂李覯、司馬光，譏《書》之《胤征》、《顧命》按謂蘇軾，黜《詩》之序，按謂晁說之。」

〔註45〕（宋）嚴羽撰：《滄浪詩話》（《景印文淵閣四庫全書》第 1179 冊，臺北：臺灣商務印書館，1985 年 9 月），頁 1179-37。

〔註46〕同註 45，頁 1179-31。

〔註47〕吳功正：《宋代美學史》（南京：江蘇教育出版社，2007 年 10 月），頁 1。

等涵值的宋型美學。宋詞、宋瓷、宋塑、宋畫、宋書等，
都成爲具有高峰意義和時代名片性質的審美品類。宋代雅
化與俗化、文人化與市民化、理性化與美學化並生並存，
開啓明、清美學之勢。……。宋代美學理論和審美形態雙
生雙茂，美學內部交叉互滲，部門間如詩畫合一，類別間
如宮廷藝術與平民藝術互相影響。……。宋代美學是中國
美學史上的重要時期和繁榮時期，有屬於自己時代的審美
理想、審美形態，彬彬大備，郁郁乎文哉。既承諸了前代，
又改變了前代，並對後世的美學產生了深刻的影響。〔註48〕

由於北宋初、中期的學術是複雜且多樣性，社會流行求新求變的學
術思潮。至使宋代的文化有大變於諸前代的風格，是以，無論文學、
人文、各品類藝術，都有其時代審美之追求。上文「宋代美學理論
和審美形態雙生雙茂，美學內部交叉互滲，部門間如詩畫合一。」
此句說明了蘇軾的文藝美學理論，及詩畫本一律之論，是有其時代
背景因素。

　　宋代的文化氛圍濃厚，理學大行，禪學大盛；發明印刷術，廣建
書院，爲文化的傳播創造了條件。而文化經過廣泛傳播，爲文化門類、
形態之間的溝通打下了基礎。在這樣的文化背景下才能對以理入詩、
以禪入詩、以文爲詩、以詩爲詞、詩畫一律等跨美學、藝術、文化現
象作出闡釋和說明。〔註49〕此爲宋代有別於其他朝代對文化、文學、
美學、藝術上的成就之因。

第三節　趨於理性平淡的宋代詩風

　　整個宋代的文化——審美趨向，在對唐人審美判斷所作的取向
中，在審美趣味的演化中，表現爲化雅爲俗，進而化俗爲雅，由豐腴
而趨於枯瘦，由宏麗而歸於平淡。這不是純美學趨勢，而是帶有文化

〔註48〕同註47，頁17、18。
〔註49〕吳功正：《中國文學美學》（南京：江蘇教育出版社，2001年9月），
　　　　頁553。

範疇特徵的現象。〔註50〕

　　宋代詩文趨於理性、平淡、自然，此與北宋政治改革和儒學、古文及理學的思潮興起有密切關係。宋代開國之初，鑒於五代之際武將之跋扈、地方割據的歷史悲劇，於是，採取了「右文抑武」的「文德致治」政策，並大舉開放科舉人數的數量。此政策是宋代政治、社會、經濟、文化的歷史起點，而且也影響了思想的改變。整個國家的體制，制約了人民的思想、道德、生活、價值、文藝、美學意識、社會心態及禮俗風尚等等的取向。同時，也改變了宋代人文、科技、手工技藝……等等，達到顛峰造極之境。

　　由於宋太宗之「右文」及其好文之性，於朝政之餘，游心於翰墨，雅好吟詠，每逢慶典、宴會，常宣示御制，令侍臣唱和。顯現出著重於藝文風雅之特點，也因此宋初掀起了唱酬之風及文學創作。

一、宋人思辨思維對宋詩的影響

　　宋人的思維是思辨型的，所以好辯、好思，愛好發議論、評論。微言闡明大義，意象引發哲理，是總體性思辨結構所形成之思維模式，因此，在宋代的政治社會思想、人文等各個層面，其所呈現的都是理。宋人特別重視形而上的探究，行上者為道、為理，是宋人所探究之對象，此影響著宋人「窮道究理」、「義理論道」的議論風格。也促進了抽象思辨性的發展，也因此有理學的產生。

　　歐陽修的「開口攬時事，論議爭煌煌。」以時事為題煌煌大辯、大言其思，所以葉適說「歐陽氏為本朝議論之宗。蘇氏專向陸贄。」〔註51〕蘇軾也說自己「少時好論古人」，北宋此議論之風由政治、文學之菁英領袖的帶領，所以才成為宋代的文化特徵，而此特徵滲透於各種門類、領域之中。宋人之好論，而且善從大時事論起，所以就開

〔註50〕同註49，頁560。
〔註51〕（宋）葉適：《習學記言序目》（《叢書集成續篇》第十六冊，臺北：新文豐出版公司印行），卷三九，頁595。

闢了一個嶄新的有廣度審慎思辨的時代。〔註52〕陳寅恪說：「蘇子瞻之史論，北宋之政論也。」〔註53〕以史而論今政，成為宋代議論的重要特徵。

在詩歌方面，就促使了詩的議論化，作為詩的異化了的形態出現。翁方綱《石洲詩話》中提到宋詩議論化之原因：

> 唐詩妙境在虛處，宋詩妙境在實處……。若夫宋詩，則遲更二三百年，天地之精英，風月之態度，山川之氣象，物類之神致，俱已為唐賢占盡，既有能者，不過次第翻新，無中生有，而其精詣，則固別有在者。宋人之學，全在研理日精，觀書日富，因而論事日密。如熙寧、元祐一切用人行政，往往有史傳所不及載，而於諸公贈答議論之章，略見其概。至如茶馬、鹽法、河渠、市貨，一一皆可推析。南渡而後，如武林之遺事，汴土之舊聞，故老名臣之言行、學術，師承之緒論、淵源，莫不借詩以資考據。而其言之是非得失，與其聲之貞淫正變，亦從可互按焉。〔註54〕

文中說出詩因「俱已為唐賢占盡」所以「宋人之學，全在研理日精，觀書日富，因而論事日密」之中。

由於宋人的理性思維，在文藝美學思想中是求理的風尚，因而在詩歌創作中，有理詩的出現。而蘇軾以自然之理與人生之哲理溶化在詩歌的創作上。此見於其〈題淵明詩二首〉之一：

> 陶靖節云：『平疇返遠風，良苗亦懷新』，非古之偶耕植杖者，
> 不能道此語。非余之世農，亦不能識此語之妙也。〔註55〕

及〈書子美雲安詩〉：

〔註52〕上述宋人思辨思維參考自吳功正：《宋代美學史》（南京：江蘇教育出版社，2007年10月出版），頁37、38。

〔註53〕陳寅恪：《今明館叢稿二篇》，馮友蘭《中國哲學史》上策審查報告。

〔註54〕（清）翁方綱：《石洲詩話》（臺北：廣文書局印行，1971年9月），卷四，頁159～161。

〔註55〕（宋）蘇軾撰　張志烈等主編：《蘇軾全集校注》文集十（石家莊：河北人民出版社，2010年6月），卷六七，頁7494。

「兩邊山木合，終日子規啼」此老杜雲安縣詩也。非親到
其處，不知此詩之工。〔註56〕

及〈書司空圖詩〉：

司空表聖自論其詩，以爲得味於味外。『綠樹連村暗，黃花
入麥稀。』此句最善。又云：『棋聲花院靜，幡影石壇高。』
吾嘗游五老峯，入白鶴院，松陰滿庭，不見一人，惟聞棋
聲，然後知此句之工也。〔註57〕

此三篇文爲蘇軾言陶淵明詩之「平疇返遠風，良苗亦懷新」、杜甫詩
「兩邊山木合，終日子規啼」句、司空圖詩「綠樹連村暗，黃花入麥
稀」句，其詩皆不言理，然理自然而然，生動的在詩之意境裏，此即
是景與意會的呈現。

二、宋詩趨向平淡之底蘊

葉燮《原詩‧外篇下》記載：「開宋詩一代之面目者，始於梅堯
臣、蘇舜欽二人。……自梅、蘇變盡崑體，獨創生新，必辭盡於言，
言盡於意。發揮鋪寫曲折層累以赴之竭盡乃止。」〔註58〕由此可知梅、
蘇二位的創新精神。所以「宋人追求自然平淡之風格，推崇爲藝術之
極諧，此自梅堯臣首倡，經蘇軾推揚發揮，遂成宋代文藝美學之重要
範疇。」〔註59〕

梅堯臣美學思想是「平淡邃美」及「順物適情」的審美傾向，他
說「作詩無古今，爲造平淡難。」他在〈依韻和晏相公〉：「微生守貧
賤，文字出肝膽。一爲清穎行，物象頗所覽。泊舟寒潭陰，野興入秋
茨。因吟適性情，稍欲到平淡。」〔註60〕由此知梅堯臣對平淡美的審

〔註56〕同註55，頁7527。

〔註57〕同註55，頁7580。

〔註58〕（清）葉燮《原詩外篇》（叢書集成續編第152冊，臺北：新文豐出
版公司印行），卷四，頁797。

〔註59〕王水照：《蘇軾論稿》（臺北：萬卷樓圖書，1994年12月），頁6。

〔註60〕（宋）梅堯臣著 朱東潤編年校注：（《梅堯臣集編年校注》上海古籍
出版社，1980年11月），卷十六，頁368。

美追求，其對宋代詩歌美學創作影響很深。歐陽修對梅堯臣平淡風格說：「聖俞平生苦於吟詠，以閑遠古淡爲意，故其構思極難。」、「聖俞覃思精微，以深遠閑淡爲意。」〔註61〕

　　另外，蘇舜欽對於古淡之美，追求的是「會將趨古淡，先可去浮囂」〔註62〕及「作詩千篇頗振絕，放意吐出吁可驚，不肯低心事鐫鑿，直欲淡泊趨杳冥。」他的「文藝美學思想主要是『源於古，致於用』的古文觀和『與人生相偕』的詩論觀。」〔註63〕梅堯臣的「平淡」與蘇舜欽的「古淡」皆影響宋代審美取向，尤其梅堯臣的「平淡」對之後的歐陽修、蘇軾、黃庭堅等人的影響，也奠定了宋代文人、理學家對「平淡」審美範疇的追求與探索。

　　歐陽修的「文簡而意深」及「筆簡而意足」對意的闡釋，也是宋人的審美風尚。他對平淡的論述及思想內蘊較龐雜，既言「古淡」、「深遠閑淡」又談「清麗閑肆平淡」及「醇而不薄」，然此卻與梅堯臣之思想淵源是一派相承的。

　　王安石言：「世間好言語，已被老杜道盡。世間俗言語，已被樂天道盡。」〔註64〕可是，到了蘇軾，他提出了「質而實綺，癯而實腴」、「外枯而中膏，似淡而實美」、及「發纖穠於簡古，寄致味於淡泊」的審美主張，此審美觀，是自然平淡之美，以俗語道盡詩意而不俗，更內斂出一種深層意涵。他謫居嶺南時，其詩作所使用之俗語，應更善於前人。

　　此在〈書黃子思詩集後〉提到：

〔註61〕（宋）歐陽修撰：《六一詩話》（《景印文淵閣四庫全書》第 1478 冊，臺北：台灣商務印書館印行），頁 248、250。

〔註62〕（宋）蘇舜欽著 傅平驤等校注：（《蘇舜欽集編年校注》巴蜀書社出版發行，1991 年 3 月），卷四，頁 307。

〔註63〕范希春著：《理性之維──宋代中期儒家文藝美學思想研究》（北京：中央民族大學出版社，2006 年 1 月），頁 23。

〔註64〕（宋）胡仔撰：《苕溪漁隱叢話》第三十五篇第一冊前集卷一四引《陳輔之詩話》（《筆記小說大觀》，臺北：新興書局，1983 年 12 月）卷十四，頁 90。

> 獨韋應物、柳宗元發纖穠於簡古，寄至味於澹泊，非餘子
> 所及也。唐末司空圖，崎嶇兵亂之間，而詩文高雅，猶有
> 承平之遺風。其論詩曰：「梅止於酸，鹽止於鹹。飲食不可
> 無鹽、梅，而其美常在鹹、酸之外。」……。〔註65〕

進而有「出心意於法度之中，寄妙理於豪放之外」的創作審美理論。
南宋包恢對此的闡釋爲：

> 詩有表裏淺深，人直見其表而淺者，孰爲能見其裏而深者哉？
> 猶之花焉，凡其華彩光燄，漏洩呈露，曄然盡發於表，而其
> 裏索然，絕無餘蘊者，淺也。若其意味風韻，含蓄蘊藉，隱
> 然潛寓於裏，而其表淡然，若無外飾者，深也。〔註66〕

另外，明代袁宏道對於蘇軾的詩歌審美貴於平淡、自然無華的思想之
闡釋如下：

> 蘇子瞻酷嗜陶令詩，貴其淡而適也。凡物釀之得甘，炙之
> 得苦，惟淡也不可造，不可造，是文之眞性靈也。〔註67〕

由上述之文可知，蘇軾之平淡及蘊含深永的美學追求，是宋代人
們所一致追崇的美學範疇。北宋由梅堯臣、歐陽修，到了蘇軾給予了
更有深度與厚度的展現。

蘇軾對於詩歌審美的心態，在〈送參寥師〉詩中說明了審美觀照
的詩歌創作經驗：

> 上人學苦空，百念已灰冷。劍頭惟一吷，焦穀無新穎。胡
> 爲逐吾輩，文字爭蔚炳。新詩如玉屑，出語便清警。退之
> 論草書，萬事未嘗屛。憂愁不平氣，一寓筆所騁。頗怪浮
> 屠人，視身如丘井。頹然寄淡泊，誰與發豪猛。細思乃不
> 然，眞巧非幻影。欲令詩語妙，無厭空且靜。靜故了群動，
> 空故納萬境。閱世走人間，觀身臥雲嶺。鹹酸雜眾好，中

〔註65〕 同註55，頁7598。

〔註66〕 （宋）包恢：《敝帚藁略・書徐致遠無弦稿後》（《景印文淵閣四庫全
書》第 1178 冊，臺北：臺灣商務印書，1985 年 6 月），卷五，頁
1178-759。

〔註67〕 （明）袁宏道：《袁中朗全集・文鈔》（臺北：清流出版社，1976 年
10 月），序文，頁10。

有至味永。詩法不相妨，此語當更請。〔註68〕

筆者認爲，詩中之「靜故了群動」是性靈在萬籟靜寂之中，體悟到平常心境所無法觀察、認知的一切事物，達到性靈與天地萬物結合，頓而悟起了萬象的眞性、眞理。性靈靜了，就進入了虛靜、澄明的清空之中，此時觀察到的是眞性、眞理之明的意境，故而產生「空故納萬境」的最高境界。

蘇軾詩歌創作之經驗，體悟高深，無怪乎，其晚年詩文創作到了「意之所到，則筆力曲折，無不盡意。」他提出美學命題「文理自然」、「蕭散簡遠」審美境界是宋人共同的審美追求。「出新意於法度之中，寄妙理於豪放之外」對「意」之追求，則是宋人的審美風尚，此皆是源於前人如歐陽修之審美風尚，而更盡一層對審美不同意蘊的追求。

第四節　儒釋道思想的影響

宋代由於時空環境之故，當時的文化是處於儒道釋思想氛圍之中。它秉承韓愈的儒家思想，又摻揉道家思想及佛家思想。在整個文化思想上，即以儒家思想爲宗，又吸收佛家、道家思想相互結合，也即是有儒家的中庸、道家的無爲清淨、佛家的超脫的思想精神，此宋代文化思想，影響了蘇軾的思想。於此要敘明一點，即是，有學術論點認爲蘇軾糅合了儒道釋思想，因此他的思想是矛盾的；另有說他在貶謫時期思想是道釋思想取代了儒家思想。筆者認爲，人的思想本來就多元性，而這多元之中，有其中心思想，蘇軾的中心思想明顯是以儒家思想爲主，旁以道釋思想爲輔，但是，不能因有儒釋道思想，即言其思想矛盾。有多元思想才能豐富視野及曠達人生觀，對人生態度才有深度與超然之宏觀。蘇軾乃因有此氣度，所以在謫居時，一次復一次的超越，而達到心靈深處的悟與超然境界。

蘇軾的學術研究，雖然旁徵博引，滲透了諸多思想脈絡，但他的

〔註68〕（宋）蘇軾撰　張志烈等主編：《蘇軾全集校注》詩集三（石家莊：河北人民出版社，2010 年 6 月出版），卷一七，頁 1892、1893。

思想體系的邏輯過程，應該說是以儒家為起點，嬗變於莊學，參證於佛學、禪學，而又歸於儒學。〔註69〕他思想以儒家為主軸，旁參證以佛道思想，是超然自適，所以，縱然他在儋州時期，有如苦行僧的生活，仍然「胸中亦超然自得，不改其度」坦然開朗的度過，且更逍遙自在與釋懷，並從中體悟到人生積極態度的心理感悟，如儒家的心境寧靜，能遇物不亂，一簞食，一瓢飲，居陋巷不改其樂，視富貴如浮雲；道家的沖淡恬靜，崇尚自然，佛家的心境空寂，超越塵世，此即是蘇軾晚年的思想及人生態度轉折點。

　　儒釋道思想，江河雖殊，其至則同，蘇軾將三者融會貫通，視為殊途同歸，他能融合儒道佛思想，此是時代的產物，在當時，此似乎是一種無法避免的文化心理，此三家思想在他身上有了不一樣的交融體現，此影響蘇軾晚年美學思想的特徵。李澤厚說他：

> 吸收道、禪而不失為儒，在儒的基礎上來參禪悟道，講妙
> 談玄，……所以，與其說宋明那些大理學家、哲學家，還
> 不如說是蘇軾，更能代表宋元以來的已吸取了佛學禪宗的
> 華夏美學。無論在文藝創作中或人生態度上，無論是對後
> 世的影響上或是在美學地位上，似都如此。〔註70〕

此言極是。

　　蘇軾曾經有批評過佛老之言論，但經與高深禪師、和尚交往之後，其思想與視野逐漸開闊，且也常閱讀佛經。所以在黃州時，是其對儒釋道的融合統一。蘇轍在〈亡兄子瞻端明墓誌銘〉中言：「既而謫居黃州，杜門深居，馳騁翰墨，……後讀釋氏書，深悟實相，參之孔老，博辨無礙，浩然不見其涯也。」〔註71〕由於人生的劇變，唯一

〔註69〕周偉民：〈孔子儒學對蘇軾思想的影響〉收錄中國孔子基金會編：《孔子誕辰 2540 周年紀念與學術研討會論文集》（上海：上海三聯書店，1992 年 5 月），頁 1888。

〔註70〕李澤厚：《華夏美學》（天津：天津社會科學院出版社，2001 年 11 月），頁 293。

〔註71〕（宋）蘇轍撰　曾棗莊　馬德富校點：《欒城集》（上海：上海古籍出版社，1987 年 3 月），後集卷二二，頁 1421、1422。

能解憂的、釋放的，即是精神慰藉的人生哲理經典。

　　蘇軾對儒釋道思想觀點的闡釋，於他的詩、文論中皆有論述。

一、儒家思想

　　蘇軾的儒家思想以禮樂仁義為本，且秉持經學，此與歐陽修有點相似。並提出要「尊周孔之真」及「尚禮樂仁義之實」，推崇的是周公、孔子的正統儒家思想。因此，儒家思想是他的主流思想，此在一些詩文中可知，且對儒學有獨特見解。

　　見蘇軾作〈論語義〉觀過斯知仁矣，其言：

> 孔子曰：「人之過也，各於其黨，觀過斯知仁矣。」……。
> 《禮》曰：「與仁同功，其仁未可知也。與仁同過，然後其
> 仁可知也。」……。夫與仁同功而謂之仁，則公孫之布被
> 與子路之縕袍何異？陳仲子之蟲李與顏淵之簞瓢何辨？何
> 則？功者人所趨也，過者人所避也。審其趨避而真偽見矣。
> 古人有言曰：「鉏麑違命也，推其仁可以託國。」斯其為觀
> 過知仁也歟？〔註72〕

此文蘇軾言仁之意。「與仁同功，其仁未可知也。與仁同過，然後其仁可知也。」其意為行仁者，其心未必存有仁。而明知有害於己者，仍然不畏懼而行仁者，其心中則有仁在。

　　復見〈君使臣以禮〉：

> 君以利使臣，則其臣皆小人也。幸而得其人，亦不過健於
> 才而薄於德者也。君以禮使臣，則其臣皆君子也。不幸而
> 非其人，猶不失廉恥之士也。其臣皆君子，則事治而民安。
> 士有廉恥，則臨難不失其守。小人反是。故先王謹以禮，
> 禮以欽為主，宜若近於弱；然而服暴者，莫若禮也。禮以
> 文為飾，宜若近於偽，然而得情者，莫若禮也。〔註73〕

〔註72〕（宋）蘇軾撰，張志列等主編：《蘇軾全集校注》文集二（石家莊：
　　　　河北人民出版社，2010年6月第一版），卷六，頁579、580。鉏麑：
　　　　春秋時晉國力士。

〔註73〕同註72，頁584。

此文蘇軾言君臣之禮之意。「君使臣以禮」，見於《論語‧八佾》：「定公問：『君使臣，臣事君，如之何？』孔子對曰：『君使臣以禮，臣事君以忠。』」〔註74〕句。

再見〈孟子論〉：

> 且孟子嘗有言矣：「人能充其無欲害人之心，而仁不可勝用也。人能充其無欲爲穿窬之心，而義不可勝用也。士未可以言而言，是以言餂之也。可以言而不言，是以不言餂之也。是皆穿窬之類也。」惟其不爲穿窬也，而義至於不可勝用，惟其未可以言而言，而其罪遂至於穿窬。故曰：其道始於至粗，而極於至精，充乎天地，放乎四海，而毫釐有所必計。〔註75〕

此文蓋爲蘇軾對孟子之仁義的闡釋。見於《孟子‧盡心章句下》孟子言爲政施仁之理。

蘇軾於嘉祐六年（1061）應制科試作〈禮義信足以成德論〉：

> 有大人之事，有小人之事。愈大則身愈逸而責愈重，愈小則身愈勞而責愈輕。綦大而至天子，綦小而至農夫，各有其分，不可亂也。責重者不可以不逸；不逸，則無以任天下之重。責輕者不可以不勞；不勞，則無以逸夫責重者。二者譬如心之思慮於內，而手足之動作步趨於外也。是故不耕而食，不蠶而衣，君子不以爲愧者，所職大也。自堯舜以來，未之有改。
>
> ……。以爲「上好禮，則民莫敢不敬；上好義，則民莫敢不服；上好信，則民莫敢不用情。夫如是，則四方之民襁負其子而至矣，安用稼？」而解者以爲禮義與信足以成德。……。
>
> 君子以禮治天下之分，使尊者習爲尊，卑者安爲卑，則夫

〔註74〕謝冰瑩等編譯：《新譯四書讀本》（臺北：三民書局，2011年6月）六版五刷，頁94。

〔註75〕（宋）蘇軾撰　張志列等主編：《蘇軾全集校注》文集一（石家莊：河北人民出版社，2010年6月第一版），卷三，頁330。

民之慢上者，非所憂也。君子以義處天下之宜，使祿之一
國者不自以爲多，抱關擊析者不自以爲寡，則夫民之勞苦
獨賢者，又非所憂也。君子以信一天下之惑，使作於中者
必形於外，循其名者必得其實，則夫空言不足以勸課者，
又非所憂也。此三者足以成德矣。〔註76〕

此文皆以儒家思想闡釋，在上位者好禮，以禮待民，則百姓無不尊敬。
好義，則百姓不敢不服從追隨。講信用，百姓則不敢不動之情。如此
禮義信足以成德了，則不須學稼以教民了。

　　復如，應制科試時所上進卷之一〈子思論〉言：

昔者夫子之文章，非有意於爲文，是以未嘗立論也。所
可得而言者，惟其歸於至當，斯以爲聖人而已矣。夫子
之道，可由而不可知，可言而不可議。此其不爭爲區區
之論，以開是非之端。是以獨得不廢，以與天下後世爲
仁義禮樂之主。夫子既沒，諸子之欲爲書以傳於後世者，
其意皆存乎爲文，汲汲乎惟恐其泊沒而莫吾知也，是故
皆喜立論，論立而爭起。自孟子之後，至於荀卿、揚雄，
皆務爲相攻之說，其餘不足數者紛紜余天下。嗟夫，夫
子之道，不幸而有老聃、莊周、楊朱、墨翟、田駢、慎
到、申不害、韓非之徒，各持其私說，以攻乎其外，天
下方將惑之，而未知其所適從。奈何其弟子門人，又内
自相攻而不決。千載之後，學者愈眾，而夫子之道益晦
而不明者，由此之故歟。〔註77〕

此文論述仁義禮樂，其思想中心是以儒家爲本。

　　蘇軾於元祐三年（1088）十二月於汴京作〈六一居士集敘〉言：

自漢以來，道術不出於孔氏，而亂天下者多矣。晉以老莊
亡，梁以佛亡，莫或正之。五百餘年而後得韓愈，學者以
愈配孟子，蓋庶幾焉。愈之後二百有餘年而後得歐陽子，
其學推韓愈、孟子以達於孔氏，著禮樂仁義之實，以合於

〔註76〕同註75，卷二，頁 193、194。
〔註77〕同註75，頁 324。

大道。其言簡而明、信而通，引物連類，折之於至理，以
服人心，故天下翕然師尊之。自歐陽子之存，世之不說者，
譁而攻之，能折困其身，而不能屈其言，士無賢不肖，不
謀而同曰：「歐陽子，今之韓愈也。」〔註78〕

此文蘇軾言儒家之道統，孟子繼承孔子思想，「孟子以達於孔氏，著
禮樂仁義之實，以合於大道」以仁義之理，以服人心。

　　蘇軾貶謫黃州、嶺南時，完成了《易傳》、《論語》、《書》等，可
推論其思想上仍以儒家為重〔註79〕。在黃州時即已籌畫看此類書籍，
如其《與陳季常》書信，即提到「欲借《易》家文字及《史記》索隱、
正義。如許，告季常為帶來。」〔註80〕〈與鄭靖老書〉言：「《志林》
竟未成，但草得《書傳》十三卷，甚賴公兩借書籍檢閱也。」〔註81〕
及〈答蘇伯固〉尺牘言：「某凡百如昨，但撫視《易》、《書》、《論語》
三書，即覺此生不虛過，如來書所諭，其他何足道。」〔註82〕另外在
〈和陶雜詩十一首〉其九所言：「餘齡難把玩，妙解寄筆端。常怨抱
永歎，不及丘明、遷。親友復勸我，放心餞華顛。虛名非我有，至味
知誰餐。思我無所思，安能觀諸緣。已矣復何歎，舊說《易》兩篇。」
〔註83〕他著《易傳》以完成蘇洵的遺願〔註84〕。所以他在黃州期間，
作〈易解〉其自注：十八變而成。他對《易傳》有獨特之見解，此朱

〔註78〕（宋）蘇軾撰，張志列等主編：《蘇軾全集校注》文集二（石家莊：
河北人民出版社，2010年6月），卷一〇，頁978。

〔註79〕在細節上，值得注意的是，蘇軾在儋州是繼續研究學問，如他〈答
李端叔〉書信說：「海南了得《易》、《書》、《論語》傳數十卷，似有
益於骨朽後人耳目也……。」而且為了蠻荒之地的文教，他教導黎
族讀儒家經典。

〔註80〕（宋）蘇軾撰，張志烈等主編：《蘇軾全集校注》文集八（石家莊：
河北人民出版社，2010年6月），卷五三，頁5875。

〔註81〕同註80，卷五六，頁6193。

〔註82〕同註80，卷五七，頁6364。

〔註83〕同註80，詩集七，卷四一，頁4925。

〔註84〕（宋）蘇轍《亡兄子瞻端明墓誌銘》：「先君晚歲讀《易》，玩其爻
象，……作《易傳》未完，疾革，命公述其志，公泣受命，卒以成
書。然後千載之微言，煥然可知也。」

熹《朱子語錄》認為：

> 老蘇說《易》，專得於『愛惡相攻而吉凶』以下三句。他把
> 這六爻似那累世相仇相殺的人相似。看這一爻攻那一爻，
> 這一畫克那一畫，全不近人情，東坡見他憑地太粗疏，卻
> 添得些佛老在裡面，其書自做兩樣，亦間有取王輔嗣之說，
> 亦補老蘇之說，亦有不曉他說了，亂填補處，老蘇說底，
> 亦有去那物理上看得著處。

> 東坡《易》說「六個物事，若相咬然」，此恐是老蘇意，其
> 他若佛說者，恐是東坡。〔註85〕

「東坡見他憑地太粗疏，卻添得些佛老在裡面。」此句言蘇洵解《易》
太粗疏，蘇軾解《易》有佛老思想。

筆者認為，蘇軾謫居時，思想體現在《東坡易傳》之中，抑或
《易》內蘊精神改變了他的思想，改變對人生態度、體悟宇宙間之
哲理思維？然此兩者間並不衝突，而是蘇軾的思想融合統一了，超
越了一切。

二、佛家思想

蘇軾貶謫之後，有昔日交往的和尚、禪師方外朋友，不時的探望
與關懷，對於佛家的思想有了新的認知感悟。

他在〈與章子厚參政書二首〉其一：「初到，一見太守，自餘杜
門不出。閑居未免看書，惟佛經以遣日，不復近筆硯矣。」〔註86〕提
及閑居以看佛經遣日。貶謫生活，生活雖然窮苦，但純樸的民風與自
然風物，對心靈招喚著，讓他有了遺世獨立之感慨，吸引著他心靈深
處的豪放與自然的本質。仕途的失意，頓時得到永恆的慰藉與找到真
正的自我。此時期因環境、仕途、人生的冷暖，而幾乎透徹地改變了
他的人生觀與價值觀。

〔註85〕 （宋）朱熹：《朱子語錄》卷六六，中華書局，頁 1675、1676。
〔註86〕 （宋）蘇軾撰，張志烈等主編：《蘇軾全集校注》文集七（石家莊：
河北人民出版社，2010 年 6 月），卷四九，頁 5271。

至於，蘇軾的佛學觀，應溯源於北宋帝王都非常重視佛教，宋太祖趙匡胤開始大力提倡佛教，他不但經常參拜佛寺，而且還派遣大批僧人遊西域。據《宋史·太祖紀》記載，乾德四年（966）派遣僧人行勤一百五十七人遊西域，此為中國佛教史及歷史上官派僧人遊西域最早、最多。中國佛教史上第一部官刻之《開寶經》，是始刻於太祖開寶四年（971）。宋太宗崇佛更甚，在行軍出征途中，仍以佛事為重，不但經常去寺院參禮，熱心一般佛事，而且還模仿唐代創建規模宏偉的譯經院。〔註87〕所以蘇軾在信奉佛教、禪宗氛圍濃厚的時代，受其影響非常深，以致有說他是儒釋道思想雜糅，其實，是時代大環境的影響所致。

蘇軾在功名上由貴到貶，心境一時難以承受，而佛道思想則是讓近於頹廢的人生態度的心靈慰藉，使受傷的心靈換個視角，重新正視生命的意義。他是位曠達、樂觀、幽默的人，所以很快適應了不一樣的命運、過不一樣的生活，期間更發現了生命存在的意義。

他在〈答李端叔書〉尺牘中言：

> ……。得罪以來，深自閉塞，扁舟草履，放浪山水間，與樵漁雜處，往往為醉，人所推罵，……。謫居無事，默自觀省，回視三十年以來所為，多其病者。足下所見皆故我，非今我也……。〔註88〕

在此書信中蘇軾將謫居黃州時的心境表露無遺，可以推論這時期，他對人生思想態度的些微改變。當蘇軾由少年「致君堯舜」思想，到謫居落寞的心境，落差起伏變化很大。此時，昔日涉及的佛道思想，是心靈寄託。昔日交往的和尚、禪師也不時的書信致慰，並以佛法給予精神鼓勵。

蘇軾真正接觸佛法，約在任鳳翔簽判時期，在其文〈王大年哀

〔註87〕參考摘錄自達亮：《蘇東坡與佛教》（臺北：文津出版社，2010年12月），頁18、19。
〔註88〕同註86，頁5345。

詞〉中可以看出：「嘉祐末，予從事岐下，而太原王君諱彭，字大年，
監府諸軍。……君博學精練，書無所不通。……予始未知佛法，君
爲言大略，皆推見至隱以自證耳，使人不疑。予之喜佛書，蓋自君
發之。」〔註89〕他早年對佛家的思想，在〈中和勝相院記〉有明確
記載：

> 佛之道難成，言之使人悲酸愁苦。其始學之，皆入山林，
> 踐荊棘蛇虺，袒裸雪霜。或刲割屠膾，燔燒烹煮，以肉飼
> 虎豹，鳥烏蚊蚋，無所不至。茹苦含辛，更百千萬億年而
> 後成。其不能此者，猶棄絕骨肉，衣麻布，食草木之實，
> 晝日力作，以給薪水糞除，暮夜持膏火薰香，事其師如生。
> 務苦瘠其身，自身口意莫不有禁，其略十，其詳無數。終
> 身念之，寢食見之。如是，僅可以稱沙門比丘。雖名爲不
> 耕而食，然其勞苦卑辱，則過於農工遠矣。計其利害，非
> 傲倖小民之所樂，今何其棄家，毀服壞毛髮者之多也，意
> 亦也所便歟。
>
> 寒耕暑耘，官又召而役作之，凡民之所患苦者，我皆免焉。
> 吾師之所謂戒者，爲愚夫未達者設也，若我，何用是爲，
> 剟其患，專取其利，不如是而已，又愛其名。治其荒唐之
> 說，攝衣升坐，問答自若，謂之長老。吾嘗究其語矣，大
> 抵務爲不可知，設恑以應敵，匿形以備敗，窘則推墮滉漾
> 中。不可捕捉，如是而已矣。吾游四方，見輒反覆折困之，
> 度其所從遁，而逆閉其塗，往往面頸發赤。然業已爲是道，
> 勢不得以惡聲相反，則笑曰：『是外道魔人也。』吾之於僧，
> 慢侮不信如此。〔註90〕

當時蘇軾何以對佛教「慢侮不信」，是因他發現佛教「荒唐之說」，他
「嘗究其語矣，大抵務爲不可知，設恑以應敵，匿形以備敗，窘則推

〔註89〕同註86，文集九，卷六三，頁7082、7083。
〔註90〕同註86，文集二，卷一二，頁1211、1212。該文寫於治平四年（1067）
九月作於眉州，見《蘇軾總案》卷五，言及中和勝相院：在成都大
慈寺。本卷《勝相院經藏記》云：「在蜀成都，大聖慈寺，故中和院，
賜名勝相。」

墮澒漾中。不可捕捉，如是而已矣。吾游四方，見輒反覆折困之，度其所從遁，而逆閉其塗，往往面頸發赤。」同時也認識到「計其利害，非僥倖小民之所樂，今何其棄家，毀服壞毛髮者之多也，意亦也所便歟。」這些都是早期蘇軾細心觀察認識的佛教。

　　宋仁宗特別青睞一位大覺懷璉禪師，蘇軾在〈宸奎閣碑〉記載：「皇祐中，有詔廬山僧懷璉住京師十方淨因禪院，召對化成殿，問佛法大意，奏對稱旨，賜號大覺禪師。……。仁宗以天縱之能，不由師傳，自然得道，與璉問答，親書頌詩以賜之，凡十有七篇。」〔註91〕由於宋仁宗與大覺禪師的密切交往，此或許影響蘇軾後來對佛教的另一種態度。蘇軾父子皆有與大覺禪師交往，蘇軾詩文中有多篇提到大覺懷璉，如〈與大覺禪師〉三首，其中一首：「先君愛此畫，私心以為捨施，莫如捨所甚愛，而先君所與厚善者莫如公。」〔註92〕提到蘇洵有與之交往。蘇軾與佛家淵源很深，蘇洵是虔誠信奉佛教，此也影響著蘇軾。之後他二次在杭州為官，遊遍杭州山川名勝古刹，在遊覽古刹時結交了當時有名的和尚、禪師。蘇軾謫居期間這些和尚禪師都給予精神的鼓勵。

　　蘇軾在錢塘為官時，常去聽海月惠辯說佛法，他在〈海月辯公〔註93〕眞贊〉并引中回憶與惠辯的交往：

> 錢塘佛者之盛，蓋甲天下。道德才智之士，與夫妄庸巧偽之人，雜處其間。……。余通守錢塘時，海月大師惠辯者，實在此位。神宇澄穆，不見慍喜，而緇素悅服。予固喜從

〔註91〕　（宋）蘇軾撰，張志烈等主編：《蘇軾全集校注》文集三（石家莊：河北人民出版社，2010年6月），卷一七，頁1820、1821。

〔註92〕　同註91，文集九，卷六一，頁6760。

〔註93〕　海月辯公：惠辯（1014～1073），字訥翁，號海月大師，俗姓富，秀州華亭（今上海市松江縣）人。年十九受戒，受天臺教，習西方觀，講法於天竺，學者宗之。後領寺事，沈文通治杭，其異其行，任以都僧正。事具蘇轍《欒城後集》卷二四《天竺海月法師塔碑》。蘇軾詩有《弔天竺海月辯師三首》。文引自張志烈等主編：《蘇軾全集校注》（石家莊：河北人民出版社，2010年6月），卷二二，頁2509。

之游。時東南多事，吏治少暇。而余方年壯氣盛，不安厥官。每往見師，清坐相對，時聞一言，則百憂冰解，形神俱泰。因悟莊周所言東郭順子之爲人，人貌而天虛，緣而葆眞，清而容物，物無道，正容以悟之，使人之意也消，蓋師之謂也歟。一日，師臥疾，使人請余入山。適有所未暇。旬餘乃往，則師之化四日矣。遺言須余至乃闔棺，趺坐如生，頂尚溫也。余在黃州，夢至西湖上，有大殿榜曰「彌勒下生」，而故人辯才、海月之流，皆行道其間。師沒後二十一年，余謫居惠州，天竺淨惠師屬參寥子以書遺余曰：「檀越許與海月作眞贊，久不償此願，何也？」余矍然而起，爲説讚曰：「人皆趨世，出世者誰？人皆遺世，世誰爲之？爰有大士，處此兩間。非濁非清，非律非禪。惟是海月，都師之式。庶復見之，眾縛自脱。我夢西湖，天宮化城。見兩天竺，宛如平生。雲披月滿，遺像在此。誰其贊之，惟東坡子。」〔註94〕

此詩蘇軾於紹聖二年（1095）作於惠州。由此贊文可以看出，蘇軾對海月大師的懷念感佩，並道出二人的深厚情誼，大師臥病，使人請蘇軾入山，但當時他因公「適有所未暇」。大師遺言須蘇軾至乃闔棺，可見二人之交情菲薄。也從海月大師處，得到百憂冰解，而形神俱泰之感。

　　蘇軾與其他大師之深交者甚多，僅舉幾例，如在黃州時蘇軾〈與參寥子〉尺牘言：

某啓。去歲倉卒離湖，亦以不一別太虛、參寥爲恨。留語與僧官，不識能道否。到黃已半年，朋游稀少，思念二公不去心。懶且無便，故不奉書。遠承差人致問，殷勤累幅，所以開諭獎勉者至矣。僕罪大責輕，謫居以來，杜門念咎而已。平生親識，亦斷往還，理故宜爾。而釋、老數公，乃復千里致問，情義之厚，有加於平日，以此知道德高風，

〔註94〕（宋）蘇軾撰，張志烈等主編：《蘇軾全集校注》文集四（石家莊：河北人民出版社，2010年6月），卷二二，頁2508、2509。

果在世外也。〔註95〕

蘇軾謫居黃州，平生親識，亦斷往還，落寞之感可知，而惟平日交往之道德高風，世外之人，情義厚，不時書信致問，甚而探望。在落魄之時精神的鼓勵，惟此方外至交。參寥對蘇軾的情誼在〈參寥泉銘〉并敍亦可見端倪：

> 余謫居黃，參寥子不遠數千里從余於東城，留期年。嘗與同遊武昌之西山，夢相與賦詩，有「寒食清明」、「石泉槐火」之句，語甚美，而不知其所謂。其後七年，余出守錢塘，參寥子在焉。明年，卜智果精舍居之。又明年，新居成，而余以寒食去郡，寶來告行。舍下舊有泉，出石間，是月又鑿石得泉，加冽。參寥子擷新茶，鑽火煮泉而淪之，笑曰：『是見于夢九年，衛公之爲靈也久矣。』坐人皆悵然太息，有知命無求之意。乃名之參寥泉〔註96〕。

參寥赴黃州陪伴蘇軾渡過艱難的謫居生活一段時間，二人之間的情誼甚篤。

蘇軾在黃州時勤於參佛禮，如〈答畢仲舉二首〉尺牘其一言：

> ……所云讀佛書及合藥救人二事，以爲閒居之賜甚厚。佛書舊亦嘗看，但闇塞不能通其妙，獨時取其粗淺假說以自洗濯。若農夫之去草，旋去旋生，雖若無益，然終愈於不去也。若世之君子，所謂超然玄悟者，僕不識也。往時陳述古好論禪，自以爲至矣，而鄙僕所言爲淺陋。……不知君所得於佛書者果何耶，爲出生死，超三乘，遂作佛乎，抑尚與僕輩俯仰也。學佛老者，本期於靜而達，靜似懶，達似放，學者或未至其所期，而先得其所似，不爲無害。僕常以此自疑，故亦以爲獻。來書云，處世得安穩無病，粗衣飽飯，不造冤業，乃爲至足。三復斯言，感歎無窮。世人所作，舉足動念，無非是業，不必刑殺無罪，取非其

〔註95〕同註94，文集九，卷六一，頁6705、6706。
〔註96〕（宋）蘇軾撰，張志烈等主編：《蘇軾全集校注》文集三（石家莊：河北人民出版社，2010年6月），卷一九，頁2148。參寥子被迫還俗之後，於建中靖國元年重新剃髮出家。

有，然後爲冤業也。〔註97〕

他說「佛書舊亦嘗看，但闇塞不能通其妙，獨時取其粗淺假說以自洗濯。」所以「學佛老者，本期於靜而達，靜似懶，達似放，學者或未至其所期，而得其所似，不爲無害。」

蘇軾謫居惠州時也有浙東僧惠戒來看他，如其言：「予在惠州，有永嘉羅漢院僧惠誠來謁曰：明日當還浙東，問所欲幹者，予無以答之。獨念吳、越多名僧，與予善者常十九，偶錄此數人以授惠誠，使歸見之致予意，且爲道予居此，起居飲食狀，以解其念也。」〔註98〕此所謂之「偶錄」的禪師有：妙總師參寥子、徑山長老惟琳、圓照律師、秀州本覺寺一長老、淨慈楚明長老、蘇州仲殊師利和尚、蘇州定慧長老守欽、下天竺淨慧禪師、孤山思聰、法穎沙彌等，是當時在杭州時交往的名僧。在謫居海南時，《宋稗類鈔》記載佛印也曾致書安慰蘇軾云：

> 嘗讀退之〈送李愿歸盤谷序〉，願不遇知於主上者，猶能坐茂林以終日。子瞻中大科登金門上玉堂，遠放寂寞之濱，權臣忌子瞻爲宰相耳。人生一世間，如白駒之過隙，三二十年功名，富貴轉盼成空，何不一筆勾斷，尋取自家本來面目，萬劫常住永無墜落，縱未得到如來地，亦可以驂駕鸞鶴翱翔。三島爲不死人，何乃膠柱守株待入惡趣，昔有問師佛法，在甚麼處，師云：「在行、住、坐、臥處，著衣、喫飯處，痾屎撒尿處，沒理沒會處，死活不得處。」子瞻胸中有萬卷書，筆下無一點塵，到這地位不知性命所在，一生聰明，要做甚麼，三世諸佛，則是一個有血性的漢子。子瞻若能腳下承當，把一二十年富貴功名賤如泥土，努力向前。珍重珍重。〔註99〕

〔註97〕 同註96，文集八，卷五六，頁 6183、6184。

〔註98〕 （宋）蘇軾撰：《東坡志林》（《景印文淵閣四庫全書》第 863 冊，臺北：台灣商務印書館發行），卷十一，頁 863-894。

〔註99〕 （清）潘永因編：《宋稗類鈔》（《景印文淵閣四庫全書》第 1034 冊，臺北：台灣商務印書館），頁 1034-621。

佛印以佛理勉勵蘇軾，此可以看出，蘇軾與和尚禪師交往，在佛學上是受了很多的啓示。縱然，功名成就了，濟世的心願未了，佛印的一句「三二十年功名，富貴轉盼成空，何不一筆勾斷，尋取自家本來面目」豈能讓他了斷塵緣。

蘇軾對儒佛道的一些見解，在他〈祭龍井辯才文〉一文中可見之：

> 嗚呼。孔老異門，儒釋分宮，又於其間，禪律相攻。我見大海，有北南東。江河雖殊，其至則同。雖大法師，自戒定通。律無持破，垢淨皆空，講無辯訥，事理皆融。如不動山，如常撞鐘，如一月水，如萬竅風。八十一年，生雖有終。遇物而應，施則無窮。我初適吳，尚見五公。講有辯、臻，禪有璉、嵩。後二十年，獨餘此翁。今又往矣，後生誰宗。道俗欷歔，山澤改容。維持一盃，往弔井龍。我去杭時，白叟黃童。要我復來，已許于中。山無此老，去將安從。〔註100〕

說出他對當時儒佛道的觀點，以及與辯才之情感。另又一位禪師契嵩的三教合一思想對蘇軾的佛學思想影響很大，他在〈書南華長老重辯師逸事〉有對契嵩的描述：

> 契嵩禪師常瞋，人未嘗見其笑，海月慧辯師常喜，人未嘗見其怒，予在錢塘，親見二人，皆趺坐而化。嵩既茶毗，火不能壞，益薪熾火，有終不壞者五。海月比葬，面如生，且微笑。乃知二人以瞋喜作佛事也。世人視身如金玉，不旋踵爲糞土，至人反是。予以是知一切法，以愛故壞，以捨故常在，豈不然哉？予遷嶺南，始識南華重辯長老，語終日，知其有道也。予自海南還，則辯已寂久矣。……〔註101〕

由蘇軾的尺牘，得知其交友之廣，且不少和尚、禪師。他在謫居

〔註100〕 （宋）蘇軾撰，張志烈等主編：《蘇軾全集校注》文集九（石家莊：河北人民出版社，2010年6月），卷六三，頁7067。辯才爲天臺綜，文中之「講有辯、臻，禪有璉、嵩」之「講」爲該宗以講經論法爲特色，故曰「講」。

〔註101〕 同註100，文集十，卷六六，頁7365、7366。

期間，因這些方外朋友情義相挺，不時尺牘致問。是以，在此段時間，他對佛理的體悟漸深入。此影響他對人世、物態度的改變，也是一般認爲謫居時期思想以佛道爲主之故。

　　另一禪宗的思想，其所追求的是一種幽遠空靈，深邃的妙悟。嚴羽《滄浪詩話》言：「大抵禪道惟在「妙悟」，詩道也在妙悟。」〔註102〕所以，對禪的態度是山水之境，是隨心境而起，隨緣自適、空心入世，心境與物境。蘇軾對禪意的闡釋，另有一番滋味，如他與張懷民夜遊承天寺，在夜色中將主客體間產生的意境，寫的禪意十足，其文〈記承天寺夜游〉：「庭下如積水空明，水中藻荇交橫，蓋竹柏影也。何夜無月，何處無竹柏，但少閑人如吾兩人者耳。」〔註103〕此時此刻，萬籟俱寂，心靈深處，妙悟到深夜之月光、竹柏之影，清新靈境的空間，宛如存在另一時空中。此時主體與客體已融爲一，意境、禪意都深。另一首，於元豐四年（1081）六月在黃州作〈琴聲〉：「若言琴上有琴聲，放在匣中何不鳴。若言聲在指頭上，何不於君指上聽。」〔註104〕禪意十足。

三、道家思想

　　蘇軾受老莊思想影響深，如莊子虛、靜、明的心齋思想。莊子的核心思想是「心齋」、「坐忘」，心以達於虛、靜、明的狀態。於《莊子‧人世篇》言及「心齋」其言：「回曰：『敢問心齋。』仲尼曰：『若一志，無聽之以耳而聽之以心，無聽之以心，而聽之以氣。聽止於耳，心止於符。氣也者，虛而待物者也。唯道集虛，虛者，心齋也。』」〔註105〕至於「坐忘」，在《莊子‧大宗師》言及：

〔註102〕（宋）嚴羽：《滄浪詩話》（《景印文淵閣四庫全書》第1179冊，臺北：臺灣商務印書館，1985年9月），頁1179～30。

〔註103〕（宋）蘇軾撰，張志烈等主編：《蘇軾全集校注》文集十（石家莊：河北人民出版社，2010年6月），卷七一，頁8082。

〔註104〕同註103，詩集四，卷二一，頁2269。

〔註105〕方勇撰：《莊子纂要‧人世間》（北京：學苑出版社，2012年3月），第二冊，頁512。

顏回曰：「回益矣」仲尼曰：「何謂也」曰：「回忘仁義矣。」
曰：「可矣，猶未也。」他日復見，曰：「回益也。」曰：「何
謂也。」曰：「回忘禮樂矣」曰：「可矣，猶未也。」他日，
復見，曰：「回益矣」曰：「何謂也」曰：「回坐忘矣」仲尼
蹴然曰：「何謂坐忘」顏回曰：「墮肢體，黜聰明，離形去
知，同於大通，此謂坐忘。」仲尼曰：「同則無好也，化則
無常也，而果其賢乎，丘也請從而後也。」〔註106〕

蘇軾即以此「心齋」、「坐忘」的思想進路，而達到虛靜之心，如美的
內核就在虛靜明的觀照之中產生。

蘇軾於紹聖五年（1098）三月十五日，在儋州作〈眾妙堂記〉
言：

眉山道士張易簡教小學，常百人，予幼時亦與焉。居天慶
觀北極院，予蓋從之三年。謫居海南，一日夢至其處，見
張道士如平昔，汛治庭宇，若有所待者，曰：「老先生且至。」
其徒有誦《老子》者曰：「玄之又玄，眾妙之門。」予曰：
「妙一而已，容有眾乎？」道士笑曰：「一己陋矣，何妙之
有，若審妙也，雖眾可也。」因指瀡水薙草者曰：「是各一
妙也。」予復視之，則二人者手若風雨，而步中規矩，蓋
渙然霧除，霍然雲散。予驚歎曰：「妙蓋至此乎。」〔註107〕

由此文得知，蘇軾於幼時，即受道家之思想。所以他晚年在儋州時，
道家無爲清淨思想，是其精神支柱之一，思想也受其影響改變最大之
時，讓他體悟了宇宙、生命之哲理。

蘇轍〈亡兄子瞻端明墓誌銘〉言：「公之於文，得之於天。少與

〔註106〕　同註105《莊子纂要・大宗師》，頁933。
〔註107〕　（宋）蘇軾撰，張志烈等主編：《蘇軾全集校注》文集二（石家莊：
　　　　河北人民出版社，2010年6月），卷一一，頁1142。在《東坡志林》
　　　　記載：「吾八歲入小學，以道士張易簡爲師，童子幾百人，師獨稱
　　　　吾與陳太初者，太初眉山市井人也。余稍長之學日益，遂第進士志
　　　　策，而太初乃爲郡小吏。其後予謫居黃州有眉山道士陸惟忠，自蜀
　　　　來云：太初已尸解矣。」（《景印文淵閣四庫全書》第863，臺北：
　　　　臺灣商務印書館），卷六，頁863-59。

轍皆師先君，初好賈誼、陸贄書，論古今治亂，不爲空言。既而讀莊
子，喟然嘆息曰：『吾昔見於中，口未能言，今見《莊子》，得吾心矣。』」
〔註108〕由此段知，道家思想對蘇軾日後的影響。

蘇軾對道家的觀點於元祐六年（1091）七月作〈上清儲祥宮碑〉
言：

> 元祐六年六月丙午，制詔臣軾，上清儲祥宮成，當書其事
> 于石。……。道家者流，本出於黃帝、老子。其道以清靜
> 無爲爲宗，以虛明應物爲用，以慈儉不爭爲行，合於《周
> 易》『何思何慮』、《論語》『仁者靜壽』之說。如是而已。
> 自秦漢以來，始用方士言，乃有飛仙變化之術，《黃庭》、
> 《大洞》之法，太上、天眞、木公、金母之號，延康、赤
> 明、龍漢、開皇之紀，天皇、太一、紫微、北極之祀，下
> 至於丹藥奇技，符籙小數，皆歸於道家，學者不能必其有
> 無。然臣嘗竊論之。黃帝、老子之道，本也，方士之言，
> 末也。脩其本而末自應。故仁義不施，則韶濩之樂，不能
> 以降天神。忠信不立，則射鄉之禮，不能以致刑措。漢興，
> 蓋公治黃、老，而曹參師其言，以謂治道貴清靜，而民自
> 定。以此爲政，天下歌之曰：『蕭何爲法，顜若畫一。曹
> 參代之，守而勿失。載其清靜，民以寧壹。』其後文、景
> 之治，大率依本黃老，清心省事，薄斂緩獄，不言兵而天
> 下富。……。〔註109〕

「其道以清靜無爲爲宗」是道家之清淨無爲之宗旨，見《老子》第五
十七章曰：「我無爲而民自化，我好靜而民自正。我無事而民自富，
我無欲而民自樸。」〔註110〕。另「以慈儉不爭爲行」見《老子》第
六十七章曰：「我有三寶，寶而持之。一曰慈，二曰儉，三曰不敢爲
天下先。夫慈故能勇，儉故能廣，不敢爲天下先，故能成器長。今舍

〔註108〕 （宋）蘇轍撰曾棗莊，馬德富校點《欒城集》（上海：上海古籍出
版社，1987年3月），後集卷二二，頁1421。

〔註109〕 同註107，文集三，卷一七，頁1829、1831。

〔註110〕 （明）焦竑撰，黃曙輝點校《老子翼》（上海：華東師範大學出版
社，2011年6月），頁140。

其慈且勇，舍其儉且廣，舍其後且先，死矣。夫慈以戰則勝，以守則固。天將救之，以慈衛之。」〔註111〕由此觀之，蘇軾已掌握了道家精髓之說，並認爲在某個層面上是有統一性的。

在《周易·繫辭上》：「與天地相似，故不違。」〔註112〕《孟子·盡心上》：「夫君子所過者化所存者神，上下與天地同流，豈曰小補之哉。」〔註113〕《莊子·山木》：「孔子窮於陳蔡之間，七日不火食，左據槁木，右擊槁枝……。有其聲而無宮角，木聲與人聲，……。回，無受天損易，無受人益難。無始而非卒也，人與天一也。」〔註114〕此皆言：「天道」與「人道」、「自然」與「人爲」的融合而一的思想。此天人合一的思想，對蘇軾貶謫的思想影響很大，尤其詩歌審美創作的主、客體之間的對應。

另外，在蘇軾〈靜常齋記〉也有老莊思想，其文言：

> 虛而一，直而正，萬物之生芸芸，此獨漠然而自定，吾其命之曰靜。泛而出，渺而藏，萬物之逝滔滔，此獨且然而不忘，吾其命之曰常。無古無今，無生無死，無終無始，無後無先，無我無人，無能無否，無離無著，無證無修。即是以觀，非愚則癡，舍是以求，非病則狂。昏昏默默，了不可得。混混沌沌，茫不可論。雖有至人，亦不可聞，聞爲眞聞；亦不可知，知爲眞知。是猶在聞知之域，而不足以髣髴。況緣迹逐響以希其至，不亦難哉？既以是爲吾號，又以是爲吾室，則有名之累，吾何所逃？然亦趨寂之指南，而求道之鞭影乎？〔註115〕

〔註111〕同註110，頁162、163。

〔註112〕（宋）朱熹著《周易本義》（臺北：大安出版社，2001年8月一版六刷），頁237。

〔註113〕孟子撰（宋）孫奭疏：《孟子·盡心章句上》（臺北：藝文印書館，2007年8月），頁231。

〔註114〕方勇撰：《莊子纂要·山木》（北京：學苑出版社，2012年3月），第四冊，頁1000。

〔註115〕（宋）蘇軾撰，張志烈等主編：《蘇軾全集校注》文集二（石家莊：河北人民出版社，2010年6月），卷一一，頁1149、1150。

「虛而一，直而正，萬物之生芸芸，此獨漠然而自定，吾其命之曰靜」
闡釋靜之定義，如《老子‧十六章》：「致虛極，守靜篤，萬物竝作，
吾以觀其復。夫物芸芸，各歸其根，歸根曰靜。靜曰復命」〔註116〕
另外「昏昏默默」即如《莊子‧在宥》：「至道之精，窈窈冥冥。至道
之極，昏昏默默。無視無聽，抱神以靜，形將自正。必靜必清，無勞
汝形，無搖汝精，乃可以長生。目無所見，耳無所聞，心無所知，汝
神將守形，形乃長生。……。」〔註117〕

　　由謫居時創作之詩歌，亦可知蘇軾此時期受莊子思想影響，如謫
居黃州時作〈二蟲〉〔註118〕言：

〔註116〕　（明）焦竑撰，黃曙輝點校《老子翼》（上海：華東師範大學出版
　　　　　　社，2011年6月），頁39。

〔註117〕　同註114《莊子纂要‧在宥》，第三冊，頁180。

〔註118〕　蘇軾〈二蟲〉詩中之「水馬兒」。據查宋代王直撰《林泉結契‧水
　　　　　　划蟲》記載：「身褐，腹白，四足，兩鬢，浮水，喋草泥，輕趣極
　　　　　　駛，人呼水馬兒。足爲櫂，鬢爲撓，乍艋子，何多勞，黑油急旋旋
　　　　　　玉掌輕搖搖水划蟲水划蟲。鶩鵁鴨同，從容寬陂者，波無點風。」
　　　　　　見（宋）王質撰：《林泉結契》（臺北：藝文印書館，1969年，6月）
　　　　　　卷五，頁3。至於「鷁濫堆」，顏師古注：「鷁謂鷁雀也，一名雇。
　　　　　　今俗稱爲鷁爛堆。」（漢）史游纂：《急就章》，王雲五主編：《叢書
　　　　　　集成簡編‧急就篇》（臺北：臺灣商務印書館，1965年12月），卷
　　　　　　四，頁258。）另，在《爾雅翼‧釋鳥》有提到鷁雀：「脊令，水鳥。
　　　　　　大如鷁雀，長腳，長尾，尖喙，背上青灰色，腹下白，頸下黑如連
　　　　　　錢。」見（宋）羅願撰：《爾雅翼》（《景印摛藻堂四庫全書》第79
　　　　　　冊，臺北：世界書局，1986年3月）卷十七，頁79～409。再則，
　　　　　　於（晉）郭璞注，（宋）邢昺疏：《爾雅注疏‧釋鳥第十七》記載：
　　　　　　「鳺，鷁。今鷁雀。」見（上海：上海古籍出版社，2010年10月），
　　　　　　頁540。在此三篇文獻中提到之鷁雀，都屬鳥類。鷁亦作鷁嗎？於
　　　　　　（唐）路德明撰，張一弓點校：《經典釋文‧釋鳥第十七》記載：「鷁，
　　　　　　音晏」及「鷁，音晏」，按依此應是二種鳥，（上海：上海古籍出版
　　　　　　社，2012年12月），頁659。筆者認爲，蘇軾詩題〈二蟲〉中之「鷁
　　　　　　濫堆」經查文獻，並無稱之爲蟲者。按「鷁濫堆」應屬體型小之水
　　　　　　鳥類，如於詩中言「鷁濫堆，決起隨衝風。隨風一去宿何許，逆風
　　　　　　還落蓬蒿中。」詩題〈二蟲〉蘇軾或許並無其他之意，而是於河邊
　　　　　　同時見「水馬兒」及「鷁濫堆」，而悟到人生哲理，隨興而之。另，
　　　　　　蘇軾於元祐七年（1092）在揚州作〈和陶飲酒二十首〉其四：「蟲

君不見，水馬兒，步步逆流水，大江東流日千里，此蟲
趯趯長在此。君不見，鶺鴒堆，決起隨衝風。隨風一去
宿何許，逆風還落蓬蒿中。二蟲愚智俱莫測，江邊一笑
無人識。〔註119〕

此詩充滿莊子逍遙遊思想，蘇軾以「水馬兒」及「鶺鴒堆」二蟲為
寓意，譬喻二蟲愚智俱莫測，江邊一笑無人識。其中「鶺鴒堆，決
起隨衝風」句，如《莊子‧逍遙遊》：「蜩與鷽鳩笑之曰：我決起而
飛，槍榆枋。」〔註120〕另一句「隨風一去宿何許，逆風還落蓬蒿中。」
亦見於《莊子‧逍遙遊》：「斥鴳笑之曰：彼且奚適也，我騰躍而上，
不過數仞而下，翱翔蓬蒿之間。此亦飛之至也，而彼且奚適也。」
〔註121〕

　　至於，蘇軾在謫居時，受佛道思想深，此對其詩歌創作的影響，
是在於其參禪學佛深淺有密切關係。如黃州時期尚執著現實，關心時
事，期待著仕宦的理想。在嶺南時期的心境是對人生的感悟，所以嶺
南詩的審美追求是超越了心靈的境界。不求華美的詞采，而是一種平
淡自然的詩風，此時期他體悟到生命本體的存在意義。

　　於此，列舉蘇軾的詩中，有顯現出儒釋道思想的，如〈明日南禪
和詩不到故重賦數珠篇以督之二首〉（其一）：

未來不可招，已過那容遣。中間見在心，一一風輪轉。自
從一生二，巧歷莫能衍。不如袖手坐，六用都懷卷。風雷
生謦欬，萬竅自號喘。詩人思無邪，孟子內自反。大珠分
一月，細綆合兩繘。纍然挂禪牀，妙用夫豈淺。〔註122〕

蠹食葉蟲，仰空慕高飛。一朝傳兩翅，乃得黏網悲。啁啾厭巢雀，
沮澤疑可依。赴水生兩殼，遭閉何時歸。二蟲竟誰是，一笑百念衰。
幸此未化間，有酒君莫違。」此之二蟲是指食葉蟲及雀。

〔註119〕（宋）蘇軾撰，張志烈等主編：《蘇軾全集校注》詩集四（石家莊：
河北人民出版社，2010年6月），卷二一，頁2333。
〔註120〕方勇撰：《莊子纂要‧逍遙遊》（北京：學苑出版社，2012年3月），
第一冊，頁41。
〔註121〕同註120，頁55。
〔註122〕（宋）蘇軾撰，張志列等主編：《蘇軾全集校注》詩集八（石家莊：

前四句之意與《維摩詰經‧菩薩品》:「若過去生,過去生已滅。若未來生,來生未至;若現在生,現在生無住。」〔註123〕略同,有佛家思惟。「一生二」即是《老子》第四十二章:「道生一,一生二」。「風雷生謦欬,萬竅自號喘」之「謦欬」見於《莊子‧徐無鬼》:「久矣夫,莫以真人之言,謦欬吾君之側乎」〔註124〕;另一句「萬竅自號喘」見於《莊子‧齊物論》:「夫大塊噫氣,其名為風。是唯無作,作則萬竅怒呺。」〔註125〕有老莊思想。「詩人思無邪」句之「無邪」來自論語為政篇,「孟子內自反」句,來自《孟子‧公孫丑上》:「子好勇乎?吾嘗聞大勇於夫子矣,自反而不縮,雖褐寬博,吾不惴焉。自反而縮,雖千萬人,吾往矣。」〔註126〕此詩是蘇軾自儋州北歸時所作,短短一篇詩,蘊含了儒釋道的思想,意蘊深遠,說明了他此時的思想已超然。

復如〈和陶歸園田居六首〉之其三:

　　新浴覺身輕,新沐感髮稀。風乎懸瀑下,卻行詠而歸。仰
　　觀江搖山,俯見月在衣。步從父老語,有約吾敢違。〔註127〕

清代紀昀言:「極平淺而有深味。」詩有道家隱逸思想,及儒家《論語‧先進》之:「浴乎沂,風乎舞雩,詠而歸」的雍雍穆穆心境。

亦提蘇軾在黃州時所作之詞,其中也有既儒又呈現道、儒道思想者,如〈臨江仙〉:「長恨此身非我有,何時忘卻營營,夜闌風靜縠紋平。小舟從此逝,江海寄餘生。」〔註128〕然事實他醉後,在船上呼

河北人民出版社,2010年6月),卷四五,頁5271。此詩於建中靖國元年(1101)二月作於虔州。

〔註123〕 李翊灼校輯《維摩詰經集註》卷四(臺北:新文豐出版,1977年7月),頁4。

〔註124〕 方勇撰:《莊子纂要‧徐無鬼》(北京:學苑出版社,2012年3月),第五冊,頁141。

〔註125〕 同註124,《莊子纂要‧齊物論》,第一冊,頁174。

〔註126〕 孟子撰(宋)孫奭疏:《孟子‧公孫丑章句上》(臺北:藝文印書館,2007年8月),頁54。

〔註127〕 同註122,詩集七,卷三九,頁4515、4516。

〔註128〕 (宋)蘇軾撰,張志烈等主編:《蘇軾全集校注》詞集(石家莊:河北人民出版社,2010年6月),卷一,頁409。

呼大睡到天亮。或許眞如詞之意，放任小船自由行，江海寄餘生了。此詞有儒家思維，有道家曠達超脫的灑脫。復如〈定風波〉：「莫聽穿林打葉聲，何妨吟嘯且徐行。竹杖芒鞵輕勝馬，誰怕，一蓑煙雨任平生。　　料峭春風吹酒醒，微冷，山頭斜陽卻相迎。回首向來蕭瑟處，歸去，也無風雨也無晴。」〔註129〕多麼灑脫自在，意蘊深遠，主體已完全融入了審美意象之中，已物我合一了。主體胸懷坦蕩，不以物喜，不以己悲的曠達情懷，將尋常生活，寄寓於哲理詩情之中，此是融合了儒道佛所呈現出來的美學。蘇軾融合儒、道、釋及吸收各家思想，但「他無儒之多烘，無道之玄虛，無佛之蹈空」〔註130〕，而是心靈的一種超越。

　　總而言之，蘇軾的思想，如錢穆在《宋明理學概述》亦提及：

軾轍本其家學，益自擴大。他們會和著老莊佛學和戰國策士乃及賈誼、陸贄，長於就事論事，而卒所指歸；長於合會融通，而卒無所宗主。他們推崇釋老，但非隱淪；喜言經世，又不尊儒術。他們都長於史學，但只可說是一種策論派的史學吧！他們姿性各異，軾恣放，轍澹泊。皆擅文章，學術路徑亦相似。他們在學術上，嚴格言之，似無準繩，而在當時及後世之影響則甚大。……他們並不想要自成一學派，而實際則確已自成一學派。……他們是道士，但又熱心政治，乃是一種忠誠激發的道士，又與隱士枯槁者不同，他們是儒門中的蘇張，又是廟堂中之老莊，非縱橫，非清談，非禪學，而亦縱橫，亦清談，亦禪學，實在不可以一格繩，而自成爲一格。這是宋學中所開一朵異樣的鮮花，當時稱之曰蜀學。……在中國學術史裏可說異軍特起。〔註131〕

〔註129〕同註128，頁351。蘇軾自注，三月七日，沙湖道中遇雨。雨具先去，同行接狼狽，餘獨不覺，已而遂晴，故作此。

〔註130〕吳功正：《宋代美學史》（南京：江蘇教育出版社，2007年10月），頁153。

〔註131〕錢穆：《宋明理學概述》（臺北：台灣學生書局印行，1977年4月），頁29～30。

此文言蘇軾、蘇轍兄弟是儒門中的蘇張，似道士亦非道士，是隱士亦非隱士，是縱橫各學說流派，博通各領域，然並不流入其門派。

有位禪師說：「事無逆順，隨緣即應，不留心中。」此說明對任何事情，都要有曠達、放任、自然的態度。蘇軾受儒釋道思想兼融影響，在黃州、嶺南的生活態度，已臻於此。

第三章　黃州時期詩歌審美意識

　　蘇軾於元豐二年（1079）七月，時知湖州，御史中丞李定論其有可廢之罪由，御史舒亶、何正臣等人專摘蘇詩語以爲譏切時政，以「摭其表語，並媒糵所爲詩以爲訕謗。逮赴臺御欲寘（置）之死。」[註1]是年八月十八日，蘇軾自湖州逮赴御史臺獄。十一月二十八日結案聞奏，十二月二十九日，詔責授檢校尚書水部員外即充黃州團練副使本州安置，不得簽書公事。於元豐三年（1080）正月出京赴黃州（今湖北黃岡市）貶所，此年蘇軾四十五歲。

　　蘇軾被羅織罪名，在蘇轍〈亡兄子瞻端明墓誌銘〉有言：

> 言事者摭其語以爲謗，遣官逮赴御史獄。初，公既補外，見事有不便於民者，不敢言，亦不敢默視也。緣詩人之義，託事以諷，庶幾有補於國。言者從而媒糵之。上初薄其過，而浸潤不止，是以不得已從其請，既付獄吏，必欲寘之死，鍛鍊久之，不決。上終憐之，促具獄，以黃州團練副使安置。公幅巾芒屩，與田父野老，相從溪谷之間，築室於東坡，自號東坡居士。[註2]

〔註1〕（元）脫脫撰，王雲之主編：《宋史·列傳》（臺北：臺灣商務印書館，2012年4月），卷九七，頁20-4190～4191。

〔註2〕（宋）蘇轍撰曾棗莊，馬德富校點：《欒城集》（上海：上海古籍出版社，1987年3月），後集卷二二，頁1414。於洪邁《容齋三筆·東波慕樂天》卷五，記載蘇軾取字東坡之意：「蘇公謫居黃州，始自稱東

文中提及「言事者摘其語以爲謗，遣官逮赴御史獄」是爲「烏臺詩案」之由。

貶謫黃州是蘇軾人生的最大恥辱，心境的起伏轉折很大，此心境由予友人尺牘中，可見端倪，如在〈與陳大夫〉尺牘之三言：「浮幻變化，念念異觀，閒居靜照，想已超然。某蒙庇粗遣，遂爲黃人矣。」〔註3〕及在〈與趙晦之〉尺牘亦言自己爲黃州人：「某謫居既久，安土忘懷，一如本是黃州人，元不出仕而已。」〔註4〕似乎已釋懷一切，但心靈深處是無法抹滅被迫害之恥，如其〈與王定國〉之尺牘提及：「感恩念咎之外，灰心杜口，不曾看謁人。」〔註5〕及〈答李寺丞〉尺牘言：「某謫居粗遣，廢棄之人，每自嫌鄙，況於他人。」〔註6〕此是其在黃州時與友人的尺牘，述說心中仍是無法接受有罪貶謫之事。因爲他認爲自己無罪，如他〈答李端叔書〉所言：

> ……。軾少年時，讀書作文，專爲應舉而已，既及進士第，貪得不已，又舉制策，其實何所有？而其科號爲直言極諫，故每紛然誦說古今，考論是非，以應其名耳。人苦不自知，既以此得，因以爲實能之，故譊譊至今，坐此得罪幾死。所謂齊虜以口舌得官，眞可笑也。然世人遂以軾爲欲立異同，則過矣。妄論利害，攙說得失，此正制科人習氣。譬之候蟲時鳥，自鳴自己，何足爲損益。軾每怪時人待軾過重，而足下又復稱說如此，愈非其實。得罪以來，深自閉

坡居士，詳考其意，蓋專慕白樂天而然。白公有東坡，種花二詩云：『持錢買花樹城東坡上栽又云東坡春向慕樹木，今何如又有步東坡詩云：朝上東坡步，夕上東坡步。東坡何所愛，愛此新成樹。又有別東坡花樹詩云：何處殷勤，……皆爲忠州刺史時所作也。』蘇公在黃州，正與白公忠州相似，……。」（《景印文淵閣四庫全書》第851冊），頁851-575。

〔註3〕（宋）蘇軾撰，張志烈等主編：《蘇軾全集校注》文集八（石家莊：河北人民出版社，2010年6月），卷五六，頁6251。

〔註4〕同註3，卷五七，頁6285。

〔註5〕同註3，卷五二，頁5673。在此尺牘亦言：「所云出入，蓋往村寺沐浴，及尋溪傍谷釣魚採藥，聊以自娛耳。」他自我調適謫居生活。

〔註6〕同註3，文集九，卷六〇，頁6602。

塞，扁舟草履，放浪山水間，與樵漁雜處，往往爲醉，人
所推罵。輒自喜漸不爲人識，平生親友無一字見及，有書
與之亦不答，自幸庶幾免矣。足下又復創相推與，甚非所
望。木有癭，石有暈，犀有通，以取妍於人，皆物之病也。
謫居無事，默自觀省，回視三十年以來所爲，多其病者，
足下所見皆故我，非今我也。無乃聞其聲不考其情，取其
華而遺其實乎？抑將又有取於此也？此事非相見不能盡。
自得罪後，不敢作文字，此書雖非文，然信筆書意，不覺
累幅，亦不須示人，必喻此意。歲行盡，寒苦。惟萬萬節
哀強食。不次。〔註7〕

此尺牘書於元豐三年（1080）十二月，所以尚爲獲罪之事耿耿於懷不
能釋懷，此爲人之情也，因之，在書函中暢言心中之苦與事實相與知。
蘇軾自反省，然文字獄之罪，烙印在心中永遠無法磨滅。所以到了元
豐五年（1082）與〈黃州上文潞公書〉又言及：

……。軾始得罪，倉皇出獄，死生未分，六親不相保。然
私心所念，不暇及他。但願平生所存，名義至重，不知今
日所犯，爲已見絕於聖賢，不得復爲君子乎？抑雖有罪不
可赦，而猶可改也？伏念五六日，至于旬時，終莫能決。
輒復強顏忍恥，飾鄙陋之詞，道疇昔之眷，以卜於左右。
遽辱還答，恩禮有加。豈非察其無他，而恕其不及，亦如
聖天子所以貸而不殺之意乎？伏讀灑然，知其不肖之軀，
未死之間，猶可以洗濯磨治，復入於道德之場，追申徒而
謝子產也。……。〔註8〕

文中之「但願平生所存，名義至重，不知今日所犯，爲已見絕於聖賢，
不得復爲君子乎，抑雖有罪不可赦，而猶可改也。」可見蘇軾多麼重
視一生的名義與人格，他是追隨聖賢之道德與人格的修養，然而此次
貶謫，他耿耿於懷，終不能釋懷。

到了約元豐七年（1084）蘇軾〈與司馬溫公〉尺牘言：

〔註7〕同註3，文集七，卷四九，頁5345。
〔註8〕同註3，文集七，卷四八，頁5202。文潞公：即文彥博。

　　謫居窮陋，如在井底。杳不知京、洛之耗，不審邇日寢
食何如，某以愚昧獲罪，咎自己招，無足言者，但波及
左右，爲恨殊深。雖高風偉度，非此細故所能塵垢，然
某思之，不啻芒背爾。寓居去江干無十步，風濤烟雨，
曉夕百變，江南諸山在几席上，此幸未始有也。雖有窘
乏之憂，顧亦布褐藜藿而已。瞻晤無期，臨書惘然，伏
乞以時善加調護。〔註9〕

書函言及謫居心情、生活及「某以愚昧獲罪，咎自己招，無足言者，
但波及左右，爲恨殊深。」的心情。蘇軾此尺牘言波及左右即是指連
累司馬光，司馬光因烏臺詩案，被罰銅二十斤〔註10〕。由上述尺牘梗
概了解，蘇軾貶謫黃州時的心境與處境。

第一節　以隨緣自適，轉化入世爲出世的超脫思想

　　元豐七年（1084）蘇軾離開黃州後，在〈送沈逵赴廣南〉言：「我
謫黃岡四五年，孤舟出沒煙波裏。故人不復通問訊，疾病飢寒疑死矣。」
〔註11〕此是他回顧在黃州潦倒貧病交加的生活感慨之語。所以在有罪
之恥辱及貧窮孤寂的交加，心境及思想有了很大的改變，他重新整理
思維，調適心態。筆者認爲，由於他曠達、樂觀、耿率的個性，豁然
間開悟，人事的總總，虛實表相，是福是禍，退一步海闊天空。於是，
扁舟草履，放浪山水間，受大自然的薰陶，心胸更開闊、更豁達。

　　在黃州時，曾經交往的和尚及禪師的探望，使昔日接觸的佛教思
想開始眞正融入，成爲精神支柱；老莊思想的自然、無爲及率性，也
成爲生活放鬆的方式。所以黃州時期他就以此來調適心境，改變一切
所思，放任自己縱情於山林田野間，沁情在大自然之中。因此，此時

〔註9〕同註3，文集七，卷五〇，頁5375。依據《續資治通鑑長篇》卷三〇
一元豐二年十二月庚申條，司馬光因烏臺詩獄罰銅二十斤。

〔註10〕依據《續資治通鑑長編》卷三〇一，元豐二年十二月庚申條。

〔註11〕（宋）蘇軾撰，張志烈等主編：《蘇軾全集校注》詩集四（石家莊：
河北人民出版社，2010年6月），卷二四，頁2659。

期的詩歌以田園、山林生活為主軸。

元豐三年（1080）正月蘇軾出京，二月到黃州貶所。他貶謫黃州，當時的心境，見於〈黃州安國寺記〉言：

> 元豐二年十二月，余自吳興守得罪，上不忍誅，以為黃州團練副使，使思過而自新焉。其明年二月至黃。舍館粗定，衣食稍給，閉門却掃，收召魂魄，退伏思念，求所以自新之方，反觀從來舉意動作，皆不中道，非獨今之所以得罪者也。欲新其一，恐失其二。觸類而求之，有不可勝悔者。於是喟然歎曰：「道不足以御氣，性不足以勝習。不鋤其本，而耘其末，今雖改之，後必復作。盍歸誠佛僧，求一洗之？」得城南精舍曰安國寺，有茂林修竹，陂池亭榭。間一二日輒往，焚香默坐，深自省察，則物我相忘，身心皆空，求罪垢所從生而不可得。一念清淨，染污自落，表裏翛然，無所附麗。私竊樂之。旦往而暮還者，五年於此矣。……。〔註12〕

他與佛禪思想淵源深，尤其知杭州時即與和尚禪師交往頻繁，而接觸佛禪之理，但並不深入。貶謫黃州，也以參佛為一念清淨。他說「道不足以御氣，性不足以勝習。不鋤其本，而耘其末，今雖改之，後必復作。盍歸誠佛僧，求一洗之。」很明顯，他認為佛學可以「深自省察，則物我相忘，身心皆空。一念清淨，染汙自落。」的心靈洗滌。

蘇轍在〈亡兄子瞻端明墓誌銘〉言：「既而謫居於黃，杜門深居……後讀釋氏書，參之孔、老，博辯無礙，浩然不見其涯也。」〔註13〕說明了蘇軾以思辯對人生進行了形而上的超越探索。

蘇軾是性情中人，不受拘泥，烏臺詩案後，心境與往昔有了改變，他說：「平生文字為吾累，此去聲名不厭低。塞上縱歸他日馬，城東

〔註12〕 （宋）蘇軾撰，張志烈等主編：《蘇軾全集校注》文集二（石家莊：河北人民出版社，2010 年 6 月），卷一二，頁 1237。蘇軾於元豐七年（1084）作〈黃州安國寺記〉。

〔註13〕 （宋）蘇轍撰 曾棗莊 馬德富校點：《欒城集》（上海：上海古籍出版社，1987 年 3 月），後集卷二二，頁 1421、1422。

不鬬少年雞。」〔註14〕當時的心境是沉痛、絕望、無奈，所以在往黃州途中，始終無法釋懷。如在〈陳州與文郎逸民飲別攜手河堤上作此詩〉言：

> 白酒無聲滑瀉油，醉行堤上散吾愁。春風料峭羊角轉，河水渺綿瓜蔓流。君已思歸夢巴峽，我能未到說黃州。此身聚散何窮已，未忍悲歌學楚囚。〔註15〕

此詩蘇軾於元豐三年（1080）正月作於陳州。他當時正赴黃州，途經陳州與文與可之子，蘇轍之婿文逸民相逢。醉別於河堤上，詩抒發被貶謫的心情「君已思歸夢巴峽，我能未到說黃州。此身聚散何窮已，未忍悲歌學楚囚。」

元豐三年（1080）正月二十日於赴黃州途中寫〈梅花二首〉〔註16〕，是當時心情寫照：

> 春來幽谷水潺潺，的皪梅花草棘間。
>
> 一夜東風吹石裂，半隨飛雪度關山。（其一）
>
> 何人把酒慰深幽，開自無聊落更愁。
>
> 幸有清溪三百曲，不辭相送到黃州。（其二）

此詩他以梅花自比自己的處境。突然，一夜東風吹石裂，伴隨相送到黃州，何人把酒慰深幽，開自無聊落更愁的愁思。

一、孤寂中佛道思想逐漸浮現

蘇軾初到黃州時，一些朋友惟恐得罪朝廷，而漸與之疏遠，斷絕尺牘。惟與方外之交情意厚，其〈與參寥子〉尺牘言：

> 去歲倉卒離湖，亦以不一別太虛、參寥為恨。留語與僧官，不識能道否。到黃已半年，朋游稀少，思念二公不去心。懶且無便，故不奉書。遠承差人致問，殷勤累幅，所以開諭獎勉者至矣。僕罪大責輕，謫居以來，杜門念咎而已。

〔註14〕同註12，詩集三，卷一九，頁2110。

〔註15〕同註12，詩集四，卷二〇，頁2113。

〔註16〕同註12，詩集四，卷二〇，頁2136、2137。

平生親識，亦斷往還，理故宜爾。而釋、老數公，乃復千
里致問，情義之厚，有加於平日，以此知道德風高，果在
世外也。〔註17〕……。

復見〈記游定惠院〉：「黃州定惠院東小山上，有海棠一株，特繁茂。
每歲盛開，必攜客置酒，已五醉其下矣。今年復與參寥師及二三子訪
焉。」〔註18〕因此，黃州時期深受方外朋友情意的厚愛與致問，佛禪
思想漸滲入其思想，此時是其思想的轉折點。詩風也由昔日的氣勢雄
偉、奔放流轉、縱橫馳騁，漸轉至平淡簡樸、自然無華。

　　蘇軾在赴黃州途中，遭貶的情緒未平，沿途不解其憂，而出世的
心境，也不時浮現，由其詩作見端倪，在元豐三年（1080）正月赴黃
州途中，於陳州作〈子由自南都來陳三日而別〉：

夫子自逐客，尚能哀楚囚。奔馳二百里，徑來寬我憂，相
逢知有得，道眼清不流。別來未一年，落盡驕氣浮。嗟我
晚聞道，款啓如孫休。至言雖久服，放心不自收。悟彼善
知識，妙藥應所投。納之憂患場，磨以百日愁。冥頑雖難
化，鑴發亦已周。平時種種心，次第去莫留。但餘無所還，
永與夫子遊。此別何足道，大江東西州。畏蛇不下榻，睡
足吾無求。便爲齊安民，何必歸故丘。〔註19〕

詩充滿哀愁、絕望與出世的思想，有「別來爲一年，落盡驕氣浮。皆
我晚聞道，款啓如孫休」之感慨。詩中之「道眼」、「善知識」即是佛
家語。蘇軾交友廣闊，豈惟達官貴人，凡夫俗子皆有，與和尚、禪師
的交往，讓他吸收佛道思想，並且鑽研抄寫佛經。所以貶爲階下囚時，
他是有所悟的，曠達的個性很快調適，所以「至言雖久服，放心不自

〔註17〕　（宋）蘇軾撰，張志烈等主編：《蘇軾全集校注》文集九（石家莊：
　　　　　河北人民出版社，2010年6月），卷六一，頁6705、6706。
〔註18〕　同註17，文集十，卷七一，頁8074。
〔註19〕　同註17，詩集四，卷二○，頁2115、2116。「道眼」即是佛家語，於
　　　　　《楞嚴經》云：「發妙明心，開我道眼。」善知識亦是佛家語，於《釋
　　　　　氏要覽》卷上《稱謂》引《摩訶般若經》：「能說空、無相、無作、
　　　　　無生、無滅法及一切種智，令人入歡喜信藥，是名善知識。」齊安：
　　　　　黃州。

收。悟彼善知識，妙藥應所投。納之憂患場，磨以百日愁。」他在〈與子由弟〉尺牘亦言：「任性消遙，隨緣放曠，但盡凡心，無別勝解。以我觀之，凡心盡處，勝解卓然。但此勝解，不屬有無，不通言語，故祖師教人，到此便住。……。」〔註20〕了悟到「任性消遙，隨緣放曠，但盡凡心，無別勝解」之境界。

元豐三年（1080）於赴黃州途中作〈正月十八日蔡州道上遇雪，次子由韻二首〉：

> 蘭菊有生意，微陽回寸根。方憂集暮雪，復喜迎朝暾。憶我故居室，浮光動南軒。松竹半傾瀉，未數葵與萱。三徑瑤草合，一瓶井花溫。至今行吟處，尚餘履舄痕。一朝出從仕，永愧李仲元。晚歲益可羞，犯雪方南奔。山城買廢圃，槁葉手自掀。長使齊安人，指說故侯園。〔註21〕（〈其一〉）

「一朝出從仕，永愧李仲元。晚歲益可羞，犯雪方南奔。」仕途之險，讓他差點喪命，心情非常複雜，若早悟道，既不致此，而冒著風雪往貶謫地奔走。

蘇軾在政敵誹謗的惡劣環境中，他並不畏懼，更堅強、堅韌的度過：

> 鉛膏染髭鬚，旋露霜雪根。不如閉目坐，丹府夜自暾。誰知憂患中，方寸寓義軒。大雪從壓屋，我非兒女萱。平生學踵息，坐覺兩踁溫。下馬作雪詩，滿地鞭箠痕。佇立望原野，悲歌爲黎元。道逢射獵子，遙指狐兔奔。踪跡尚可原，窟穴何足掀。寄謝李丞相，吾將反丘園。〔註22〕（〈其二〉）

「大雪從壓屋，我非兒女萱」雖然政敵無情的迫害，但並不能就此摧毀我，我並沒那麼脆弱！且有「寄謝李丞相，吾將反丘園」的心情。

〔註20〕同註17，文集九，卷六○，頁6630'
〔註21〕同註17，詩集四，卷二○，頁2119。齊安：黃州。
〔註22〕同註17，詩集四，卷二○，頁2121。李丞相：馮應榴云：「此借指李定也」（《蘇軾詩集合注》，卷二十，頁983。筆者認同此說。蘇軾似乎有你要我死，我偏不死的心理。

蘇軾似乎有要置我於死地，我則偏不死，要活得更快活，更有意義的心理。

　　元豐三年（1080）正月赴黃州途中作〈過淮〉：

　　　朝離新息縣，初亂一水碧。暮宿淮南村，已度千山赤。麏
　　　鼯號古戍，霧雨暗破驛。回頭梁楚郊，永與中原隔。黃州
　　　在何許，想像雲夢澤。吾生如寄耳，初不擇所適。但有魚
　　　與稻，生理已自畢。獨喜小兒子，少小事安佚。相從艱難
　　　中，肝肺如鐵石。便應與晤語，何止寄衰疾。（自注：時家
　　　在子由處，獨與兒子邁南來。）〔註23〕

此時前四句寫景象的荒涼，「回頭梁楚郊」六句，隱約見貶謫淒然之感。然也體悟到「吾生如寄耳，初不擇所適。但有魚與稻，生理已自畢。獨喜小兒子，少小事安佚。」的曠達心情。

　　復如赴黃州途中遊寺院作〈游淨居寺〉：

　　　十載遊名山，自製山中衣。願言畢婚嫁，攜手老翠微。不
　　　悟俗緣在，失身蹈危機。刑名非夙學，陷穽損積威。遂恐
　　　生死隔，永與雲山違。今日復何日，芒鞋自輕飛。稽首兩
　　　足尊，舉頭雙涕揮。靈山會未散，八部猶光輝。願從二聖
　　　往，一洗千劫非。徘徊竹溪月，空翠搖煙霏。鐘聲自送客，
　　　出谷猶依依。回首吾家山，歲晚將焉歸。〔註24〕

「不悟俗緣在，失身蹈危機」對自己因謗訕朝政之罪名，而身陷牢獄。心思至此而有「願從二聖往，一洗千劫非」之念頭。此二聖係指惠思及智顗二僧。

　　再如元豐三年（1080）正月赴黃途中作〈戲作種松〉：

　　　我昔少年日，種松滿東岡。初移一寸根，瑣細如插秧。二

〔註23〕　（宋）蘇軾撰，張志烈等主編：《蘇軾全集校注》詩集四（石家莊：
　　　　　河北人民出版社，2010年6月），卷二○，頁2126。新息屬蔡州，蔡
　　　　　州古屬魏。

〔註24〕　同註23，頁2132。淨居寺：在光山縣西南淨居山上。佛教天台宗鼻
　　　　　祖惠思、智顗曾結菴於此。唐神龍年間道岸禪師始見此寺，北宋乾
　　　　　興年間改名梵天寺。神龍：唐中宗年號。

年黃茅下，一一攢麥芒。三年出蓬艾，滿山散牛羊。不見
十餘年，想作龍蛇長。夜風波浪碎，朝露珠璣香。我欲食
其膏，已伐百本桑。人事都乖迕，神藥竟渺茫。褐來齊安
野，夾路鬚鬖蒼。會開龜蛇窟，不惜斤斧瘡。縱未得茯苓，
且當拾流肪。釜盎百出入，皎然散飛霜。槁死三彭仇，澡
換五穀腸。青骨凝綠髓，丹田發幽光。白髮何足道，要使
雙瞳方。却後五百年，騎鶴還故鄉。〔註25〕

此詩充滿道家思想，如「青骨凝綠髓，丹田發幽光。白髮何足道，要
使雙瞳方。」有欲修練仙術羽化成仙，卻後五百年，騎鶴還故鄉之思。
蘇軾謫居時的釋道思想，初是於仕宦挫折時，心靈的寄託慰藉，以抒
發解脫現實的殘酷，沉澱逍遙於自在的時空，放任自己心靈的解放。
然此思想至貶謫惠州及儋州時，則是心靈的超越。

　　蘇軾於元豐五年（1082）四月他與〈黃州上文潞公書〉言：
　　……。到黃州，無所用心，輒復覃思於《易》、《論語》。端
　　居深念，若有所得。遂因先子之學，作《易傳》九卷。又
　　自以意作《論語說》五卷。窮苦多難，壽命不可期。恐此
　　書一旦復淪沒不傳，意欲寫數本留人間。念新以文字得罪，
　　人必以爲兇衰不祥之書，莫肯收藏。又自非一代偉人，不
　　足託以必傳者，莫若獻之明公。而《易傳》文多，未有力
　　裝寫，獨致《論語說》五卷。……。〔註26〕

由此，印證他的思想還是以儒家爲宗。《易傳》、《論語說》這些著作
他在儋州〈答李端淑〉尺牘有言：「所喜者，海南了得《易》、《書》、
《論語》傳數十卷，似有益於骨朽後人耳目也。」〔註27〕由此知，他
在海南繼續完成《易》、《論語》之傳。謫居期間著力於這些書籍的撰
寫，影響這時期的思想及對人生思惟方式之改變。

　　蘇軾貶謫時，在惡劣環境中，心靈孤寂，此由一些詩作見端倪。

〔註25〕同註23，頁2140、2141。
〔註26〕（宋）蘇軾撰，張志烈等主編：《蘇軾全集校注》文集七（石家莊：
　　　　河北人民出版社，2010年6月），卷四八，頁5202。
〔註27〕同註26，文集八，卷五二，頁5775。

如〈定惠院寓居月夜偶出〉：

> 幽人無事不出門，偶逐東風轉良夜。參差玉宇飛木末，繚
> 繞香煙來月下。江雲有態清自媚，竹露無聲浩如瀉。已驚
> 弱柳萬絲垂，尚有殘梅一枝亞。清詩獨吟還自和，白酒已
> 盡誰能借。不惜青春忽忽過，但恐歡意年年謝。自知醉耳
> 愛松風，會揀霜林結茅舍。浮浮大甂長炊玉，溜溜小槽如
> 壓蔗。飲中真味老更濃，醉里狂言醒可怕，閉門謝客對妻
> 子，倒冠落佩從嘲罵。〔註28〕

蘇軾以幽人自謂。「參差玉宇飛木末，繚繞香煙來月下。江雲有態清自
媚，竹露無聲浩如瀉。已驚弱柳萬絲垂，尚有殘梅一枝亞。」句，將
定惠院夜景描寫的意境十分。此時他忽意識時間易逝、人生無常。汪
師韓《蘇詩選評箋釋》言：「清遊勝賞，一往作氣，象澄鮮之語。忽念
及懂意日謝，又說到醉裡狂言，醒可怕，謫居中情緒若揭。」〔註29〕
確實如此。

復一首〈次韻前篇〉亦然：

> 去年花落在徐州，對月酣歌美清夜（自注：去年徐州花下對月，
> 與張師厚、王子立兄弟飲酒，作「頬」字韻詩）。今年黃州見花
> 發，小院閉門風露下。萬事如花不可期，餘年似酒那禁瀉。
> 憶昔扁舟泝巴峽，落帆樊口高桅亞，長江袞袞空自流，白
> 髮紛紛寧少借。竟無五畝繼沮溺，空有千篇凌鮑謝。至今
> 歸計負雲山，未免孤衾眠客舍。少年辛苦真食蓼，老境安
> 閒如啖蔗。飢寒未至且安居，憂患已空猶夢怕。穿花踏月
> 飲村酒，免使醉歸官長罵。〔註30〕

〔註28〕同註26，詩集四，卷二○，頁2152。

〔註29〕汪師韓：《蘇詩選評箋釋》收錄於《叢睦汪氏遺書》（臺北：中央研
究院傅斯年圖書館），卷三，頁8。

〔註30〕同註28，頁2154、2155。蘇軾於元祐四年（1089）在開封作〈記黃
州對月詩〉言：「僕在徐州，王子立、子敏皆館於官舍。而蜀人張師
厚來過。二王方年少，吹洞簫，飲酒杏花下。明年，於謫居黃州，
對月獨飲，嘗有詩云：『去年花落在徐州，對月酣歌美清夜。今年黃
州見花發，小院閉門風露下。』蓋憶與二王飲時也。張師厚久已死，

此詩表露挫折情緒，更憶往事種種，而悼今之非。惟有「穿花踏月飲村酒，免使醉歸官長罵。」因爲「竟無五畝繼沮溺，空有千篇凌鮑謝。至今歸計負雲山，未免孤衾眠客舍」、「憂患已空猶夢怕」的失落、無奈、孤寂情緒。此情緒縈繞，佛道思想，正是排憂解悶的心靈引導。因此「穿花踏月飲村酒，免使醉歸官長罵。」他曠達的釋懷昔日種種，自適今日一切，心境的轉變在〈安國寺浴〉言及：

> 老來百事懶，身垢猶念浴。衰髮不到耳，尚煩月一沐。山城足薪炭，煙霧蒙湯谷。塵垢能幾何，倏然脫羈梏。披衣坐小閣，散髮臨修竹。心困萬緣空，身安一牀足。豈惟忘淨穢，兼以洗榮辱。默歸毋多談，此理觀要熟。〔註31〕

此正是謫居中情緒若揭，佛家思想漸漸浮現，「心困萬緣空，身安一牀足。豈惟忘淨穢，兼以洗榮辱。默歸毋多談，此理觀要熟。」終於他逐漸釋懷了。勇於面對現實，換個角度思考，日子總得過。所以「臥聞百舌呼春風，起尋花柳村村同。」〔註32〕、「先生食飽無一事，散步逍遙自捫腹。不問人家與僧舍，拄杖敲門看修竹。」〔註33〕、「酒醒不覺春強半，睡起常驚日過中。植杖偶逢爲黍客，披衣閑詠舞雩風。」〔註34〕、「卯酒困三杯，午餐變一肉。雨聲來不斷，睡味清且熟。」〔註35〕、「拄杖閑挑菜」〔註36〕悠閒悠適的生活。

　　雖然，蘇軾在黃州已過三寒食，三見清明改新火了，然現實生活的窮困，內心感孤寂、無奈，所以，於元豐五年（1082）三月四日他作〈寒食雨二首〉言：

今年子立復爲古人，哀哉。」王子立：蘇轍之婿，元祐四年卒，年三十五。子敏：子立之弟。
〔註31〕（宋）蘇軾撰，張志烈等主編：《蘇軾全集校注》詩集四（石家莊：河北人民出版社，2010年6月），卷二○，頁2158。
〔註32〕同註31，頁2160。
〔註33〕同註31，頁2163。
〔註34〕同註31，頁2166。
〔註35〕同註31，頁2172。
〔註36〕同註31，頁2173。

春江欲入戶，雨勢來不已。小屋如漁舟，濛濛水雲裏。空
庖煮寒菜，破竈燒溼葦。那知是寒食，但見烏銜紙。君門
深九重，墳墓在萬里。也擬哭途窮，死灰吹不起。〔註37〕
（〈其二〉）

「君門深九重，墳墓在萬里」心境，及「空庖煮寒菜，破竈燒溼葦」
困頓生活，有「死灰吹不起」無奈、絕望之感，心境及現實生活都一
樣貧窮孤寂。

蘇軾在〈徐使君分新火〉言：

臨皋亭中一危坐，三見清明改新火。溝中枯木應笑人，鑽
斫不然誰似我。黃州使君憐久病，分我五更紅一朵。從來
破釜躍江魚，祇有清詩嘲飯顆。起攜蠟炬遶空室，欲事烹
煎無一可。爲公分作無盡燈，照破十方昏暗鎖。〔註38〕

窮困到「起攜蠟炬遶空室，欲事烹煎無一可」所以「爲公分作無盡
燈，照破十方昏暗鎖」他想到《維摩詰所說經‧菩薩品》：「無盡燈
者，譬如一燈燃百千燈，冥者皆明，明終不盡。」〔註39〕及《大方
廣佛華嚴經‧入法界品》：「見尊白毫相，演出明淨光，普照十方海，
除滅一切闇。」〔註40〕的心靈感悟。在蘇軾與友人之尺牘，得悉他
專研、抄寫佛經，是以，詩文時呈現佛家思想。此尺牘如「但得罪
以來，未嘗敢作文字，《經藏紀》皆迦語，想醞釀無由，故敢出之。」
〔註41〕

〔註37〕同註 31，卷二一，頁 2343。依據本《蘇軾全集校注》注：「但見烏
銜紙」之「見」，王文誥注本作「感」。底本據集本、類本、三希堂
石刻改。底本還謂「清施本查慎行校：『感』字改『見』字，更穩亮。
『烏』，馮應榴注：一作『鳥』。」

〔註38〕同註 31，卷二一，頁 2345。此詩作於元豐五年（1082）三月五日。

〔註39〕（姚秦）鳩摩羅什譯：《維摩詰所說經‧菩薩品》卷上第四，收錄於
《大正新脩大藏經》（臺北：傳正有限公司據日本東京大藏經刊行會
本出版，2001 年）第十四冊經集部，頁 543。

〔註40〕（東晉）佛馱跋陀羅譯：《大方廣佛華嚴經‧入法界品》卷五二，收
錄於《大正新脩大藏經》（臺北：傳正有限公司據日本東京大藏經刊
行會本出版，2001 年）第九冊華嚴部，頁 729。

〔註41〕同註 31，文集七，卷五一，頁 5524。蘇軾〈與滕達道〉尺牘。

蘇軾於元豐五年（1082）於黃州作〈贈黃山人〉：

> 面頰照人元自赤，眉毛覆眼見來烏。倦遊不擬談玄牝，示病何妨出白鬚。絕學已生眞定慧，說禪長笑老浮屠。東坡若肯三年住，親與先生看藥爐。〔註42〕

「玄牝」是《老子》第六章：「谷神不死，是謂玄牝。玄牝之門，是謂天地根。」〔註43〕此是道家言衍生萬物之本原之意，而蘇軾於此是指自然大道。另外，如「示病」、「生眞定慧」都是佛經語。在《維摩詰經・文殊師利問疾品》言：「維摩詰言：從癡有愛，則我病生。以一切眾生病，是故我病；若一切眾生得不病者，則我病滅。所以者何？菩薩爲眾生故入生死，有生死則有病，若眾生得離病者，則菩薩無復病。」〔註44〕「絕學已生眞定慧」句，在《楞嚴經》言：「所謂攝心爲戒，因戒生定，因定發慧，是則名爲三無漏學。」〔註45〕之言相似。

蘇軾在〈答畢仲舉〉尺牘言：

> ……。黃州濱江帶山，既適耳目之好，而生事百須，亦不難致，早寢晚起，又不知所謂禍福果安在哉。偶讀《戰國策》。……。美惡在我，何與於物。……。佛書舊亦嘗看，但闇塞不能通其妙，獨時取其粗淺假說以自洗濯。……。學佛老者，本期於靜而達，靜似懶，達似放，學者或未至其所期，而先得其所似，不爲無害。僕常以此自疑，故亦以爲獻。……〔註46〕

此書信言及謫居時學佛之心得，有釋道思想在其中。文中所言之「靜」是他澹泊虛靜的生活態度，而「達」則是他對事物，通達樂觀的態度，此爲道家「澹泊虛靜」的思想。其實道家思想蘇軾有了更深層的體悟，

〔註42〕同註31，詩集四，卷二一，頁 2357。

〔註43〕（明）焦竑撰 黃曙輝點校：《老子翼》（上海：華東師範大學出版，2011 年 6 月），頁 15。

〔註44〕鳩摩羅什大師譯 禪慧法師標點校刊：《維摩詰經・文殊師利問疾品第五》（臺北：三慧講堂出版，2000 年 7 月，第 3 版），卷中，頁 60。

〔註45〕果懷注譯：《楞嚴經今譯》（北京：中國社會科學出版社，2003 年 7 月），卷六，頁 147。

〔註46〕同註31，文集八，卷五六，頁 6183、6184。

早於密州時作〈超然台記〉表達了「游於物之外」的超然態度，及在徐州〈寶繪堂記〉所言「君子可以寓意於物，而不可以留意於物」的觀點。

　　總而言之，黃州時期，蘇軾吸收了儒家「達則兼濟天下，窮則獨善其身」的處事態度，及道家「順應自然、超然物外」的思想，在佛家精取「隨緣自適，靜而達」的態度。謫居期間，佛道思想已是其精神支柱了。

二、隨緣自適，淡化謫居窮困羈孤之愁

　　蘇軾從仕宦忽為楚囚，謫居黃州，不得簽事公務，由無奈、孤寂而至自適其樂，於詩作中亦可見此心情寫照。

　　在黃州他言：「謫居無事，默自觀省，回視三十年以來所為，多其病者，足下所見皆故我，非今我也。」〔註47〕及「黃州食物賤，風土稍可安，既未得去，去亦無所歸，必老於此。」〔註48〕的心情感悟，他的思惟隨際遇、環境已自我調適。其真率個性在〈初到黃州〉：「自笑平生為口忙，老來事業轉荒唐。長江繞郭知魚美，好竹連山覺筍香。」雖然有自我解嘲的感傷，然還是可以體會到，惡劣環境是無法擊敗他曠達的心。

　　他於元豐六年（1083）三月二十五日在黃州作〈與子由弟〉尺牘言：「任性逍遙，隨緣放曠，但盡凡心，無別勝解。以我觀之，凡心盡處，勝解卓然。但此勝解，不屬有無，不通言語，故祖師教人，到此便住。」〔註49〕優遊自得，安閒自在，放下一切凡心，則能勝解超然。另，他在〈與子明兄〉尺牘：

　　　　……。吾兄弟俱老矣，當以時自娛。世事萬端，皆不足

〔註47〕（宋）蘇軾撰，張志烈等主編：《蘇軾全集校注》文集七（石家莊：河北人民出版社，2010年6月），卷四九，頁5345。〈答李端叔〉尺牘。

〔註48〕同註47，卷四八，頁5203。〈黃州上文潞公書〉尺牘。

〔註49〕同註47，文集九，卷六〇，頁6630。

> 介意。所謂自娛者，亦非世俗之樂，但胸中廓然無一物，
> 即天讓之內，山川草木蟲魚之類，皆是供吾家樂事
> 也。……。〔註50〕

此都說明了在黃州的心靈感悟，但也可以看出此時他思想的轉變。他認爲所謂自娛者，非世俗之樂，而是胸中廓然無一物，宇宙萬物皆可觀它們微妙之處，此即是他以細微之心觀照萬物，心靈與萬物產生之共鳴。

蘇軾遇赦北歸時，也寫給子由，由此可印證他「苟有可觀，皆有可樂，非必怪奇瑋麗者也。」的曠達、放任、自然、平淡思想，此也是晚年思想的主流。他放下世間的紛紛擾擾，而善於去發現，存在宇宙間其他事物的美，並將自己感情思想沉醉在客觀事物之上，忘卻得失與煩惱。此思想已深植他心，後來到惠州、儋州時，更臻於成熟。

蘇軾謫居生活之窮困在〈答秦太虛〉尺牘言及：

> 初到黃，廩入既絕，人口不少，私甚憂之。但痛自節儉，
> 日用不得過百五十，每月朔便取四千五百錢，斷爲三十塊，
> 掛屋梁上，平旦用畫叉挑取一塊，即藏去叉，仍以大竹筒
> 別貯用不盡者，以待賓客，此賈耘老法也。度囊中尚可支
> 一歲有餘，至時別作經畫，水到渠成，不須預慮。以此，
> 胸中都無一事。〔註51〕

家計窮困，他卻能有如此解決之道。當「度囊中尚可支一歲有餘，至時別作經畫，水到渠成，不須預慮。」此爲曠達個性使然，及儒家安貧樂道之精神。

元豐三年（1080）二月，他在〈二月二十六日，雨中熟睡，至晚，強起出門，還作此詩，意思殊昏昏也〉亦言及初到黃州時的生活情景：

> 卯酒困三杯，午餐便一肉。雨聲來不斷，睡味清且熟。昏
> 昏覺還臥，展轉無由足。強起出門行，孤夢猶可續。泥深

〔註50〕同註47，文集九，卷六○，頁 6622、6623。
〔註51〕同註47，文集八，卷五七，頁 5754。

竹雞語，村暗鳩婦哭。明朝看此詩，睡語應難讀。〔註52〕

初至黃州「卯酒困三杯，午餐便一肉。」隨意簡單的一天生活。而他不以物喜不以己悲的「雨聲來不斷，睡味清且熟。」曠達、眞率、瀟灑的心境屢於詩中呈現。

是年三月他作〈雨晴後，步至四望亭下魚池上，遂自乾明寺前東岡上歸，二首〉〔註53〕言：

> 雨過浮萍合，蛙聲滿四鄰。海棠眞一夢，梅子欲嘗新。挂杖閑挑菜，鞦韆不見人。殷勤木芍藥，獨自殿餘春。（〈其一〉）
>
> 高亭廢巳久，下有種魚塘。暮色千山入，春風百草香。市橋人寂寂，古寺竹蒼蒼。鸛鶴來何處，號鳴滿夕陽。（〈其二〉）

「挂杖閑挑菜，鞦韆不見人」生活簡單靜寂，突顯反射出「殷勤木芍藥，獨自殿餘春」以及「市橋人寂寂，古寺竹蒼蒼。鸛鶴來何處，號鳴滿夕陽。」的孤寂心情，愁思總是縈繞。在〈次韻樂著作送酒〉言：

> 少年多病怯杯觴，老去方知此味長。
>
> 萬斛羈愁都似雪，一壺春酒若爲湯。〔註54〕

萬斛羈愁似雪，一壺春酒怎能將其消溶？

蘇軾至黃州，始寓居定惠院，後自定惠院遷至臨皋亭，寫了：

> 我生天地間，一蟻寄大磨。區區欲右行，不救風輪左。雖云走仁義，未免違寒餓。劍米有危炊，針氈無穩坐。豈無佳山水，借眼風雨過。歸田不待老，勇決凡幾箇。辛茲廢棄餘，疲馬解鞍馱。全家占江驛，絕境天爲破。飢貧相乘除，未見可弔賀。澹然無憂樂，苦語不成些。〔註55〕（〈遷居臨皋亭〉）

〔註52〕（宋）蘇軾撰，張志烈等主編：《蘇軾全集校注》詩集四（石家莊：河北人民出版社，2010年6月），卷二〇，頁2172。

〔註53〕同註52，頁2173、2174、2175。

〔註54〕同註52，詩集四，卷二〇，頁2179。

〔註55〕同註52，詩集四，卷二〇，頁2205。

詩言盡貧困的情形，人生無常，澹然無憂樂，苦語不成些，如此而已，夫復何求。雖然我欲將「仁義」作為人生目標，可是正如現在處境般，無法擺脫貧窮飢寒。

元豐三年（1080）六月作〈與子由同游寒溪西山〉：

> 散人出入無町畦，朝游湖北暮淮西。高安酒官雖未上，兩腳垂欲穿塵泥。與君聚散若雲雨，共惜此日相提攜。千搖萬兀到樊口，一箭放溜先鳧鷖。層層草木暗西嶺，瀏瀏霜雪鳴寒溪。空山古寺亦何有，歸路萬頃青玻璃。我今漂泊等鴻雁，江西江北無常棲。巾幅不擬過城市，欲踏徑路開新蹊（蘇軾自注：路有直入寒溪不過武昌者）。却憂別後不忍到，見子行迹空餘悽。吾儕流落豈天意，自坐迂闊非人擠。行逢山水輒羞歎，此去未免勤鹽虀。何當一遇李八百（蘇軾自注：李八百宅在筠州。古老相傳能拄拐日八百里），相哀白髮分刀圭。〔註56〕

蘇轍受烏臺詩案牽累，謫監筠州鹽酒稅。未到筠州任職前，先到黃州探望蘇軾，同遊寒溪山。蘇軾有感兄弟倆時聚時散，抒發心衷鬱卒之情。「我今漂泊等鴻雁，江西江北無常棲。」今之我猶如鴻雁一樣，居無定所。

蘇軾於元豐四年（1081）二月作〈東坡八首〉并敘言：「余至黃州二年，日以困匱。故人馬正卿哀余乏食，為於郡中請故營地數十畝，使得躬耕其中。」〔註57〕貧窮困苦於言中，詩中透露自己是「獨有孤旅人，天窮無所逃」的孤寂、窮困。雖然有了東坡之地可躬耕，稍改善了生活，然此時俸祿微薄，無法過如昔日之生活，謫居生活總是困匱的。

到了元豐五年（1082），貧窮之日，在其〈次韻孔毅父久旱已而甚雨，三首〉其一言：

> 飢人忽夢飯甑溢，夢中一飽百憂失。祇知夢飽本來空，未

〔註56〕同註52，詩集四，卷二〇，頁 2208。
〔註57〕（宋）蘇軾撰，張志烈等主編：《蘇軾全集校注》詩集四（石家莊：河北人民出版社，2010 年 6 月），卷二一，頁 2242。

悟眞飢定何物。我生無田食破硯，爾來硯枯磨不出。去年
太歲空有酉，傍舍壺漿不容乞。今年旱勢復如此，歲晚何
以黔吾突。青天蕩蕩呼不聞，況欲稽首號泥佛。甕中蜥蜴
尤可笑，跂跂脈脈何等秩。陰陽有時雨有數，民是天民天
自卹。我雖窮苦不如人，要亦自是民之一。形容可似喪家
狗，未肯聑耳爭投骨。倒冠落幘謝朋友，獨與蚊雷共圭蓽。
故人嗔我不開門，君視我們誰肯屈？可憐明月如潑水，夜
半清光翻我室。風從南來非雨候，且爲疲人洗蒸鬱。褰裳
一和快哉謠，未暇飢寒念明日。〔註58〕（〈其一〉）

寫貧困生活點滴一氣呵成，卻能處之泰然，此心境惟蘇軾，其何人能
之。尤其「倒冠落幘謝朋友，獨與蚊雷共圭蓽。故人嗔我不開門，君
視我們誰肯屈。」雖然潦倒，可是他能自我調適、自在，就如其言「可
憐明月如撥水，夜半清光翻我室。風從南來非雨候，且爲疲人洗蒸鬱。
牽裳一和快哉謠，未暇飢寒念明日。」的快哉生活。

　　蘇軾親自躬耕於東坡之地的田園生活體驗，他是滿足的且享受豐
收的，見〈次韻孔毅父久旱已而甚雨三首〉之其二言：

去年東坡拾瓦礫，自種黃桑三百尺。今年刈草蓋雪堂，日
炙風吹面如墨。平生懶惰今始悔，老大勸農天所直。沛然
例賜三尺雨，造物無心怳難測。四方上下同一雲，甘霆不
爲龍所隔（蘇軾自注：俗有分龍日），蓬蒿下濕迎曉耒，燈火
新涼催夜織。老夫作罷得甘寢，臥聽牆東人響屧。奔流未
已坑谷平，折葦枯荷恣漂溺。腐儒麤糲支百年，力耕不受
眾目憐。破陂漏水不耐旱，人力未至求天全。會當作塘徑

〔註58〕同註57，頁 2368。蘇軾在《與秦太虛》尺牘中言及在黃州窮困生活，
他說：「初到黃州，廩入既絕，人口不少，私甚憂之。但痛自節儉，
日用不得超過百五十，每月朔便取四千五百錢，斷爲三十塊，掛屋
梁上，平旦用畫叉挑取一塊，即藏去叉，仍以大竹筒別貯用不盡者，
以待賓客，此賈耘老法也。度囊中尚可支一歲有餘，至時別作經畫，
水到渠成，不須預慮。以此，胸中都無一事。」此段摘錄於（宋）
蘇軾撰　張志烈等主編：《蘇軾全集校注》文集八（石家莊：河北人
民出版社，2010 年 6 月），卷五二，頁 5754。

千步，橫斷西北遮山泉。四鄰相率助舉杵，人人知我囊無
錢。明年共看決渠雨，飢飽在我寧關天。誰能伴我田間飲，
醉倒惟有支頭磚。〔註59〕

隨緣自適，雖處於貧困之境，仍能自得其樂。所描寫閒居躬耕的情形，
如親拾瓦礫、種黃桑、蓋雪堂，忙到「日炙風吹面如墨」亦有樂在其
中之感，及「誰能伴我田間飲，醉倒惟有支頭磚」的隨性，但心靈是
有孤寂之苦。

蘇軾親身躬耕於東坡之地，他有如陶淵明歸隱田園之感，所以於
元豐五年（1082）四月賦詞〈哨遍〉敘言：「陶淵明賦〈歸去來〉，有
其詞而無其聲。余既治東坡，築雪堂於上，人俱笑其陋，獨鄱陽董毅
夫過而悅之，有卜鄰之意。乃取〈歸去來〉詞，稍加隱括，使就聲律，
以遺毅夫，使家僮歌之。時相從於東坡，釋耒而和之，扣牛角而為之
節，不亦樂乎。」其詞曰：

為米折腰，因酒棄家，口體交相累。歸去來，誰不遣君歸，
覺從前、皆非今是。露未晞。征夫指余歸路，門前笑語喧
童穉。嗟舊菊都荒，新松暗老，吾年今已如此。但小窗，
容膝閉柴扉。策杖看，孤雲暮鴻飛。雲出無心，鳥倦知還，
本非有意。噫！歸去來兮。我今忘我兼忘世。親戚無浪語，
琴書中有真味。步翠麓崎嶇，泛溪窈窕，涓涓暗谷流春水。
觀草木欣榮，幽人自感，吾生行且休矣。念寓形、宇內復
幾時。不自覺，皇皇欲何之？委吾心，去留誰計。神仙知

〔註59〕（宋）蘇軾撰，張志烈等主編：《蘇軾全集校注》詩集四（石家莊：
河北人民出版社，2010年6月），卷二一，頁2372。謫居黃州三年，
生活困頓「人人知我囊無錢」，因此，故人馬正卿為守，以故營地數
十畝與之，是為東坡。此詩雖然描寫躬耕之事宜，但在其中可看出
寫詩筆力，紀昀言：「『破陂漏水不耐旱』以下，忽地跳出題外，卻
仍是題中，筆力恣逸之至。若順手寫雨足景象一番，便是凡筆。」（《紀
評蘇詩》卷二一）。趙克宜亦評：「『蓬蒿下濕迎曉未』得雨正面，寫
得恰好。『腐儒糶糴支百年』斗人議論，極精采。東坡詩後路每於虛
境設想，一連數層，真有瀾翻不竭之妙。」（《角山樓蘇詩評注彙鈔》
卷一〇）。

在何處，富貴非吾志。但知臨水登山嘯詠，自引壺觴自醉。
此生天命更何疑，且乘流、遇坎還止。〔註60〕

蘇軾謫居的心境、生活環境的窮困，猶如陶淵明歸隱田園一樣，所以有感而抒發心情。

到了元豐六年（1083），蘇軾在黃州已三年，然其為貶謫之事，心靈深處還是無法忘懷，他說：

春雨如暗塵，春風吹倒人。東坡數間屋，巢子誰與鄰。空
牀斂敗絮，破竈鬱生薪。相對不言寒，哀哉知我貧。我有
一瓢酒，獨飲良不仁。未能頮我煩，聊復濡子唇。故人千
鍾祿，馭吏醉吐茵。那知我與子，坐作寒蠅呻。努力莫怨
天，我爾皆天民。行看花柳動，共享無邊春。〔註61〕（〈大
寒步至東坡，贈巢三〉）

貧窮到「空牀斂敗絮，破竈鬱生薪。相對不言寒，哀哉知我貧」的心境，以及，孤寂到一瓢酒獨飲，自我調適，以排憂。紀昀言：「沉痛之言，不傷忠厚，推過一步作寬解，則當下難堪不言已見。」〔註62〕趙克宜也言及：「『相對不言寒』句，透過一層，寫得深至。」〔註63〕以蘇軾曠達的個性，在困阨的險境，他能隨緣自適，可是，烙印在他內心深處之罪名是無法磨滅，它是一種恥辱，是一個痛。

〔註60〕（宋）蘇軾撰，張志烈等主編：《蘇軾全集校注》詞集（石家莊：河
　　　　北人民出版社，2010年6月），卷一，頁378。蘇軾言「乃取〈歸去
　　　　來〉詞，稍加隱括，使就聲律」，然黃庭堅則說「子瞻以〈哨徧〉填
　　　　〈歸去來〉，終不同律。」張炎：「〈哨徧〉一曲，隱括〈歸去來辭〉，
　　　　更為精妙，周、秦諸人所不能到。」

〔註61〕同註60，詩集四，卷二二，頁2424。巢三：名谷，字元修。眉州眉
　　　　山人。舉進士京師，後棄學習騎射。蘇軾謫黃州，谷與之遊。元豐
　　　　六年底辭軾歸蜀，二蘇復用後，谷不曾一見。及謫居嶺南，谷數千
　　　　里徒步往訪。元符二年，見徹，又欲赴海南復見蘇軾，徹固止之，
　　　　不從，至新州為蠻隸所困，病死。

〔註62〕（清）紀昀：《紀評蘇詩》（道光十四年冬槧於兩廣節署，成都：四
　　　　川大學出版社，2007年4月），卷二二，頁44。

〔註63〕（清）趙克宜：《角山樓蘇軾評注彙鈔》（清咸豐二年季夏之月），卷
　　　　一〇，頁23。

　　蘇軾在黃州的謫居生活平淡、閒適，除了撰書及閱讀之外，即是戶外活動了。他說：

> 日日出東門，步尋東城游。城門抱關卒，笑我此何求。我亦無所求，駕言寫我憂。意適忽忘返，路窮乃歸休。懸知百歲後，父老說故侯。古來賢達人，此路誰不由？百年寓華屋，千載歸山丘。何事羊公子，不肯過西州。〔註64〕（〈日日出東門〉）

此詩筆法雖簡明輕快，但蘊含了謫居黃州時的生活步調。日日出東門尋遊，路窮了乃歸休，只是爲了發洩貶謫煩憂，以及「致君堯舜」之志已無望罷了。所以他說「軾凡百如昨，愚暗少慮，輒復隨緣自娛」〔註65〕了。

　　復如〈東坡〉：

> 雨洗東坡月色清，市人行盡野人行。莫嫌犖确坡頭路，自愛鏗然曳杖聲。〔註66〕

此詩顯示詩人曠達、自在、隨緣自適的心情，心境幾乎跳出初至黃州時的孤寂、無奈，此爲其心境的轉變，隨緣自適，淡化謫居羈孤之愁。

　　蘇軾於謫居時，精神受貶謫之事與物質困乏雙重衝擊下，因受儒釋道思想影響之故，他以曠達、眞率及安貧樂道之性情，將之淡化，自娛其樂。

第二節　美感在簡樸及率性交織中展現

　　蘇軾在黃州時期的心境是隨緣自適、淡泊無爲、曠達樂觀的人生處事態度，此心境態度延伸到謫居嶺南時期。他初至黃州時，暫時寓

〔註64〕（宋）蘇軾撰，張志烈等主編：《蘇軾全集校注》詩集四（石家莊：河北人民出版社，2010年6月），卷二二，頁2431。

〔註65〕蘇軾〈答李琮書〉，（宋）蘇軾撰　張志烈等主編：《蘇軾全集校注》文集七（石家莊：河北人民出版社，2010年6月），卷四九，頁5352。

〔註66〕同註64，頁2490。

居定惠院，他閉門卻掃，焚香默坐，或隨僧蔬食，或往寺沐浴，或縱野尋溪谷採藥、釣魚，放浪於山水間，忘一切俗事煩憂，重新思考整理思緒。此在他的尺牘中可知，如〈與章子厚參政書二首〉尺牘其一：「……黃州僻陋多雨，氣象昏昏也。魚稻薪炭頗賤，其與窮者相宜。……見寓僧舍，布衣蔬食，隨僧一餐，差爲簡便。」〔註67〕及〈給王定國〉尺牘中亦言及：「自到黃州，即屬岸人日伺舟馭消耗。忽領手教，頓解憂懸。仍審比來體氣清強，且能自適。……某寓一僧舍，隨僧蔬食，甚自幸也。感恩念咎之外，灰心杜口，不曾看謁人。所云出入，蓋往村寺沐浴，及尋溪傍谷釣魚採藥，聊以自娛耳。」〔註68〕復見其〈與朱康叔〉尺牘：「已遷居江上臨皋亭，甚清曠。風晨月夕，杖履野步，酌江水飲之，皆公恩庇之餘波，想味風義，以慰孤寂。」〔註69〕皆說出謫居黃州的生活步調，他縱情於山水田野間，漸漸的此生活讓他豪放、曠達之心情，得到自由解放，如〈與子明兄〉尺牘言：「吾兄弟俱老矣，當以時自娛。世事萬端，皆不足介意。所謂自娛者，亦非世俗之樂，但胸中廓然無一物，即天壤之內，山川草木蟲於之類，皆是供吾家樂事也。」〔註70〕他心態逐漸的改變，是以，此心境影響詩歌創作的風格。

宋朱弁言：「東坡文章，至黃州以後，人莫能及。唯黃魯直詩，時可以抗衡，晚年過海，則雖魯直亦若瞠乎其後矣，或謂東坡過海，雖爲不幸，乃魯直之大不幸也。」〔註71〕此時期的詩風趨於平淡自然古樸、情眞自然流瀉及豪放曠達，不計較詞語的工拙，而是眞情、寫實的流露，此詩風爲其以後詩創作的延伸。追溯蘇軾於〈南行前集敘〉

〔註67〕（宋）蘇軾撰，張志烈等主編：《蘇軾全集校注》文集七（石家莊：河北人民出版社，2010 年 6 月），卷四九，頁 5270。

〔註68〕同註 67，文集八，卷五二，頁 5673。

〔註69〕同註 67，文集九，卷五九，頁 6476。

〔註70〕同註 67，文集九，卷六〇，頁 6622、6623。子明：是蘇渙第二子，即蘇不疑。

〔註71〕（宋）朱弁：《風月堂詩話》（景印文淵閣四庫全書，臺北：臺灣商務印書館印行）第 1479 冊，頁 1479-20 及 21。

提及：

> 夫昔之爲文者，非能爲之爲工，乃不能不爲之爲工也。山
> 川之有雲霧，草木之有華實，充滿勃鬱，而見於外。夫雖
> 欲無有，其可得耶。自少聞家君之論文，以爲古之聖人有
> 所不能自己而作者。故軾與弟轍爲文至多，而未嘗敢有作
> 文之意。〔註72〕

由此文即可知，蘇軾早期爲文詩作的趨向，即是爲文要自然，並以「山
川之有雲霧，草木之有華實，充滿勃鬱，而見於外。」比喻文章是詩
人思想情感的自然表現。復見其〈與二郎姪一首〉：

> 凡文字，少小時須令氣象崢嶸，采色絢爛，漸老漸熟乃造
> 平淡。其實不是平淡，絢爛之極也。汝只見爺伯而今平淡，
> 一向只學此樣。何不取舊日應舉時文字看，高下抑揚，如
> 龍蛇捉不住，當且學此。〔註73〕

到了晚年，他認爲文章是要先磨練「少小時須令氣象崢嶸，采色絢爛」
然後見老漸熟，而至平淡，此平淡是漸趨「絢爛之極」之狀態，方達
於文章之極之最。他在〈自評文〉言：

> 吾文如萬斛泉源，不擇地皆可出。在平地滔滔汩汩，雖一
> 日千里無難。及其與山石曲折，隨物賦形，而不可知也。
> 所可知者，常行於所當行，常止於不可不止，如是而已矣。
> 其他雖吾亦不能知也。〔註74〕

所以他的文思是隨性的、自然的、隨物賦形的。蘇軾在元符三年（1100）
自儋州北歸時〈與謝民師推官書〉亦言：

> 所示書教及詩賦雜文，觀之熟矣。大略如行雲流水，初無
> 定質，但常行於所當行，常止於所不可不止，文理自然，
> 姿態橫生。〔註75〕

〔註72〕（宋）蘇軾撰，張志烈等主編：《蘇軾全集校注》文集二（石家莊：
河北人民出版社，2010 年 6 月），卷一〇，頁 1009。
〔註73〕同註 72，文集十一，蘇軾佚文彙編，卷四，頁 8664。
〔註74〕同註 72，文集十，卷六六，頁 7422。
〔註75〕同註 72，文集七，卷四九，頁 5292。

說及作詩賦雜文，觀之熟了，就如行雲流水般，而常行於所當行，常
止於所不可不止，此時文理就自然，而內蘊就橫生了。

一、窮困生活，自適簡樸

　　蘇軾因「烏臺詩案」心有餘悸，對於詩作的創作小心為甚。此
於與友人的尺牘中屢有言及，如〈與陳朝請二首〉之其二言：「某自
竄逐以來，不復作詩與文字。所論四望起廢，固宿志所願，但多難
畏人，遂不敢爾。其中雖無所云，而好事者巧以醞釀，便生出無窮
事也。」〔註76〕復如〈答秦太虛〉尺牘亦言：「但得罪以來，不復作
文字，自持頗嚴，若復一作，則決壞藩牆，今後仍復衰衰多言矣。」
〔註77〕由尺牘得知他謹慎詩文創作之原由，而至於黃州時期詩創作
少之故。因此，他縱情於山水田園間，自娛生活的樂趣，在〈答李
端叔〉尺牘言：

　　　得罪以來，深自閉塞，扁舟草履，放浪山水間。與漁樵雜
　　　處，往往為醉人所唾罵，輒自喜漸不為人識。

蘇軾不為凡俗事物，心有所移，反而是率性的過自己的生活，此曠達、
隨性、開朗、超然物外的思想，成為謫居後解憂愁的生活態度。「少
年辛苦真食蓼，老境安閒如啖蔗。飢寒未至且安居，憂患已空猶夢
怕」、「身安一牀足」黃州生活安閒了，時而「穿花踏月飲村酒」、「酒
醒不覺春強半，睡起常驚日過中。植杖偶逢為黍客，披衣閑詠舞雩風」
的逍遙自在。在黃州幾乎是過著悠閒的農村生活，雖然窮困，但他以
心靈感受及樂觀的心境看待身邊各種事物，並融入其中，描寫農事詩
簡樸、平淡、自然。

　　蘇軾初到黃州時，他〈與章子厚參政書〉言及：

　　　黃州僻陋多雨，氣象昏昏也。魚稻薪炭頗賤，甚與窮者相
　　　宜。然軾平生未嘗作活計，子厚所知之。俸入所得，隨手
　　　輒盡。而子由有七女，債負山積，賤累皆在渠處，未知何

〔註76〕同註72，文集八，卷五七，頁6281。
〔註77〕同註72，文集八，卷五七，頁5754。

> 日到此。見寓僧舍，布衣蔬食，隨僧一餐，差爲簡便，以
> 此畏其到也。窮達得喪，粗了其理，但祿廩相絕，恐年載
> 間，遂有飢寒之憂，不能不少念。然俗所謂水到渠成，至
> 時亦必自有處置，安能預爲之愁煎乎？初到，一見太守，
> 自餘杜門不出，閑居未免看書，惟佛經以遣日，不復近筆
> 硯矣。〔註78〕

此尺牘言初到黃州時所見情形，也說盡了謫居地的僻陋及窮困危機，
及杜門不出，惟以佛經遣日的生活近況。

　　他至黃州第二年，元豐四年（1081）二月，生活日以困匱，馬正
卿於郡中請故地數十畝，地既久荒爲茨棘瓦礫之場，東坡躬耕其中，
備是辛苦，釋耒而歎，乃作〈東坡八首〉：

> 廢壘無人顧，頹垣滿蓬蒿。誰能捐筋力，歲晚不償勞。獨
> 有孤旅人，天窮無所逃。端來拾瓦礫，歲旱土不膏。崎嶇
> 草棘中，欲刮一寸毛。喟然釋耒歎，我廩何時高。〔註79〕

從得到頹垣長滿雜草之地，始描摹，至「誰能捐筋力，歲晚不償勞」
的無限希望，爲了改善生活，親自躬耕於東坡地。盼望快快有豐收，
讓倉廩能積滿糧食。他曠達的個性認爲「獨有孤旅人，天窮無所逃。」
不爲窮困而自卑，反而是瀟灑任一生。

> 荒田雖浪莽，高庳各有適。下隰種秔稌，東原蒔棗栗。江
> 南有蜀士，桑果已許乞。好竹不難栽，但恐鞭橫逸。仍須
> 卜佳處，規以安我室。家僮燒枯草，走報暗井出。一飽未
> 敢期，瓢飲已可必。〔註80〕

整好地之後，開始有原則的規劃，耕地如何使用，蘇軾依地之屬性種
植各類農作物，他是隨意而安之人，且凡事未雨綢繆。「好竹不難栽，
但恐鞭橫逸」他喜歡竹子、喜歡吃竹筍，對竹子觀察甚解，所以能平
易自然的說盡竹子之習性。「家僮燒枯草，走報暗井出。一飽未敢期，

〔註78〕 （宋）蘇軾撰，張志烈等主編：《蘇軾全集校注》文集七（石家莊：
　　　　 河北人民出版社，2010 年 6 月），卷四九，頁 5270、5271。
〔註79〕 同註 78，詩集四，卷二一，頁 2242。
〔註80〕 同註 78，詩集四，卷二一，頁 2245。

瓢飲已可必。」終於也解決飲水之慮，歷代對此句評語有「曠適之意」、「借以生出結果意」，紀昀則認爲「波瀾好，結得沉著」〔註81〕。

> 自昔有微泉，來從遠嶺背。穿城過聚落，流惡壯蓬艾。去爲柯氏陂，十畝魚蝦會。歲旱泉亦竭，枯萍黏破塊。昨夜南山雲，雨到一犁外。泫然尋故瀆，知我理荒薈。泥芹有宿根，一寸嗟獨在。雪芽何時動，春鳩行可膾。〔註82〕

將躬耕東坡地之始末，寫實，一層一層，描摹淋漓盡致。尤其乾旱迫切渴望甘霖之心「歲旱泉亦竭，枯萍黏破塊。昨夜南山雲，雨到一犁外。泫然尋故瀆，知我理荒薈。」將乾旱的情形以「枯萍黏破塊」形容，既寫實又貼切。紀昀認爲：「『泫然尋故瀆，知我理荒薈。』二句無理有情。滄浪所謂『詩有別趣』，蓋指此種。」〔註83〕

> 種稻清明前，樂事我能數。毛空暗春澤，針水聞好語。分秧及初夏，漸喜風葉舉。月明看露上，一一珠垂縷。秋來霜穗重，顛倒相撐挂。但聞畦隴間，蚱蜢如風雨。新春便入甑，玉粒照筐筥。我久食官倉，紅腐等泥土。行當知此味，口腹吾已許。〔註84〕

此詩寫實，對物象觀察入微，親身感受農作物的成長過程，此是他投入大自然體悟萬物間細微之妙，尤其是「月明看露上，一一珠垂縷。秋來霜穗重，顛倒相撐住。但聞畦隴間，蚱蜢如風雨」自然寫實的豐收期情境，他已融入在東坡地收成的喜悅之中，體悟天地間萬物活動細微之妙處。

> 良農惜地力，幸此十年荒。桑柘未及成，一麥庶可望。投種未逾月，覆塊已蒼蒼。農父告我言，勿使苗葉昌。君欲富餅餌，要須縱牛羊。再拜謝苦言，得飽不敢忘。〔註85〕

〔註81〕（清）紀昀：《紀評蘇詩》（道光十四年冬槧於兩廣節署，成都：四川大學出版社影印，2007年4月），卷二一，頁2。

〔註82〕同註78，詩集四，卷二一，頁2247。

〔註83〕同註81，頁3。

〔註84〕（宋）蘇軾撰，張志烈等主編：《蘇軾全集校注》詩集四（石家莊：河北人民出版社，2010年6月），卷二一，頁2248、2249。

〔註85〕同註84，頁2251。

此詩言種麥，述農父以經驗告知如何耕作。他除了躬耕東坡地，與農父間亦有互動，從農父經驗之敘述中學習到耕作之法。

> 種棗期可剝，種松期可斲。事在十年外，吾計亦已愨。十年何足道，千載如風雹。舊聞李衡奴，此策疑可學。我有同舍郎，官居在灊岳。遺我三寸甘，照座光卓犖。百栽倘可致，當及春冰渥。想見竹籬間，青黃垂屋角。〔註86〕

汪師韓言此詩「豈誠願學李衡，亦因遺甘而懷李公擇耳。預想到屋角青黃，拙樸語亦徵高曠。」〔註87〕「想見竹籬間，青黃垂屋角。」情景交融，他已融入物象的情境裏。

> 潘子久不調，沽酒江南村。郭生本將種，賣藥西市垣。古生亦好事，恐是押牙孫。家有一畝竹，無時容叩門。我窮交舊絕，三子獨見存。從我於東坡，勞餉同一飧。可憐杜拾遺，事與朱阮論。吾師卜子夏，四海皆弟昆。〔註88〕

> 馬生本窮士，從我二十年。日夜望我貴，求分買山錢。我今反累君，借耕輟茲田。刮毛龜背上，何時得成氈。可憐馬生癡，至今夸我賢。眾笑終不悔，施一當獲千。〔註89〕

縱觀八首皆為描摹躬耕東坡地之「大率田中語」，體悟耕作之辛苦及豐收之樂。在情感融入物象的妙悟中，將躬耕的點點滴滴，簡樸、自然的抒發呈現出來。蘇軾也種茶在東坡地：

> 周詩記茶苦，茗飲出近世。初緣厭梁肉，假此雪昏滯。嗟我五畝園，桑麥苦蒙翳。不令寸土閒，更乞茶子蓺。飢寒未知免，已作太飽計。庶將通有無，農末不相戾。春來凍地裂，紫筍森已銳。牛羊煩呵叱，筐筥未敢睨。江南老道人，齒髮日夜逝。他年雪堂品，空記桃花裔。〔註90〕（〈問

〔註86〕同註84，頁2252。

〔註87〕（清）汪師韓：《蘇詩選評箋釋》收錄於《叢睦汪氏遺書》（臺北：中央研究院傅斯年圖書館），卷三，頁16。

〔註88〕同註84，頁2254、2255。

〔註89〕同註84，頁2256。

〔註90〕同註84，頁2360。桃花：寺名。依據周紫芝《太倉稊米集》卷三五有詩題為：「蘇內相在黃州，嘗從桃花寺僧覓茶種，移種雪堂下。」

　　大冶長老乞桃花茶栽東坡〉〉

將種茶之始末言於詩中，寫實、簡樸、平易、自然流露。「嗟我五畝地，桑麥苦蒙翳。不令寸土閑，更乞茶子蓺。」呈現蘇軾務實面。然「春來凍地裂，紫笋森已銳。」觀察紫笋生長情形，情感已融入。

　　在東坡地，蘇軾「以大雪中築屋」名曰雪堂。並寫〈雪堂記〉其文曰：

> 蘇子得廢圃于東坡之脅，築而垣之。作堂焉，號其正曰雪堂。堂以大雪中爲之，因繪雪於四壁之間，無容隙也。起居偃仰，環顧睥睨，無非雪者。蘇子居之，眞得其所居者也。蘇子隱几而晝暝。栩栩然若有所適而方興也。未覺，爲物觸而寤，其適未厭也，若有失焉。以掌抵目，以足就履，曳於堂下。

> 客有至而問者曰：「……。風不可搏，影不可捕，童子知之。名之於人，猶風之與影也，子獨留之。故愚者視而驚，智者起而軋，吾固怪子爲今日之晚也。子之遇我，幸矣。吾今邀子藩外之游，可乎？」

> 蘇子曰：「予之於此，自以爲藩外久矣，子又將安之乎。」
> 客曰：「甚矣，子之雖曉也，夫勢利不足以爲藩也，名譽不足以爲藩也，陰陽不足以爲藩也，人道不足以爲藩也，所以藩子者，特智也爾。……是堂之繪雪，將以佚子之心也。身待堂而安，則形固不能釋。心以雪而警，則神固不能凝。子之知既焚而爐矣，爐又復然，則是堂之作也，非徒無益，而又重子蔽蒙也。子見雪之白乎，則恍然而目眩。子見雪之寒乎，則竦然而毛起。……。」

> 客又舉杖而指諸壁，曰：「此凹也，此凸也。方雪之離下也，均矣。厲風過焉，則凹者留而凸者散，天豈私於凹而厭於凸哉，勢使然也。勢之所在，天且不能違，而況於人乎，子之居此，雖遠人也，而圃有是堂，堂有是名，實礙人耳，不猶雪之在凹者乎？」

> 蘇子曰：「予之所爲，適然而已，豈有心哉，殆也，奈何」

客曰：「子之適然也，適有雨，則將繪以雨乎，適有風，則將繪以風乎，雨不可繪也，觀雲氣之洶湧，則使子有怒心。風不可繪也，見草木之披靡，則使子有懼意。觀是雪也，子之内亦不能無動矣。苟有動焉，丹青之有靡麗，冰雪之有水石，一也。德有心，心有眼，物之所襲，豈有異哉。」

蘇子曰：……。子以爲登春臺與入雪堂，有以異乎，以雪觀春，則雪爲靜，以臺觀堂，則堂爲靜。靜則得，動則失。……。意適於游，情寓於望，則意暢情出，而忘其本矣。……。子之所言者，上也。余之所言者，下也。我將能爲子之所爲，而子不能爲我之爲矣。……。」〔註91〕

《方輿勝覽》記載：「堂館雪堂，在州治東百步。蜀人蘇子瞻謫居黃三年，故人馬正卿爲守，以故營地數十畝與之，是爲東坡。以大雪中築室，名曰雪堂。繪雪於堂之壁。西有小橋，堂下有暗井。」〔註92〕

在〈雪堂記〉文中，蘇軾似乎以儒家及莊子思想與客問答，然其實是蘇軾所思所言。其中「子以爲登春臺與入雪堂，有以異乎，以雪觀春，則雪爲靜，以臺觀堂，則堂爲靜。靜則得，動則失。」蘇軾是以虛靜之心觀物，此是審美活動中主體所必有之心理狀態。

筆者認爲「游以適意也，望以寓情也。意適於游，情寓於望，則意暢情出，而忘其本矣。雖有良貴，豈得而寶哉。是以不免有遺珠之失也。雖然意不久留，情不再至，必復其初而已矣」之思維似劉勰《文心雕龍・神思》所言：「形在江海之上，心存魏闕之下」及「登山則情滿於山，觀海則意溢於海。」〔註93〕在審美過程中主體心思之暢遊，

〔註91〕（宋）蘇軾撰，張志烈等主編：《蘇軾全集校注》文集二（石家莊：河北人民出版社，2010年6月），卷一二，頁1308～1312。

〔註92〕（宋）祝穆：《方輿勝覽》（《景印文淵閣四庫全書》第471冊，臺北：臺灣商務印書館），卷五〇，頁471～933。黃崗：風俗，其民寡求而不爭，其士厚而不陋。

〔註93〕（梁）劉勰著，王更生注譯：《文心雕龍讀本》（臺北：文史哲出版社，2004年10月），頁3及4。

對意象的捕捉與妙悟是瞬間之感悟信息，所以蘇軾說「雖然意不久留，情不再至，必復其初而已矣。」

　　蘇軾謫居黃州時，除了親自躬耕之外，也喜歡自己釀酒，享受其中之樂。他於元豐五年（1082）五月作〈蜜酒歌〉：

> 真珠爲漿玉爲醴，六月田夫汗流沘。不如春甕自生香，蜂爲耕耘花作米。一日小沸魚吐沫，二日眩轉清光活。三日開甕香滿城，快瀉銀瓶不須撥。百錢一斗濃無聲，甘露微濁醍醐清。君不見南園采花蜂似雨，天教釀酒醉先生。先生年來窮到骨，問人乞米何曾得。世間萬事真悠悠，蜜蜂大勝監河侯。〔註94〕

雖然窮到骨，但蘇軾自適生活的改變，躬耕田園，拄杖閑挑菜，喝自釀酒似乎是在黃州的悠閒生活。由釀酒之辛苦「真珠爲漿玉爲醴，六月田夫汗流沘」到對釀造過程「一日小沸魚吐沫，二日眩轉清光活。三日開甕香滿城，快瀉銀瓶不須撥」，觀察入微，與期待的心情，看出他觀照事物虛靜之心。「蜂爲耕耘花作米」及「南園采花蜂似雨」句，妙語渾然天成，筆者認爲此爲其諧趣性格使然。

　　謫居生活雖然窮困，但蘇軾親身躬耕，沁入在田園生活中，享受另一種田園之樂：

> 春雨如暗塵，春風吹倒人。東坡數間屋，巢子誰與鄰。空牀斂敗絮，破竈鬱生薪。相對不言寒，哀哉知我貧。我有一瓢酒，獨飲良不仁。未能頹我煩，聊復濡子脣。故人千鐘祿，馭吏醉吐茵。那知我與子，坐作寒蛩吟。努力莫怨天，我爾皆天民。行看花柳動，共享無邊春。〔註95〕（〈大寒步至東坡贈巢三〉）

生活艱困到「空牀斂敗絮，破竈鬱生薪」，可是他自適其樂，對身邊的景物觀察入微，看到「春雨如暗塵，春風吹倒人」，不去爲窮困環

〔註94〕　（宋）蘇軾撰，張志烈等主編：《蘇軾全集校注》詩集四（石家莊：河北人民出版社，2010年6月），卷二一，頁2350。蘇軾并敘曰：西蜀道士楊士昌，善作蜜酒，絕醇釅。余既得其方，作此歌以遺之。
〔註95〕　同註94，卷二二，頁2424。

境而影響心境。所以要「努力莫怨天，我爾皆天民」的去「行看花柳動，共享無邊春」了。

蘇軾謫居黃州時，體恤百姓生活，與人民互動親切，如於元豐五年（1082）作〈魚蠻子〉：

> 江淮水爲田，舟楫爲室居。魚蝦以爲糧，不耕自有餘。異哉魚蠻子，本非左衽徒。連排入江住，竹瓦三尺廬。於焉長子孫，戚施且侏儒。擘手取魴鯉，易如拾諸途。破釜不著鹽，雪鱗芼青蔬。一飽便甘寢，何異獺與狙。人間行路難，踏地出賦租。不如魚蠻子，駕浪浮空虛。空虛未可知，會當算舟車。蠻子叩頭泣，勿語桑大夫。〔註96〕

以捕魚維生的魚蠻子，居住在江淮上，以水爲田，以船爲家。以魚蝦爲主食，不用耕種都有餘糧。編竹爲排，居住在江上，剖竹爲瓦，屋室又矮又小。在此生兒育女，駝背矮子一家。擘手取魴鯉，好像在陸地取物一樣，易如反掌。用破鍋煮飯菜，都不用佐料與鹽。填飽肚子就酣酣大睡，此與水獺及獼猴有何異。人世間行路難，有立錐之地，就要繳稅。那比得魚蠻子，乘風破浪，自由自在的馳騁在空虛的江上。但海上生活的船家可能也要徵稅。所以魚蠻子叩頭哭泣，哀求勿將他們的生活狀況告訴官家。此詩描寫蘇軾對魚蠻子討生活方式，流露出關懷及寄予同情。他融入當地簡樸、困匱生活之中，因此，方能體悟人民之苦。

二、原野山林，任我逍遙

蘇軾初到黃州閒來無事，獨自出遊或與和尚禪師遊勝，或與地方名士遊山水間，縱情於山林田園之樂，並將之抒於詩文中，元豐三年（1080）二月，他出遊言：

〔註96〕 （宋）蘇軾撰，張志烈等主編：《蘇軾全集校注》詩集四（石家莊：河北人民出版社，2010 年 6 月），卷二一，頁 2379。王十朋集注引李堯祖曰：「江南多以竹木爲排，浮水中，排上以葦、竹瓦爲屋。」竹瓦：王禹偁《黃州竹樓記》：「黃岡之地多大竹，竹工剖去其節，用代陶瓦。」

老來幾不辨西東，秋後霜林且強紅。眼暈見花眞是病，耳
虛聞蟻定非聰。酒醒不覺春強半，睡起常驚日過中。植杖
偶逢爲黍客，披衣閒詠舞雩風。仰看落蕊收松粉，俯見新
芽摘杞叢。楚雨還昏雲夢澤，吳潮不到武昌宮。廢興古郡
詩無數，寂寞閒窗《易》粗通。解組歸來成二老，風流他
日與君同。〔註97〕（〈次韻樂著作野步〉）

受「烏臺詩案」有罪在身，是蘇軾一生之恥辱，身心受極大打擊，所
以，在黃州時，他說「老來幾不辨西東」了，偶爾「植杖偶逢爲黍客」
的任我逍遙了。「仰看落蕊收松粉，俯見新芽摘杞叢。楚雨還昏雲夢
澤，吳潮不到武昌宮。」他虛心靜觀妙悟到自然的變化。

元豐三年（1080）四月作〈杜沂游武昌，以酴醾花菩薩泉見餉，
二首〉：

酴醾不爭春，寂寞開最晚。青蛟走玉骨，羽蓋蒙珠幰。不粧
豔已絕，無風香自遠。淒涼吳宮闕，紅粉埋故苑。至今微月
夜，笙蕭來翠巘。餘妍入此花，千載尚清婉。怪君呼不歸，
定爲花所挽。昨宵雷雨惡，花盡君應返。〔註98〕（〈其一〉）

酴醾花開在淒涼的吳宮闕裏無人賞，妙悟到酴醾花的美是「不粧豔已
絕，無風香自遠。」因而見景生情而移空聯想「怪君呼不歸，定爲花
所挽。昨宵雷雨惡，花盡君應返」了，紀昀認爲此四句有「趁於生景，
借作縮結，用筆靈便之至。」〔註99〕

蘇軾與友人約定，每年正月二十日出遊。於元豐四年（1081）正
月，蘇軾與友人出遊作〈正月二十日，往歧亭，郡人潘、古、郭三人
送余於女王城東禪莊院〉：

十日春寒不出門，不知江柳已搖春。稍聞決決流冰谷，盡

〔註97〕（宋）蘇軾撰，張志烈等主編：《蘇軾全集校注》詩集四（石家莊：
河北人民出版社，2010 年 6 月），卷二〇，頁 2166。樂著作：樂京。
蘇軾至黃州，正樂京監酒稅時。

〔註98〕同註 97，頁 2182。酴醾：薔薇科落葉灌木。夏日開花，花黃白，色
似酴醾酒。

〔註99〕（清）紀昀：《紀評蘇詩》（道光十四年冬榪於兩廣節署，成都：四
川大學出版社影印，2007 年 4 月），卷二〇，頁 102。

放青青沒燒痕。數畝荒園留我住，半瓶濁酒待君溫。去年今日關山路，細看梅花正斷魂。〔註100〕

明代方回說：「坡詩不可以律縛，善用事者無不妙，他語意天然者如此，儘十分好。」〔註101〕他以詩人對大自然間變化的敏銳，細緻感受到「十日春寒不出門，不知江柳已搖春。稍聞決決流冰谷，盡放青青沒燒痕」大地已默默的依自然規律變化著。而「數畝荒園留我住，半瓶濁酒待君溫」又是多麼悠閒的逍遙生活。

隔年，元豐五年（1082）正月，蘇軾復與潘、郭出遊，其作〈正月二十日，與潘、郭二生出郊尋春，忽記去年是日同至女王城作詩，乃和前韻〉言：

東風未肯入東門，走馬還尋去歲村。人似秋鴻來有信，事如春夢了無痕。江城白酒三杯釅，野老蒼顏一笑溫。已約年年為此會，故人不用賦《招魂》。〔註102〕

黃州的朋友，是蘇軾解愁之良劑，一起尋春郊遊、吟詩、喝酒。此詩「東風未肯入東門，走馬還尋去歲村」句，率性自如。

每年約定出游，何其逍遙自在。到了元豐六年又出遊：

亂山環合水侵門，身在淮南盡處村。五畝漸成終老計，九重新埽舊巢痕。豈惟見慣沙鷗熟，已覺來多釣石溫。長與東風約今日，暗香先返玉梅魂。〔註103〕（〈六年正月二十

〔註100〕（宋）蘇軾撰，張志烈等主編：《蘇軾全集校注》詩集四（石家莊：河北人民出版社，2010年6月），卷二一，頁2237。

〔註101〕（明）方回：《瀛奎律髓》（《景印文淵閣四庫全書》第1366冊，臺北：臺灣商務印書館，1986年，1月），卷十，頁1366-109。對於蘇軾用韻，方回又言：「……或謂坡詩律不及古人，然才高氣雄下筆前無古人也。觀此雪詩（《雪後書北臺壁》）亦冠絕古今矣，雖荊公亦心服，屢和不已，終不能壓倒。」，頁1366-272。

〔註102〕同註100，頁2320、2321。

〔註103〕（宋）蘇軾撰，張志烈等主編：《蘇軾全集校注》詩集四（石家莊：河北人民出版社，2010年6月），卷二二，頁2413。此詩作於元豐六年（1083）正月。蘇軾元豐四年正月二十日有《游女王城》詩，五年正月二十日有《與潘郭二生出郊尋春》詩，元豐六年作此詩，仍用前二首之韻。

日，復出東門，仍用前韻〉）

身在淮南盡處村，欣賞「亂山環合水侵門」的村景，終有感而意味深
長。而有意視爲「五畝漸成終老計」之思。

　　蘇軾對物的妙悟，很微妙，其於元豐六年（1083）四月作〈寄周
安孺茶〉：

> ……。聞道早春時，攜籃赴初旭。驚雷未破蕾，采采不盈
> 掬。旋洗玉泉蒸，芳馨豈停宿。須臾布輕縷，火候謹盈縮。
> 不憚頃間勞，經時費藏蓄。……。好是一杯深，午窗春睡
> 足。清風擊兩腋，去欲凌鴻鵠。……。昨日散幽步，偶上
> 天峯麓。山圍正春風，蒙茸萬旗簇。呼兒爲招客，採製聊
> 亦復。地僻誰我從，包藏置廚簏。何嘗較優劣，但喜破睡
> 速。況此夏日長，人間正炎毒。幽人無一事，午飯飽蔬菽。
> 因臥北窗風，風微動窗竹。乳甌十分滿，人世真局促。意
> 爽飄欲仙，頭輕快如沐。……。〔註104〕

詩雖言採茶製茶喝茶之經，然且看「好是一杯深，午窗春足睡。清風
擊兩腋，去欲凌鴻鵠。」、「幽人無一事，午飯飽蔬菽。因臥北窗風，
風微動窗竹。」從其中得知其樂，而且是悠閒自在，完全陶醉、享受
田園之樂，並與物產生了共鳴。

　　元豐七年（1084）三月作〈上巳日，與二三子攜酒出游，隨所見
輒作數句，明日集之爲詩，故辭無倫次〉言：

> 薄雲霏霏不成雨，杖藜曉入千花塢。柯丘海棠吾有詩，獨
> 笑深林誰敢侮。三杯卯酒人徑醉，一枕春眠日亭午。竹間
> 老人不讀書，留我閉門誰教汝。出簷聚枳十圍大，寫真素
> 壁千蛟舞。東坡作塘今幾尺，攜酒一勞農工苦。却尋流水
> 出東門，壞垣古塹花無主。臥開桃李爲誰妍，對立鵁鶄相
> 媚嫵。開樽藉草勸行路，不惜春衫污泥土。褰裳共過春草
> 亭，扣門却入韓家圃。轆轤繩斷井深碧，秋千挂索人何所。
> 映簾空復小桃枝，乞漿不見麛門女。南上古臺臨斷岸，雪

〔註104〕同註103，頁2434、2435。

陣翻空迷仰府。故人饋我玉葉羹，水冷煙消誰爲煮。崎嶇
束縕下荒徑，姁姹隔花聞好語。更隨落景盡餘樽，却傍孤
城得僧宇。主人勸我洗足眠，倒牀不必聞鐘鼓。明朝門外
泥一尺，始悟三更雨如許。平生所向無一遂，兹游何事天
不阻。固知我友不終窮，豈弟君子神所予。〔註105〕

蘇軾復攜酒與朋友出游，曠達、自由的遊山玩水。對周遭景物的觀察
描摹寫實、平淡、自然。從出門時的薄雲霏霏不成雨，杖藜曉入千花
塢，到飲了卯酒之後，呼呼入睡，醒時已中午時刻。沿途斷垣古塹裏
的小花，橫斜開著的桃花，一對姁媚的鷄鶒，美景盡收眼底，令人流
連忘返。更灑脫的是「更隨落景盡餘樽，却傍孤城得僧宇。主人勸我
洗足眠，到牀不必聞鐘鼓」多麼消遙自在的人生。此首記遊詩，表層
似「喝酒」、「睡」，然對物象的觀察細膩，融入在意境之中。

第三節　美質的內蘊，眞率自然

詩歌的創作，是物我間之感悟，達到了情景交融的境界，才是首
好詩。蘇軾在〈與謝民師推官書〉言：「……。求物之妙，如繫風捕
影，能使是物了然於心者，蓋千萬人而不一遇也。……。」〔註106〕
言物我間產生的心靈感悟之妙。「作詩本乎情景，孤不自成，兩不相
背，凡登高致思，則神交古人，窮乎遐邇，繫乎憂樂，此相因偶然，
著形於絕跡，振響於無聲也。夫情景有異同，模寫有難易，詩有二要，
莫切於斯者。」〔註107〕由此知，詩歌的創作是在情、景的交會中，
在偶然剎那間產生，此爲情景交融之最高呈現，已臻於物我合一，情
景相融之境。

〔註105〕同註103，頁2507、2508。詩題中之二三子，即是參寥、徐得之及
　　　　崔閑。徐得之，徐君猷弟。崔閑即是《記游定惠院》中之催誠老。
〔註106〕（宋）蘇軾撰，張志烈等主編：《蘇軾全集校注》文集七（石家莊：
　　　　河北人民出版社，2010年6月），卷四九，頁5292。
〔註107〕（明）謝榛：《四溟詩話》宛平校點（北京：人民文學出版社，1998
　　　　年2月），頁69。

一、美的感悟，出於澄境空靈

蘇軾於熙寧十年（1077）七月二十二日，於徐州作〈寶繪堂記〉：

> 君子可以寓意於物，而不可以留意於物。寓意於物，雖微物足以為樂，雖尤物不足以為病。留意於物，雖微物足以為病，雖尤物不足以為樂。〔註108〕

由此文可以知蘇軾對於物我之間的妙悟，在虛靜狀態中，有寓意於物的體悟，而不會有留意於物的表現。所以在物我之間，蘇軾是以虛靜的態度觀照宇宙間萬物之美之變化。

蘇軾在黃州雖鬱鬱不得志，凡賦詩綴詞必寫其所懷，然受老莊逍遙自在思想的影響，使他縱情於黃州的好山好水間，忘卻煩憂，此心境在其〈與王慶源〉尺牘言及：「寓居官亭，俯迫大江，几席之下，雲濤接天，扁舟草履，放浪山水間。」〔註109〕黃州時的心情是隨時間及對事物的感悟，一層一層的在轉變。他至黃州後，元豐三年（1080）五月，子由來探望，作〈曉至巴河口迎子由〉言：

> 去年御史府，舉動觸四壁。幽幽百尺井，仰天無一席。隔牆聞歌呼，自恨計之失。留詩不忍寫，苦淚漬紙筆。餘生復何幸，樂事有今日。江流鏡面淨，煙雨輕冪冪。孤舟如鳧鷖，點破千頃碧。聞君在磁湖，欲見隔咫尺。朝來好風色，旗腳西北擲。行當中流見，笑眼清光溢。此邦疑可老，修竹帶泉石。欲買柯氏林，茲謀待君必。〔註110〕

謫居後與子由初見面，心境起伏很大，憶起入御史臺，讓他「留詩不忍寫，苦淚漬紙筆。餘生復何幸，樂事有今日。」看到江邊的景物，讓他有於此養老之欲，心境由觸景生情，而轉化趨於平靜，對江邊景物的觀照，感悟到「江流鏡面淨，煙雨輕冪冪。孤舟如鳧鷖，點破千頃碧。」籠罩在煙雨中的江面平靜如鏡，惟見孤舟宛若鳧鷖點破千頃碧。他已妙悟融入江邊景象，產生了景中有情，物我交融的意境。之

〔註108〕同註106，文集二，卷一一，頁1122。
〔註109〕同註106，文集九，卷五九，頁6562、6563。文中之「寓居官亭」即指臨皋亭。
〔註110〕同註106，詩集四，卷二〇，頁2202。

後他〈與子由同游寒溪西山〉言：

> ……。千搖萬兀到樊口，一箭放溜先鳧鷖。層層草木暗西
> 嶺，瀏瀏霜雪鳴寒溪。空山古寺亦何有，歸路萬頃青玻璃。
> 我今漂泊等鴻雁，江南江北無常棲。幅巾不擬過城市，欲
> 踏徑路開新蹊。……。〔註111〕

此時心情未釋懷，所以對景物有悽傷的感悟，是事內化為心境的表
現，如「我今漂泊等鴻雁，江南江北無常棲」筆意灑落又失意無奈。
對「層層草木暗西嶺，瀏瀏霜雪鳴寒溪。空山古寺亦何有，歸路萬頃
青玻璃。」心情頓時隨景物之美而有感悟，抒發出的卻是意境很深。

當審美主體在審美活動時，對客體進行觀照之時刻，產生凝神、
虛靜的心理狀態，此時，物與主體之間的妙悟，總是在微妙剎那中產
生，如：

> 臥聞百舌呼春風，起尋花柳村村同。
> 城南古寺修竹舍，小房曲檻敷深紅。……。〔註112〕（〈安國
> 寺尋春〉）

修竹縈繞著古寺，在此欄杆處，有枝傾斜深紅之花。在物我之間，已
營造出彷彿世外桃源意境美之意象。

> 嫣然一笑竹籬間，桃李漫山總麤俗。也知造物有深意，故
> 遣佳人在空谷。自然富貴出天姿，不待金盤薦華屋。……。
>
> 〔註113〕

一枝獨秀之美、脫俗之美在物我接觸中產生，其他滿山粗俗之豔紅桃
李，頓覺失色了。紀昀評言：「純以海棠自寓，風姿高秀，興象深微，
後半尤烟波跌宕，此種真非東坡不能，非一時興到亦不能。」〔註114〕

〔註111〕 同註106，詩集四，卷二〇，頁2207、2208。

〔註112〕 （宋）蘇軾撰，張志烈等主編：《蘇軾全集校注》詩集四（石家莊：
河北人民出版社，2010年6月），卷二〇，頁2160。

〔註113〕 同註112，頁2162。（〈寓居定惠院之東，雜花滿山，有海棠一株，
土人不知貴也〉）

〔註114〕 （清）紀昀：《紀評蘇詩》（道光十四年冬槧於兩廣節署，成都：四
川大學出版社影印，2007年4月），卷二〇，頁97。

霧雨不成點，映空疑有無。時於花上見，的皪走明珠。秀
色洗紅粉，暗香生雪膚。黃昏更蕭瑟，頭重欲相扶。〔註115〕

此詩有幽靜、空靈之感。濛濛霧中，雨在似有似無的景象裏，偶見花
上的閃亮水珠，讓牡丹看起來更有生命，更嬌柔美，成了物我交融的
意境美。

江上東風浪接天，苦寒無賴破春妍。試開雲夢羔兒酒，快
瀉錢搪藥玉船。蠶市光陰非故國，馬行燈火記當年。冷煙
濕雪梅花在，留得新春作上元。〔註116〕（〈正月三日點燈會
客〉）

由詩得知，是春寒之景。「江上東風浪接天，苦寒無賴破春妍」以虛
靜之心靜觀，看到江上一片浪，婉若與天相接，有距離美之妙悟，而
「冷煙濕雪梅花在」已見意境之深邃了。

蘇軾有時出遊，與朋友聚或醉，或夜宿在外。到黃州第二年，與
朋友出游作〈正月二十日，往歧亭，郡人潘、古、郭三人送余於女王
城東禪莊院〉：

十日春寒不出門，不知江柳已搖春。
稍聞決決流冰谷，盡放青青沒燒痕。

此詩句，一片空靈，以虛靜的心妙悟到物象的變化。由柳已搖春、決
決流冰谷、青青沒燒痕，而意會春已到。

有一次蘇軾夜宿在外作〈雪後到乾明寺遂宿〉言：

門外山光馬亦驚，階前屐齒我先行。風花誤入長春苑，雪
月長臨不夜城。未許牛羊傷至潔，且看鴉鵲弄新晴。更須
攜被留僧榻，待聽摧簷瀉竹聲。〔註117〕

「更須攜被留僧榻，待聽摧簷瀉竹聲」以虛靜的心，感悟自然界雪融
之景象，滴水聲的美妙，融入情景交融境界。而蘇軾灑脫之性情於詩
題〈雪後到乾明寺遂宿〉之「遂宿」展露無遺。

〔註115〕同註112，頁2175、2176。見〈雨中看牡丹三首〉其一。
〔註116〕同註112，卷二二，頁2411。
〔註117〕同註112，卷二一，頁2295。

二、山川景物之美，在物我合一中產生

　　蘇軾集詩詞文賦書畫於一身，因此他對萬物之間的感悟與美感，不同於他人之感受，而臻於「天地與我並生，萬物與我合一」之審美最高境界。初到黃州時作〈定惠院寓居月夜偶出〉：

> ……。參差玉宇飛木末，繚繞香煙來月下。江雲有態清自媚，竹露無聲浩如瀉。已驚弱柳萬絲垂，尚有殘梅一枝亞。……。〔註118〕

　　「參差玉宇飛木末，繚繞香煙來月下」濛濛縹緲意境，頓時「江雲有態清自媚，竹露無聲浩如瀉」彷彿一幅飄飄欲仙之美景。在〈寓居定惠院之東，雜花滿山，有海棠一株，土人不知貴也〉言：

> 江城地瘴蕃草木，祇有名花苦幽獨。嫣然一笑竹籬間，桃李漫山總麤俗。也知造物有深意，故遣佳人在空谷。自然富貴出天姿，不待金盤薦華屋。朱唇得酒暈生臉，翠袖卷紗紅映肉。林深霧暗曉光遲，日暖風輕春睡足。雨中有淚亦悽愴，月下無人更清淑。先生食飽無一事，散步逍遙自捫腹。不問人家與僧舍，拄杖敲門看修竹。忽逢絕豔照衰朽，歎息無言揩病目。陋邦何處得此花，無乃好事移西蜀。寸根千里不易致，銜子飛來定鴻鵠。天涯流落俱可念，為飲一樽歌此曲。明朝酒醒還獨來，雪落紛紛那忍觸。〔註119〕

　　蘇軾以虛靜之心觀照，能將天地間萬物的些微之生機觀察體悟入微，如「江城地瘴蕃草木，祇有名花苦幽獨。嫣然一笑竹籬間，桃李漫山總麤俗。也知造物有深意，故遣佳人在空谷。」黃州氣候潮濕，滋生著繁茂的草木，只有高貴的海棠，幽冷孤獨且豔麗嬌美含笑的生長在竹籬間，漫山遍野的桃李花就顯得粗俗些了。造物者有祂深刻的用意，故意將美人安置在深山野谷，脫離凡俗，讓它純淨無雜的生長在

〔註118〕　（宋）蘇軾撰，張志烈等主編：《蘇軾全集校注》詩集四（石家莊：河北人民出版社，2010年6月），卷二〇，頁2152。

〔註119〕　同註118，頁2162、2163。西蜀嘉州盛產海棠，古有「海棠香國」之稱。《輿地紀勝》卷一四六《嘉定府》：「海棠山，在石碑山上，周迴皆植海棠。」

大自然間。落落大方，富麗華貴，姿態自然。不須金盤裝飾，進獻給
玉堂華屋。紅花猶如美人的朱唇及紅暈般。它的姿色就如綠葉卷紗翠
袖，映著紅色肌膚的少女。林木深處雲霧瀰漫，連晨曦都不易照射進
來，日暖風輕，而海棠都春睡足了。在雨中的海棠彷彿悲傷的流著淚
珠，在月色下的海棠情更清淑。我貶居黃州飽食終日無一事，悠閒摸
著肚子散步。不問是農家或僧舍，都拄杖敲門，爲的是要看翠綠修長
的竹子。忽逢欲豔麗的海棠，想想自己的衰態，只能默默歎息暗流淚。
鄙陋的黃州怎有如此高貴豔麗的花呢，是不是好事者，從西蜀故鄉移
植此處，海棠根細又脆不易送到，定是鴻鵠銜著它的種子到此地。今
我與妳皆流落在黃州異地，且讓我爲妳飲一杯，並歌唱一曲。明朝酒
醒後，我會再來看妳，但正紛紛下著雪，妳的花瓣一定也紛紛墜落，
會讓我不忍目睹了。

　　趙克宜《角山樓蘇詩評注彙鈔》言：「先寫題面，後入議論，詩
境之常。佳處自在善於生情，工于用筆。『嫣然二句』二語寫絕。『朱
唇二句』比例恰切，餘花移撥不去。『忽逢六句』人與花縮結，發論
極有情思。『天涯句』一語雙鎖。」〔註120〕詩中「天涯流落俱可念」
意爲蘇軾是蜀人，流落黃州，而海棠蜀產，今境流落於此。另以擬人
化，比喻自己之「嫣際遇然一笑竹籬間，桃李漫山總麤俗」以海棠高
節不屈，反射自己清高品格。

　　蘇軾以虛靜的心觀察妙悟事物，在〈次韻王鞏南遷初歸二首〉：
　　　江家舊池臺，修竹圍一尺。歸來萬事非，惟見秦淮碧。平
　　　生痛飲處，遺墨鴉棲壁。西來故父客，金印雜鳴鏑。三槐
　　　老更茂，花絮春寂寂。中微未可料，家廟藏赤舄。〔註121〕
　　（〈其二〉）
對景物的觀察入微，雖言事，然卻能由景象的變化轉入，而達到情景

<hr>

〔註120〕（清）趙克宜：《角山樓蘇軾評注彙鈔》（清咸豐二年季夏之月），
　　　　　卷九，頁23。
〔註121〕（宋）蘇軾撰，張志烈等主編：《蘇軾全集校注》詩集四（石家莊：
　　　　　河北人民出版社，2010年6月），卷二二，頁2463、2464。

交會的境界，如「江家舊池臺，修竹圍一尺。歸來萬事非，惟見秦淮
碧」、「三槐老更茂，花絮春寂寂」，有天地與我並生，萬物與我為一
的交融。

　　蘇軾無論處於何處，以詩人獨特的思維觀照周遭事物，而產生物
我間之共鳴。如在〈東坡〉言：

　　　　雨洗東坡月色清，市人行盡野人行。
　　　　莫嫌犖确坡頭路，自愛鏗然曳杖聲。

此詩意境深遠，心境與景物間產生了共鳴，妙悟雨後東坡之境，月色
清明而入神，給予了空靈美。

　　他到黃州的第三年作了〈寒食雨三首〉言：

　　　　春江欲入戶，雨勢來不已。小屋如漁舟，濛濛水雲裏。空
　　　　庖煮寒菜，破竈燒溼葦。那知是寒食，但見烏銜紙。君門
　　　　深九重，墳墓在萬里。也擬哭途窮，死灰吹不起。〔註122〕
　　　　（〈其二〉）

雖然整首詩呈現荒涼、窮困的景象，以喻感慨，結語亦有雙關喻意，
但就「春江欲入戶，雨勢來不已。小屋如漁舟，濛濛水雲裏。」的
荒涼之境，將春天及時雨景象，描摹的入神，情景交融，如詩如畫，
充滿意境。庭堅認為：「東坡此詩似李太白，猶恐太白有未到處。」
〔註123〕清紀昀言：「小屋二句自好，結太盡。」〔註124〕

　　在〈和蔡景繁海州石室〉：

　　　　芙蓉仙人舊遊處（蘇軾自注：石曼卿也），蒼藤翠壁初無路。
　　　　戲將桃核裏黃泥，石間散擲如風雨。坐令空山出錦繡，倚

〔註122〕　（宋）蘇軾撰，張志烈等主編：《蘇軾全集校注》詩集四（石家莊：
　　　　　河北人民出版社，2010年6月），卷二一，頁2343。依據本《蘇軾
　　　　　全集校注》注：「但見烏銜紙」之「見」，王文誥注本作「感」。底
　　　　　本據集本、類本、三希堂石刻改。底本還謂「清施本查慎行校：『感』
　　　　　字改『見』字，更穩亮。『烏』，馮應榴注：一作『鳥』。」
〔註123〕　（宋）黃庭堅撰，王雲五主編：《山谷題跋》（《叢書集成簡編》，臺
　　　　　北：臺灣商務印書館，1965年12月），81。
〔註124〕　（清）紀昀：《紀評蘇詩》（道光十四年冬槧於雨廣節署，成都：四
　　　　　川大學出版社影印，2007年4月），卷二一，頁26。

天照海花無數。……。手植數松今偃蓋，蒼髯白甲低瓊戶。
我來取酒酹先生，後車仍載胡琴女。一聲冰鐵散巖谷，海
爲瀾翻松爲舞。爾來心賞復何人，持節中郎醉無伍。獨臨
斷岸呼日出，紅波碧巘相吞吐。徑尋我語覓餘聲，挂杖彭
鏗叩銅鼓。長篇小字遠相寄，一唱三歎神悽楚。江風海雨
入牙頰，似聽石室胡琴語。……。〔註125〕

「一聲冰鐵散巖谷，海爲瀾翻松爲舞」琴聲之音，跌宕充滿巖谷，海
爲之波瀾洶湧，松樹也爲之蕩漾不已。對於「江風海雨入牙頰，似聽
石室胡琴語」的心靈妙悟，意境深遠，物我已相融了。

　　元豐六年（1083）蘇軾〈與蔡景繁十四首〉尺牘之十一：「……。
近葺小屋，強名南堂，暑月少舒。蒙德殊厚，小詩五絕，乞不示人。」
〔註126〕此所謂「小詩五絕」即指〈南堂五首〉。摘三首其文如下：

江上西山半隱堤，此邦臺館一時西。
南堂獨有西南向，臥看千帆落淺溪。〔註127〕（〈其一〉）

他時夜雨困移牀，坐厭愁聲點客腸。
一聽南堂新瓦響，似聞東塢小荷香。〔註128〕（〈其三〉）

掃地焚香閉閣眠，簟紋如水帳如煙。
客來夢覺知何處，挂起西窗浪接天。〔註129〕（〈其五〉）

此〈南堂五首〉之南堂，蘇軾先將其所處之方位敘明點出，是以，在
南堂可以「臥看千帆落淺溪」。「他時夜雨困移牀，坐厭愁聲點客腸。

〔註125〕（宋）蘇軾撰，張志烈等主編：《蘇軾全集校注》詩集四（石家莊：
　　　　河北人民出版社，2010年6月），卷二二，頁2474。詩中之「石室」
　　　　乃指蘇軾《答蔡景繁》尺牘之九提及：「胊山臨海石室，信如所論，
　　　　前某嘗攜家一遊。時家有胡琴婢，就室中作《濩索》、《涼州》，凜
　　　　然有兵車鐵馬之聲，婢去久矣，因公復起一念。果若遊此，當有新
　　　　篇。果爾者，亦當破戒奉和也。」
〔註126〕同註125，文集八，卷五五，頁6166。蘇軾《與蔡景繁十四首》尺
　　　　牘之九提及：「臨皋南畔，竟添卻屋三間，極虛敞便夏，蒙賜不淺。」
　　　　依尺牘，此南堂可能是蔡景繁爲蘇軾所建。
〔註127〕註125，頁2443。
〔註128〕註125，頁2444。
〔註129〕註125，頁2445。

一聽南堂新瓦響，似聞東塢小荷香。」夜雨，雨漏滴淋，他此時的心境與環境相映照，且以虛靜的心，感悟聽到雨打屋瓦聲的美妙，似乎也聞到東塢裏的荷花香了。而「掃地焚香閉閣眠，簟紋如水帳如煙。客來夢覺知何處，挂起西窗浪接天。」此首汪師韓認為：「境在耳目前，味出酸鹹外。」〔註130〕意象深妙，將簟紋形容是水波浪般的美，而薄帳似濛煙般的曼妙美。從「臥看千帆落淺溪」到「挂起西窗浪接天」是蘇軾自遠處虛靜觀照物象，而產生的一種美感景象。

蘇軾除了喜歡竹之外也喜歡花，如梅花、海棠，在詩作中不少提及梅花之詩，在〈岐亭道上見梅花戲贈季常〉言：

> 蕙死蘭枯菊亦摧，返魂香入嶺頭梅。數枝殘綠風吹盡，一點芳心雀啄開。野店初嘗竹葉酒，江雲欲落豆稭灰。行當更向釵頭見，病起烏雲正作堆。〔註131〕

「梅詩最難工。……坡公『數枝殘綠風吹盡，一點芳心雀啄開』精妙盡瑣屑。」〔註132〕對景物的感悟入妙，將嚴寒萬物皆枯摧，惟有梅花獨枝清秀之潔操言盡。

另外，如「集中梅花詩，有以清空入妙者，如〈和秦太虛梅花〉詩云『竹外一枝斜更好』是也。」〔註133〕見蘇軾詩言：

> 西湖處士骨應槁，只有此詩君壓倒。東坡先生心已灰，為愛君詩被花惱。多情立馬待黃昏，殘雪消遲月出早。江頭千樹春欲闇，竹外一枝斜更好。孤山山下醉眠處，點綴裙腰紛不掃。萬里春隨逐客來，十年花送佳人老。去年花開我已病，今年對花還草草。不知風雨捲春歸，收拾餘香還畀昊。〔註134〕

〔註130〕 汪師韓：《蘇詩選評箋釋》收錄於《叢睦汪氏遺書》（臺北：中央研究院傅斯年圖書館），卷三，頁28。

〔註131〕 （宋）蘇軾撰，張志烈等主編：《蘇軾全集校注》詩集四（石家莊：河北人民出版社，2010年6月），卷二一，頁2240。

〔註132〕 （清）潘德輿：《養一齋詩話》（《續修四庫全書·詩文評類》，上海：上海古籍出版社，2002年3月），卷五，頁238。

〔註133〕 同註130，卷六，頁1。

〔註134〕 （宋）蘇軾撰，張志烈等主編：《蘇軾全集校注》詩集四（石家莊：

此詩「竹外一枝斜更好」寫出梅花幽獨閑靜之趣，梅花橫斜而出的線條，勾勒出一幅意境美的意象。而「江頭千樹春欲闇」感悟春的存在，有「一點不著色相，所以爲高。」〔註135〕之境。

蘇軾於元豐五年（1082）作〈紅梅三首〉：

> 怕愁貪睡獨開遲，自恐冰容不入時。故作小紅桃杏色，尚餘孤瘦雪霜姿。寒心未肯隨春態，酒暈無端上玉肌。詩老不知梅格在，更看綠葉與青枝。（蘇軾自注：「石曼卿〈紅梅〉詩云：『認桃無綠葉，辨杏有青枝。』」）〔註136〕（〈其一〉）

此詩僅以審美視角言之，詩中之「怕愁貪睡獨開遲，自恐冰容不入時」己物我交融合而爲一。而「故作小紅桃杏色，尚餘孤瘦雪霜姿。寒心未肯隨春態，酒暈無端上玉肌。」呈現梅在寒雪裏、崢嶸孤瘦的姿態中綻放，雖然遲遲不開，然妖豔之美已偷偷在枝頭，此意象更見情景交融之美感內蘊。

> 雪裏開花卻是遲，何如獨占上春時。也知造物含深意，故與施朱發妙姿。細雨裛殘千顆淚，輕寒瘦損一分肌。不應便雜妖桃杏，數點微酸已著枝。〔註137〕（〈其二〉）

此詩之「細雨裛殘千顆淚，輕寒瘦損一分肌。不應便雜妖桃杏，數點微酸已著枝。」意境之濃不必他言了。

> 幽人自恨探春遲，不見檀心未吐時。丹鼎奪胎那是寶（蘇軾自注：「朱砂紅銀，謂之不奪胎色」），玉人頰頰更多姿。抱叢暗蕊初含子，落盞穠香已透肌。乞與徐熙畫新樣，竹間璀璨出斜枝。〔註138〕（〈其三〉）

此三首詩，言紅梅之吐花苞、綻放、結果實，對物象的觀照細微，以

河北人民出版社，2010 年 6 月），卷二二，頁 2495。

〔註135〕（清）趙克宜：《角山樓蘇軾評注彙鈔》（清咸豐二年季夏之月），卷一○，頁 31。

〔註136〕同註 134，卷二一，頁 2326。

〔註137〕同註 134，卷二一，頁 2328。

〔註138〕（宋）蘇軾撰，張志烈等主編：《蘇軾全集校注》詩集四（石家莊：河北人民出版社，2010 年 6 月），卷二一，頁 2329、2330。

擬人化手法描摹紅梅綻放後情境，而達到物我相融的意境。「竹間璀璨出斜枝」更是意象之情境，此已見蘇軾將繪畫之審美意象入詩。

> 東風嫋嫋泛崇光，香霧空濛月轉廊。
>
> 祇恐夜深花睡去，故燒高燭照紅妝。〔註139〕（〈海棠〉）

意境深邃，物我已相融而爲一了，此非言語述予知，情境只能意會於心中。

春風綠葉，秋霜勁草，夏雲暑雨，冬雪祁寒。蘇軾於元豐四年（1081）作〈四時詞四首〉，姑且不論是閨情之描摹，於此僅以情境之美探析之。

> 春雲陰陰雪欲落，東風和冷驚簾幕。漸看遠水綠生漪，未
> 放小桃紅入蕚。佳人瘦盡雪膚肌，眉斂春愁知爲誰。深院
> 無人剪刀響，應將白紵作春衣。〔註140〕（〈其一〉）

春陰陰的景象，最易令人春思綿綿，愁思濃密。虛靜悟春愁，雖然「深院無人剪刀響」，但是，還是可以感覺到「應將白紵作春衣」的期待之心情。

> 垂柳陰陰日初永，蔗漿酪粉金盤冷。簾額低垂紫燕忙，蜜
> 脾已滿黃蜂靜。高樓睡起翠眉嚬，枕破斜紅未肯勻。玉腕
> 半揎雲碧袖，樓前知有斷腸人。〔註141〕（〈其二〉）

看著柳樹陰陰，紫燕、黃蜂都忙著呢，可是「蔗漿酪粉金盤冷」她情境失落了，而慵懶的等伊人。以物象、空間意境聯想到愁思之情境。

> 新愁舊恨眉生綠，粉汗餘香在綃竹。象牀素手熨寒衣，爍
> 爍風燈動華屋。夜香燒罷掩重扃，香霧空濛月滿庭。抱琴
> 轉軸無人見，門外空聞裂帛聲。〔註142〕（〈其三〉）

此詩佈滿愁思心境，將時空環境縈繞著失落感，營造出空濛如薄霧般的寧靜的意境美。

〔註139〕同註138，卷二二，頁2503。
〔註140〕同註138，頁2285。
〔註141〕（宋）蘇軾撰，張志烈等主編：《蘇軾全集校注》詩集四（石家莊：
河北人民出版社，2010年6月），卷二一，頁2286。
〔註142〕同註141，頁2287。

霜葉蕭蕭鳴屋角，黃昏斗覺羅衾薄。夜風搖動鎮幃犀，酒
醒夢回聞雪落。起來呵手畫雙鴉，醉臉輕勻襯眼霞。真態
生香誰畫得，玉如纖手嗅梅花。〔註143〕（〈其四〉）

霜葉蕭蕭，忽然覺得羅衾似薄了，酒醒夢回聞雪落，季節已入冬，還
是孤枕難眠。對「真態生香誰畫得，玉如纖手嗅梅花」情境抒發之妙，
在不言中。

　　元豐七年（1084）蘇軾別黃州，自湖北國興往筠州作〈自興國往
筠宿石田驛南二十五里野人舍〉：

溪上青山三百疊，快馬輕衫來一抹。倚山修竹有人家，橫
道清泉知我渴。芒鞋竹杖自輕軟，蒲薦松牀亦香滑。夜深
風露滿中庭，惟見孤螢自開闔。〔註144〕

蘇軾懷著輕鬆自如的心情離開黃州，夜宿野人舍。內心深處是也無風
雨也無晴，所以妙悟到「芒鞋竹杖自輕軟，蒲薦松牀亦香滑。」清靜
自適充滿在詩的內蘊裏。這是他在黃州時期心境的表徵。

　　主客體之間，物象對主體的心靈產生妙悟，也就是主客體之間的
融合而一，於是，主體產生了內在的超越，並進入永恆的境界、超然
物外之中。

　　蘇軾在黃州時的心境，於元豐五年（1082）七月十八日作〈赤
壁賦〉可見端倪。其因遊赤壁感慨「固一世之雄也，而今安在哉。
況吾與子漁樵於江渚之上，侶魚蝦而友麋鹿。駕一葉之扁舟，舉匏
尊以相屬。寄蜉蝣於天地，渺滄海之一粟。哀吾生之須臾，羨長江
之無窮。挾飛仙以遨遊，抱明月而長終。知不可乎驟得，託遺響於
悲風」〔註145〕之世事無常。以及「知夫水與月乎？逝者如斯，而未

─────────

〔註143〕同註141，頁2288、2289。
〔註144〕（宋）蘇軾撰，張志烈等主編：《蘇軾全集校注》詩集四（石家莊：
　　　　河北人民出版社，2010年6月），卷二三，點破千頃碧頁2538。
〔註145〕同註143，文集一，卷一，頁28。（宋）胡仔：《漁隱叢話》後集記載：
　　　　「東坡云：『黃州西山麓，斗入江中，石色如丹，傳云曹公敗處，所
　　　　謂赤壁者。或曰非也。曹公敗歸由華容路，路多泥濘』，使老弱先行
　　　　踐之而過，曰：『劉備智過人，而見事遲，華容夾道皆葭葦，若使縱

嘗往也。盈虛者如彼，而卒莫消長也。蓋將自其變者而觀之，則天地曾不能以一瞬；自其不變者而觀之，則物與我皆無盡也。而又何羨乎，且夫天地之間，物各有主，苟非吾之所有，雖一毫而莫取。惟江上之清風，與山間之明月，耳得之而爲聲，目遇之而成色。取之無禁，用之不竭，是造物者之無盡藏也。」﹝註146﹞之超然妙悟。

此賦歷代給予的評語頗佳，如謝枋得云：「此賦學《莊》、《騷》文法，無一句與《莊》、《騷》語相似。非超然之才，絕倫之識，不能爲也。瀟灑神奇，出塵絕俗，如乘雲御風而立乎九霄之上。俯觀六合，何物茫茫，非惟不掛之齒牙，亦不足入其靈臺丹府也。」﹝註147﹞復如王文儒云：「所見無絕殊者，而文境邈不可攀，良由身閒地曠，胸無雜物，觸處流露，斟酌飽滿，不知其所以然而然。豈惟他人不能摹倣，即使子瞻更爲之，亦不能如此調適而鬯遂也。」﹝註148﹞

蘇軾復於是年十月十七日作〈後赤壁賦〉，王文儒云：「前篇是實，後篇是虛。虛以實寫，至後幅始點醒，奇妙無以復加，易時不能再作。」﹝註149﹞其言是也。《宋稗類鈔》記載：「蘇子瞻初謫黃州，布衣芒屩，出入阡陌，多挾彈擊江水與客爲娛。每數日必一泛舟江上，聽其所往，乘興或入旁郡界，經宿不返，爲守者極病之。晚貶嶺南無一日不游山。」﹝註150﹞由此言，蓋可知，蘇軾謫居黃州時的

火，吾無遺類矣。』今赤壁少西，對岸即華容鎮，庶幾是也。然岳州復有華容縣，竟不知孰是。今日，李委秀才來，因以小舟載酒飲於赤壁下。李善吹笛，酒酣，作數弄，風起水湧，大魚皆出，山上有棲鶻，亦驚起。坐念夢德，公瑾，如昨日耳。」見二十八卷，頁206。

﹝註146﹞ 同註144，文集一，卷一，頁28。

﹝註147﹞ （宋）謝枋得：《文章軌範‧前赤壁賦》（《景印文淵閣四庫全書》第1359冊，臺北：臺灣商務印書館，1986年1月），卷七，頁1359-612。

﹝註148﹞ （清）王文儒：《評校音注古文辭類纂》（上海文明書局印行），卷七一，頁6。

﹝註149﹞ 同註148，頁7。

﹝註150﹞ （清）潘永因：《宋稗類鈔》（《景印文淵閣四庫全書》第1034冊，臺北：臺灣商務印書館，1985年6月），卷十四，頁1034-419。

曠達不受束縛之性情，是以，蘇軾以靜寂的心境，觀照天地與我之
間之微妙，始有此二篇之名作。

第四章　惠州時期詩歌審美意識

　　紹聖元年（1094）六月五日，來之邵等疏蘇軾詆斥先朝，詔謫惠州（今廣東惠州市），此年蘇軾五十九歲。他在〈到惠州謝表〉言：「先奉告命，落兩職，追一官，以承議郎知英州軍州事。續奉告命，責授臣寧遠軍節度副使惠州安置。已於今月二日到惠州公參訖者。」〔註1〕他再遭貶謫，惠州安置。

　　蘇軾貶謫惠州時的心境轉折，於其與友人的尺牘中可以剖析探知。在惠州時，蘇軾對北歸之事已絕望，但心甚安然，如給程正輔的尺牘言：「某覩近事，已絕北歸之望，然中心甚安之。」復見其〈與孫志康〉尺牘言：「某謫居已逾年，諸況粗遣。禍福苦樂，念念遷逝，無足留胸中者。又自省罪戾久積，理應如此，實甘樂之。今北歸無日，因遂自謂惠人，漸作久居之計。正使終焉，亦有何不可。」〔註2〕所

〔註1〕（宋）蘇軾撰，張志烈等主編：《蘇軾全集校注》文集四（石家莊：河北人民出版社，2010年6月），卷二四，頁2782。「先奉告命，落兩職，追一官」依據施宿《東坡年譜》記載：「紹聖元年夏四月，御史虞策、來之邵言先生所作詩詞，多涉譏訕，當明正典刑。詔落二學士（即端明殿學士兼翰林侍讀學士），以本官（左朝奉郎）知和州，又改英州。又以虞策言，降左承議郎。」另外「續奉告命，責授臣寧遠軍節度副使惠州安置。」句，復依據施宿《東坡年譜》記載：「紹聖元年六月，御史來之邵等復言先生自元祐以來，多託文字譏斥先朝，雖已責降，未厭輿論，責授寧遠軍節度副使惠州安置。」寧遠軍：在今湖南省寧遠縣。

〔註2〕同註1，文集八，卷五六，頁6208、6209。

以謫居惠州，情緒是趨於平緩，但不時自我反省，如在〈與吳秀才〉尺牘言：「過廣州，買得檀香數斤，定居之後，杜門燒香，閉目清坐，深念五十九年之非耳。」、「然僕方杜門念咎」〔註3〕，雖不似謫居黃州時頹喪，但與朋友的尺牘中也見「杜門省愆」之語。

蘇軾於紹聖二年（1095）五月二十七日作〈虔州崇慶禪院新經藏記〉言：

> ……吾非學佛者，不知其所自入。獨聞孔子曰：「《詩》三百，一言以蔽之，曰：思無邪。」夫有思皆邪也。善惡同而無思，則土木也。云何能使有思而無邪，無思而非土木乎？嗚呼！吾老矣，安得數年之暇，託於佛僧之宇，盡發其書，以無所思心會如來意，庶幾於無所得故而得者？謫居惠州，終歲無事，宜若得行其志。……始吾南遷，過虔州，與通守承議郎俞君括遊。一日，訪廉泉，入崇慶院，觀寶輪藏。……〔註4〕

由此得知，蘇軾自認爲「吾老矣，安得數年之暇，託於佛僧之宇，盡發其書，以無所思心會如來意，庶幾於無所得故而得者。謫居惠州，終歲無事，宜若得行其志。」謫居期間他潛心於佛理之研究，因之，此次貶謫，心境再次提升轉變，此也影響詩歌創作的內蘊，其詩作不論題材、內容、內心情感或審美情緒，皆與在黃州或在此之前不同。

第一節　平實的生活，人生體驗的再思考

蘇軾在惠州的心境與在黃州的心境完全不同，謫居黃州是第一次遭楚囚之災，心境無法承受，無法達到真正的平和，其一生致君堯舜之志，豈容成爲有罪之身，雖然曠達的個性，自我調適，隨遇而

〔註3〕同註1，文集八，卷五七，頁 6355、6357。

〔註4〕（宋）蘇軾撰，張志烈等主編：《蘇軾全集校注》文集二（石家莊：河北人民出版社，2010 年 6 月），卷一二，頁 1232。〈與王庠〉尺牘言及：「南遷以來，便自處置生事，蕭然無一物，大略似行腳僧也。」《蘇軾全集校注》文集九，卷六〇，頁 6585。

安，隨時間的流逝，似乎已淡然，但其內心深處總認爲是恥辱。黃州之後，回朝擔任中書舍人、翰林學士、知制誥、侍讀學士等職，及至貶謫惠州，前後相距約十四年之久，無論人事或思想均有改變。所以貶謫惠州時，其心境的調適已與在黃州時不同。

一、由逐客之悽然，轉爲以謫爲遊之曠達

　　蘇軾對再次貶謫，當然還是無法釋懷，從南遷赴惠州途中，心境有些微的起伏，此可由赴任途中所作詩文看出端倪。如於紹聖元年（1094）七月，南遷惠州途中，於湖口作〈壺中九華詩〉，蘇軾以「五嶺莫愁千嶂外，九華今在一壺中。天池水落層層見，玉女窗虛處處通。念我仇池太孤絕，百金歸買碧玲瓏。」〔註5〕喻自己貶謫之孤寂無奈。

　　於紹聖元年（1094）八月初於途中，渡鄱陽湖至南康時作〈南康望湖亭〉言：

　　　　八月渡長湖，蕭條萬象疏。秋風片帆急，暮靄一山孤。許
　　　國心猶在，康時術已虛。岷峨家萬里，投老得歸無。〔註6〕

依據蘇軾〈題虔州祥符宮乞籤〉：「紹聖元年八月二十三日，東坡居士南遷至虔。」〔註7〕此詩應作於八月初，所以湖中景象顯蕭條，秋景易讓人感懷而抒，此時他「許國心猶在，康時術已虛。岷峨家萬里，投老得歸無。」許身報國之志未了，可是挽救危難時局似乎已遠了。思鄉心情也濃，想著家鄉岷峨在萬里之遠，如今要回去恐也難了。蘇軾在此蕭颯的秋天氣候之下，渡過深邃悠長的鄱陽湖，他以孤山自比，在朝廷中被孤立無助，內心深處感到無奈與哀傷。

　　繼續往贛江時作〈八月七日初入贛，過惶恐灘〉言：

　　　　七千里外二毛人，十八灘頭一葉身。山憶喜歡勞遠夢（蘇

〔註5〕（宋）蘇軾撰，張志烈等主編：《蘇軾全集校注》詩集七（石家莊：
　　　　河北人民出版社，2010年6月），卷三八，頁4355。
〔註6〕同註5，詩集七，卷三八，頁4363。長湖：鄱陽湖。
〔註7〕同註5，文集十，卷七一，頁8101。

軾自注：蜀道有錯喜歡鋪，在大散關上），地名惶恐泣孤臣。
長風送客添帆腹，積雨浮舟減石鱗。便合與官充水手，此
生何止畧知津。〔註8〕

此詩有落寞感懷之情，思鄉情復湧現，「山憶喜歡勞遠夢，地名惶恐
泣孤臣」蜀中有喜歡山，蘇軾過惶恐灘而思之，不禁悲從中來。紀昀
認爲「便合與官充水手，此生何止畧知津」句有「眞而不俚，怨而不
怒」〔註9〕之意。

是月，於途中抵虔州登鬱孤臺有感而作〈鬱孤臺〉〔註10〕：

八境見圖畫，鬱孤如舊游。山爲翠浪湧，水作玉虹流。日
麗崆峒曉，風酣章貢秋。丹青未變葉，鱗甲欲生洲。嵐氣
昏城樹，灘聲入市樓。煙雲侵嶺路，草木半炎州。故國千
峯外，高臺十日留。他年三宿處，準擬擊歸舟。〔註11〕

據宋郡守孔宗翰曾作有八境圖，蘇軾見過此圖，並爲之作詩〈虔州八
境圖〉八首并引〔註12〕。南遷途中，親至鬱孤。因其親見過此圖，故

〔註8〕（宋）蘇軾撰，張志烈等主編：《蘇軾全集校注》詩集七（石家莊：
河北人民出版社，2010年6月），卷三八，頁4375。大散關：散關，
又稱崎谷。崆峒：山名。

〔註9〕（清）紀昀：《紀平蘇詩》（道光十四年冬槧於兩廣節署，成都：四川
大學出版社影印，2007年4月），卷三八，頁65。

〔註10〕鬱孤臺：山名，亦臺名。在北宋虔州治（今江西贛州市）西南，一
名賀蘭山。隆阜鬱然孤起，贛江經臺下向北流去。唐李勉曾更名望
闕。宋曾慥築臺二，南爲鬱孤，北名望闕。

〔註11〕同註8，頁4378。

〔註12〕蘇軾於元豐元年（1078）於徐州作《虔州八境圖八首》。此八首後之
跋文云：「軾爲膠西守，孔君實見代，臨行出八境圖，求文與詩，以
遺南康人，使刻諸石。其後十七年，軾南遷過郡，得遍覽所謂八境
者……」跋後署「紹聖元年八月十九日」由此得知軾離密州時，
尚未作此八首。《虔州八境圖》八首并引言：「《南康八境圖》者，太
守孔君之所作也。君既作石城，即其城上樓觀臺榭之所見，而作是
圖也。東望七閩，南望五嶺，覽羣山之參差，俯章、貢之奔流。雲
煙出沒，草木蕃麗，邑屋相望，雞犬之聲相聞。觀此圖也，可以茫
然而思，粲然而笑，嘅然而嘆矣。蘇子曰此南康之一境也，何從而
八乎？所自觀之者異也，且子不見夫日乎，其旦如盤，其中如珠，
其夕如破壁。此豈三日也哉？苟知夫境之爲八也，則凡寒暑、朝夕、

詩中言「八境見圖畫，鬱孤如舊游」雖然景物似如舊，但感謫遷之苦，
顛沛流離，而有觸景懷鄉之思。

蘇軾於是月在虔州作〈廉泉〉：

> 水性故自清，不清或撓之。君看此廉泉，五色爛摩尼。廉
> 者為我廉，何以此名為。有廉則有貪，有慧則有癡。誰為
> 柳宗元，孰是吳隱之。漁父足豈潔，許由耳何淄。紛然立
> 名字，此水了不知。毀譽有時盡，不知無盡時。揭來廉泉
> 上，捋鬚看鬢眉。好在水中人，到處相娛嬉。〔註13〕

以廉泉自喻自身的廉潔。稱「貪、癡」為毀，稱「廉、慧」為譽。而
「毀譽有時盡，不知無盡時」，好比給泉水所立或毀或譽之名，但終
有消失之時，然水則長流不盡。所以「揭來廉泉上，捋鬚看鬢眉。好
在水中人，到處相娛嬉」的曠達了。

沿途觸物感懷，在虔州香山寺作〈天竺寺〉并引言：「予年十二，
先君自虔州歸，為予言：『近城山中天竺寺，有樂天親書詩云：『一山
門作兩山門，兩寺原從一寺分，東澗水流西澗水，南山雲起北山雲。
前臺花發後臺見，上界鐘清下界聞。遙想吾師行道處，天香桂子落紛
紛。』筆勢奇逸，墨迹如新。』今四十七年矣。予來訪之。則詩已亡，
有石刻存耳。感涕不已，而作是詩。」其詩曰：

> 香山居士留遺迹，天竺禪師有故家。空詠連珠吟疊璧，已
> 亡飛鳥失驚蛇。林深野桂寒無子，雨浥山薑病有花。四十
> 七年真一夢，天涯流落淚橫斜。〔註14〕

雨暘、晦明之異，坐作、行立、哀樂、喜怒之變，接於吾目而感於
吾心者，有不可勝數者矣，豈特八乎？如知夫八之出乎一也，則夫
四海之外，諧詭譎怪，《禹貢》之所書，鄒衍之所談，相如之所賦，
雖至千萬，未有不一者也。後之君子，必將有感於斯焉。乃作詩八
章，題之圖上。」此詳見於本《蘇軾全集校注》詩集三，卷一六，
頁1631、1632。

〔註13〕（宋）蘇軾撰，張志烈等主編：《蘇軾全集校注》詩集七（石家莊：
河北人民出版社，2010年6月），卷三八，頁4381。水中人：水中
己影。

〔註14〕同註13，頁4388。

四十七年眞一夢，人事已非，觸景感傷「天涯流落淚橫斜」，還是爲自己今日的貶謫而縱橫淚下。到了九月，在途經江西與廣州交界處之大庾嶺時作〈過大庾嶺〉：

> 一念失垢污，身心洞清淨。浩然天地間，惟我獨也正。今日嶺上行，身世永相忘。仙人拊我頭，結髮授長生。〔註15〕

行在大庾嶺，嶺上之美，令人陶醉而忘憂，身心洞清靜。凜然有「浩然天地間，惟我獨也正。」獨賦有自然之正氣感悟。雄偉的自然景物，讓他忘憂一切，而有遺世獨立而登仙的幻想。所以，在赴任途中，心中雖然有怨有不滿，可是一路的美景，讓他以遊山覽寺來舒發悶氣，也因此心靈得到慰藉，猶如昨日總總似已過雲煙。

紹聖元年（1094）九月行經韶州作〈南華寺〉：

> 云何見祖師，要識本來面。亭亭塔中人，問我何所見。可憐明上座，萬法了一電。飲水既自知，指月無復眩。我本修行人，三世積精鍊。中間一念失，受此百年譴。摳衣禮眞相，感動淚雨霰。借師錫端泉，洗我綺語硯。〔註16〕

蘇軾曾二次言「前生自是盧行者，後學過呼韓退之」言他的前世是六祖慧能，因此到此南華寺，觸境寄慨，「摳衣禮眞相，感動淚雨霰」感受非常不一樣。所以他說：「我本修行人，三世積精鍊。中間一念失，受此百年譴。」的感慨。

是月，遊峽山寺時作〈峽山寺〉：

> 天開清遠峽，地轉凝碧灣。我行無遲速，攝衣步屛顏。山僧本幽獨，乞食況未還。雲碓水自春，松門風爲關。石泉解娛客，琴筑鳴空山。佳人劍翁孫，遊戲暫人間。忽憶嘯雲侶，賦詩留玉環，林深不可見，霧雨霾髻鬟。〔註17〕

〔註15〕（宋）蘇軾撰，張志烈等主編：《蘇軾全集校注》詩集七（石家莊：河北人民出版社，2010 年 6 月），卷三八，頁 4391。

〔註16〕同註 15，頁 4401。祖師：六祖慧能。南華寺在今廣東韶關市南，爲六祖慧能道場，嶺外禪林之冠。蘇軾在《答周循州》言：「前生自是盧行者」卷三九。另《贈虔州術士謝晉臣》：「前生恐是盧行者」。見《蘇軾全集校注》卷四五。

〔註17〕（宋）蘇軾撰，張志烈等主編：《蘇軾全集校注》詩集七（石家莊：

紀昀認爲「佳人劍翁孫，遊戲暫人間。忽憶嘯雲侶，賦詩留玉環。林深不可見，霧雨霾鬢髮。六句，忽寓羈絆之感。」〔註18〕所以他沿途有觸景感懷之詩作，復如〈清遠舟中寄耘老〉：

> 小寒初度梅花嶺，萬壑千巖背人境。清遠聊爲泛宅行，一
> 夢分明墮鄉井。覺來滿眼是湖山，鴨綠波搖鳳凰影。海陵
> 居士無雲梯，歲晚結廬苕水湄。山腰自懸蒼玉佩，野馬不
> 受黃金羈。門前車蓋獵獵走，笑倚清流數鬢絲。汀洲相見
> 春風起，白蘋吹花覆苕水。萬里飄蓬未得歸，目斷滄浪淚
> 如洗。北雁南來遺素書，苦言大浸沒我廬。清齋十日不然
> 鼎，曲突往往巢龜魚。今年玉粒賤如水，青銅欲買囊已虛。
> 人生百年如寄耳，七十朱顏能有幾。有子休論賢與愚，倪
> 生杠欲帶經鋤。天南看取東坡叟，可是平生廢讀書。〔註19〕

因景生情，想起昔日與耘老交往情形，感觸良多，反觀自己今日之處境「天南看取東坡叟，可是平生廢讀書。」不禁感歎人生百年如寄耳，獨悵然而悲。

　　沿途賞景覽寺，到了廣州清遠縣，心境似乎有了不一樣，於九月經廣州青遠縣時，經顧秀才介紹惠州之後，作〈舟行至清遠縣，見顧秀才，極談惠州風物之美〉：

> 到處聚觀香案吏，此邦宜著玉堂仙。江雲漠漠桂花濕，海
> 雨翛翛荔子然。聞道黃柑常抵鵲，不容朱橘更論錢。恰從

河北人民出版社，2010 年 6 月），卷三八，頁 4409。洪邁《容齋三筆》：「東坡初赴惠州，過峽山寺，不識主人。故其詩云：『山僧本幽獨，乞食況未還。雲硗水自春，松門風爲關。石泉解娛客，琴筑鳴空山。』」

〔註18〕（清）紀昀：《紀評蘇詩》（道光十四年冬槧於兩廣節署，成都：四川大學出版社，2007 年 4 月），卷三八，頁 72。

〔註19〕同註17，頁 4413。耘老：賈收字耘老，烏程人。有詩名，喜飲酒，有水閣曰浮暉。蘇軾與之遊，相互倡酬。《苕溪漁隱叢話》前集卷五九：「賈耘老舊有水閣，在苕溪之上，景物清曠。東坡作守時，屢過之，題詩畫竹於壁間。」另外明代徐獻忠輯《吳興掌故集》卷二載：「賈收所居名浮暉閣，人因稱爲浮暉老人。」蒼玉佩：清黑色玉石所製配飾。泛宅：以船爲家到處漂泊。

神武來弘景，便向羅浮覓稚川。〔註20〕

蘇軾想像惠州之美，抒寫了此詩。惠州羅浮山是葛洪煉丹隱居之地，因此，想至羅浮去尋覓稚川走過之行跡。所以初到惠州時言：

> 仿佛曾遊豈夢中，欣然雞犬識新豐。吏民驚怪坐何事，父老相攜迎此翁。蘇武豈知還漢北，管寧自欲老遼東。嶺南萬戶皆春色〔註21〕（蘇軾自註：嶺南萬戶酒），會有幽人客寓公。〔註22〕（〈十月二日初到惠州〉）

「仿佛曾遊豈夢中，欣然雞犬識新豐」將貶謫之地，視之如舊遊。百姓熱情民風「父老相攜迎此翁」及嶺南風情「嶺南萬戶皆春色，會有幽人客寓公」讓他初體驗感受到風土的純樸與人民的熱情，因此心情隨之而釋懷些了。

貶謫地萬里之遠，人地生疏，蘇軾卻能以鎮定隨遇而安的心情接受新環境，此顯示他頑強的意志、毅力及真率、曠達的個性。於紹聖元年（1094）十月二日到了惠州，先寓居在合江樓，作〈寓居合江樓〉：

> 海山蔥曨氣佳哉，二江合處朱樓開。蓬萊方丈應不遠，肯為蘇子浮江來。江風初涼睡正美，樓上啼鴉呼我起。我今身世兩相違，西流白日東流水。樓中老人日清新，天上豈有癡仙人。三山咫尺不歸去，一杯付與羅浮春（蘇軾自注：予家釀酒，名羅浮春）。〔註23〕

〔註20〕（宋）蘇軾撰，張志烈等主編：《蘇軾全集校注》詩集七（石家莊：河北人民出版社，2010 年 6 月），卷三八，頁 4418。玉堂仙：指翰林院。

〔註21〕「嶺南萬戶皆春色」此句，蘇軾注為嶺南萬戶酒。唐人多稱酒為春。李肇《唐國史補》卷下：「酒則有郢州之富水……滎陽之土窖春，富平之石凍春，劍南之燒春。」（《景印文淵閣四庫全書》第 1035 冊），頁 1035-447。

〔註22〕同註20，頁 4440。

〔註23〕同註20，頁 4442、4443。他於紹聖二年（1095）九月五日題跋〈題合江樓〉曰：「青天孤月，故是人間一快。而或者乃云不如微雲點綴，乃是居心不淨者，常欲滓穢太清。合江樓下，秋碧浮空，光接几席之上，而有葵苫敗屋七八間，橫斜砌下。今歲大水再至，居者奔避不暇，豈無寸土可遷，而乃眷眷不去，常為人眼中沙乎」。見本校注

居處在有山有水之明媚佳處，頓時心情爲之愉悅輕快。當「江風初涼睡正美」時「樓上啼鴉呼我起」卻打斷了美夢，豈知「樓中老人日清新」，整首詩充滿了輕鬆自如的心態，他曠達的心境似乎又回來了。

　　嶺南的山川景色迷人，讓蘇軾大暢遊覽以解憂。他初到惠州，寓居嘉祐寺時，縱步於松風亭下，作〈十一月二十六日，松風亭下，梅花盛開〉：

> 春風嶺上淮南村，昔年梅花曾斷魂。豈知流落復相見，蠻風蜑雨愁黃昏。長條半落荔支浦，臥樹獨秀桃榔園。豈惟幽光留夜色，直恐冷豔排冬溫。松風亭下荊棘裏，兩株玉蕊明朝曉。海南仙雲嬌墮砌，月下縞衣來扣門。酒醒夢覺起繞樹，妙意有在終無言。先生獨飲勿歎息，幸有落月窺清樽。〔註24〕

遊松風亭時梅花正開，觸景感懷，憶起昔日赴黃州時，春風嶺上正開著之梅花。有感「豈知流落復相見，蠻風蜑雨愁黃昏」而今「先生獨飲勿歎息，幸有落月窺清樽」的曠達心胸。蘇軾於「春風嶺上淮南村，昔年梅花曾斷魂。」句自注曰：「予昔赴黃州，春風嶺上見梅花，有兩絕句。明年正月，往歧亭道上，賦詩云：『去年今日關山路，細雨梅花正斷魂。』」

　　初到惠州時，於紹聖元年十二月作〈江郊〉其并引曰：「惠州歸善縣治之北，數百步抵江，少西，有盤石小潭，可以垂釣。作〈江郊〉詩云。」其詩曰：

> 江郊蔥曨，雲水蒨絢。碕岸斗人，洄潭輪轉。先生悅之，布席閒燕。初日下照，潛鱗俯見。意釣忘魚，樂此竿綫。優哉悠哉，玩物之變。〔註25〕

　　文集卷七一，頁 8115、8116。

〔註24〕同註 20，頁 4454。《輿地紀勝・惠州》卷九九：「松風亭，在彌陀寺後山之巔。始名峻峯。植松二千餘株，清風徐來，因謂松風亭。」
　　　　荔支浦：在白水山至惠州途中。

〔註25〕同註 20，詩集七，卷三八，頁 4483。蘇軾并序言：「惠州歸善縣治之北，數百步抵江，少西有盤石小潭，可以垂釣。」

江郊山水，景色鮮明絢麗，水清淨，蘇軾喜歡此地，鋪設坐席。在日光照射下可以看到潛鱗在淵，而悠哉悠哉享受「意釣忘魚，樂此竿綫」得意而忘境的感受。但心靈孤獨之時也有「孤雲落日西南忘，長羨歸鴨自識村」的羨慕歸鴨自由自在的來去自如，不似自己貶居不自由之身。

　　在惠州以閒適的心態，縱遊山林田園，心境神似陶公，而不似逐客的悽涼之心境，此又見其曠達，他說「醉飽高眠眞事業，此生有味在三餘」，時而「我醉墮渺莽」或「沐浴於湯泉，晞髮懸於瀑之下，浩歌而歸，肩輿卻行」或「浩歌出門去，我亦歸菖騰」的悠閒生活。

　　於紹聖二年（1095）九月十五日，作〈江月五首〉并引言：

> 嶺南氣候不常。吾嘗曰：「菊花開時乃重陽，涼天佳月即中秋。不須以日月爲斷也。今歲九月，殘暑方退。既望之後，月出愈遲。予嘗夜起登合江樓，或與客遊豐湖，入棲禪寺，叩羅浮道院，登逍遙堂，逮曉乃歸。」〔註26〕

此時他到惠州已近一年，一派樂觀、逍遙自在，雖是謫居，然乃是閑適閑趣的過日子，以山川大自然爲伍，任憑是午夜，此方爲閒遊美好時刻，縱情宿夜到天明方返，他已將謫居視爲是閒居生活了。

二、人間何者非夢幻，南來萬里眞良圖

　　蘇軾在〈遷居〉并引言：「吾紹聖元年十月二日至惠州，寓居合江樓。是月十八日，遷於嘉祐寺。二年三月十九日，復遷於合江樓。三年四月二十日，復歸於嘉祐寺。時方卜築白鶴峯之上。新居成，庶幾其少安乎」〔註27〕謫居無定所，但他是曠達、隨遇而安之人，雖然生活在瘴氣之地「三年瘴海上，越嶠眞我家」〔註28〕，他仍克服一切惡劣環境而不改其度，且亦言「不辭長作嶺南人。」

〔註26〕同註20，詩集七，卷三九，頁 4610。
〔註27〕（宋）蘇軾撰，張志烈等主編：《蘇軾全集校注》詩集七（石家莊：河北人民出版社，2010 年 6 月），卷四○，頁 4746。
〔註28〕同註27，頁 4772。

　　在〈與程正輔七十一首〉尺牘之十三言：「某覰近事，已絕北歸之望，然中心甚安之，未說妙理達觀，但譬如元是惠州秀才，累舉不第，有何不可」〔註29〕以惠州人自況。〈與陳伯修五首〉之四：「某以買地結茅，爲終焉之計，獨未甃墓爾，行亦當作。杜門絕念，猶治少飲食，欲於適口。」〔註30〕及之五：「新居在一峰上，父老云，古白鶴觀基也。下臨大江，見數百里間。」〔註31〕將惠州當故鄉，爲終之計。於紹聖四年（1097）二月〈與王仲敏〉尺牘亦言：「某凡百粗遣，適遷過新居，已浹旬日，小窻疎籬，頗有幽趣。」〔註32〕

　　蘇軾於紹聖三年（1096）三月作〈和陶移居二首〉并引言：「去歲三月，自水東嘉祐寺遷居合江樓。迨今一年，多病鮮歡，頗懷水東之樂。得歸善縣後隙地數畝，父老云：『此古白鶴觀也』意欣然，欲居之。」〔註33〕筆者認爲由尺牘研判，他還是對北歸之事尚存一絲希望，但基於各跡象顯示，已絕望，但也作最後之估，心中坦然。所以也就有永居惠州之計，買了白鶴峯之地蓋屋。在紹聖四年（1097）正月末作〈白鶴峯新居欲成，夜過西鄰翟秀才二首〉，亦言及北歸無望：

　　　林行婆家初閉戶，翟夫子舍尚留關。連娟缺月黃昏後，縹
　　　緲新居紫翠間。繫悶豈無羅帶水，割愁還有劍鋩山。中原
　　　北望無歸日，鄰火村舂自往還。〔註34〕（〈其一〉）

他已視「中原北望無歸日」將惠州「規作終老計」了。豈知權臣聞公在惠州生活的安逸，就再責授瓊州別駕昌化軍安置。此依據明朝危素〈惠州東坡書院記〉言：「白鶴峯新居成，峯在歸善縣北十餘步，下臨大江遠瞰數百里，蓋惠之勝處也。權臣聞公之安於惠，再責授瓊州別駕昌化

〔註29〕同註27，文集八，卷五四，頁5965。
〔註30〕同註27，文集八，卷五三，頁5839。此尺牘書於紹聖三年（1096）七月。
〔註31〕同註27，文集八，卷五三，頁5841。此尺牘書於紹聖四年（1097）。
〔註32〕同註27，文集八，卷五六，頁6229。
〔註33〕同註27，頁4737。此書於紹聖三年（1096）三月。據王文誥云：「合江樓在惠州府，爲水西。嘉祐寺在歸善縣城內，爲水東。」
〔註34〕同註27，頁4804。

軍安置。四月，發惠州。……公流落嶺南者八年矣。」〔註35〕在王文誥《蘇文忠公詩編注集成總案下‧蘇海識餘》言：「『繫悶豈無羅帶水，割愁還有劍鋩山。中原北望無歸日，鄰火村舂自往還。』此尚是謫居本色，道其所道。詩話每以為奇，又以為險，殊不然也。」〔註36〕

　　蘇軾於〈和陶時運四首〉并引言：「丁丑二月十四日，白鶴峯新居成，自嘉祐寺遷入。」〔註37〕因此研判居在白鶴峯新居的時間很短。謫居的生活是不安定的，但從他的詩作之中不見怨言憤怒，而言「人間何者非夢幻，南來萬里真良圖」超脫凡俗的思想，以此，他在謫居不定又在窮困的環境中，尚能自適。

　　蘇軾初到惠州時，不因謫居惡劣環境而生活頹廢，而是能從生活中去尋找樂趣與自我解憂，慢慢調適謫居生活。譬如「多謝中書君，伴我此幽棲」〔註38〕詼諧的說陪伴瀉憂的是中書君，以它來抒發內心孤獨幽棲的謫居生活。復如〈寄虎兒〉：「獨倚桄榔樹，閑挑蓽撥根。謀生看拙否，送老此蠻村」〔註39〕孤獨的對人生有絕望之思，有老死在惠州之計。再如〈再用前韻〉：「……。先生索居江海上，悄如病鶴棲荒園。天香國豔肯相顧，知我酒熟詩清溫。……。酒醒人散山寂寂，惟有落蕊黏空樽。」〔註40〕是多麼孤寂的心境。初到生活簡陋「已破誰能惜甑盆，頹然醉裏得全渾。欲求公瑾一困米，試滿莊生五石樽。

〔註35〕（明）危素：《說學齋稿‧惠州路東坡書院記》：（《景印文淵閣四庫全書》第 1226 冊，臺北：臺灣商務印書館）卷二，頁 1226-678。

〔註36〕（清）王文誥撰：《蘇文忠公詩編注集程總案‧蘇海識餘》（成都：巴蜀書社，1985 年），卷一，頁 15。

〔註37〕（宋）蘇軾撰，張志烈等主編：《蘇軾全集校注》詩集七（石家莊：河北人民出版社，2010 年 6 月），卷四〇，頁 4812。「丁丑二月十四日」是紹聖四年（1097），依據孔凡禮《蘇軾年譜》以為詩中敘及蘇邁至，而蘇邁至，在閏二月初。

〔註38〕同註37，詩集七，卷三八，頁 4446。中書君：指毛筆。

〔註39〕同註37，詩集七，卷三八，頁 4453。蓽撥：多年生藤本植物，胡椒科。中醫以其果穗乾燥入要。

〔註40〕同註37，詩集七，卷三八，頁 4458。

三杯卯困忘家事，萬戶春濃感國恩。」〔註41〕米倉無糧，向惠守詹範求米，喝了晨酒後，醉意中忘卻一切煩惱，存感國恩之心。可是貧困生活還是無法解決「先生臥不出，黃葉紛可掃。無人送酒壺，空腹嚼珠寶。香風入牙頰，楚些發天藻。」〔註42〕此困頓生活，他卻諧趣說只得嚼珠子菊了。

　　蘇軾到惠州之後思想逐漸有轉折，如〈記游松風亭〉言：

　　余嘗寓居惠州嘉祐寺，縱步松風亭下，足力疲乏，思欲就床止息。仰望亭宇，尚在木末。意謂如何得到。良久忽曰：「此間有甚麼歇不得處？」由是，心若掛鈎之魚，忽得解脫。若人悟此，雖兩陣相接，鼓聲如雷霆，進則死敵，退則死法，當恁麼時，也不妨熟歇。〔註43〕

此「熟歇」應是有急流勇退之意，他何以在任何困厄的環境之中，都能自我調適、自適其樂，筆者認為，源於他思想的曠達與超凡。

　　到了紹聖二年（1095）二月時，他作〈二月十九日，攜白酒，鱸魚過詹使君，食槐葉冷淘〉：

　　枇杷已熟粲金珠，桑落初嘗灔玉蛆。暫借垂蓮十分盞，一澆空腹五車書。青浮卵椀槐芽餅，紅點冰盤藿葉魚。醉飽高眠真事業，此生有味在三餘。〔註44〕

他初到惠州之後，與朋友遊皆飲醉而歸。與惠州守詹範，出遊攜酒，飲酒以「一澆空腹五車書」而忘憂。雖謫居，遠離官場，然無事一身輕，醉中似乎覺得人生是「醉飽高眠真事業，此生有味在三餘」的闊達。雖然紀昀認為「末句腐」〔註45〕，但卻是蘇軾謫居惠州後的生活感悟，與真情流露。以此亦見其心境已逐漸轉變，漸豁然了。雖「少

〔註41〕同註37，詩集七，卷三八，頁4465。
〔註42〕同註37，卷三九，頁4691。
〔註43〕同註37，文集十，卷七一，頁8113。
〔註44〕同註37，詩集七，卷三九，頁4507。詹使君：詹範，當時為惠州守。
〔註45〕（清）紀昀：《紀評蘇詩》（道光十四年冬槧於兩廣節署，成都：四川大學出版社，2007年4月），卷三九，頁96。

壯欲及物，老閑餘此心。微生山海間，坐受瘴霧侵」〔註46〕少壯時關
心時勢，拯救時弊，老來卻貶謫在嶺南間，受盡瘴氣侵襲，然「禽魚
豈知道，我適物自閑。悠悠未必爾，聊樂我所然。」〔註47〕此爲他在
黃州時〈與子明兄〉尺牘言：「世事萬端，皆不足介意。所謂自娛者，
亦非世俗之樂，但胸中廓然無一物，即天壤之內，山川草木蟲魚之類，
皆是供吾家樂事也。」〔註48〕的思想之延續。

　　蘇軾於紹聖二年作〈六月十二日，酒醒步月，理髮而寢〉：
　　　　羽蟲見月爭翾翻，我亦散髮虛明軒。千梳冷快肌骨醒，風
　　　　露氣入霜蓬根。起舞三人漫相屬，停杯一問終無言。曲肱
　　　　薤簟有佳處，夢覺瓊樓空斷魂。〔註49〕
在布滿月色的窗邊，看著被月光驚醒的羽蟲飛舞，此時寒氣侵骨涼。
月光、影子、我三者隨意起舞著，與問而終無言以對，此時想到高處
不勝寒。

　　謫居生活是窮困的，見其於紹聖二年（1095）四月作〈連雨江漲
二首〉：
　　　　越井岡頭雲出山，牂牁江上水如天。牀牀避漏幽人屋，浦
　　　　浦移家蜑子船。龍卷魚鰕并雨落，人隨雞犬上牆眠。祇應
　　　　樓下平階水，長記先生過嶺年。〔註50〕（〈其一〉）
越井岡頭上雲霧瀰漫，連夜的大雨，水天一線連，已分不清楚是江或
是天了。簡陋的房子漏雨，牀也濕透，而且搬來移去，連蜑子船也隨
暴風雨飄遊。強風暴雨吹起，捲起魚鰕與雨齊落下，人只能往高處搬
移與雞犬同棲。江水漲到合江樓下的台階，在嶺南時的此情此景我將
會永記於心。描寫景象歷歷在目，景眞又淒涼。王文誥言：「公在惠
州作〈江漲〉詩云：『牀牀避漏幽人屋，浦浦移家蜑子船。……』此

〔註46〕　（宋）蘇軾撰，張志烈等主編：《蘇軾全集校注》詩集七（石家莊：
　　　　　河北人民出版社，2010年6月），卷三九，頁4557。
〔註47〕　同註46，頁4510。
〔註48〕　同註46，文集九，卷六○，頁6622、6623。
〔註49〕　同註46，頁4593。
〔註50〕　同註46，頁4567。

皆越中到地詩，寫盡寫絕，千古不能變其說也。」〔註51〕

　　謫居的生活日漸艱困，蘇軾於紹聖二年（1095）九月作〈和陶貧士七首〉并引曰：「余遷惠州一年，衣食漸窘。重九伊邇，樽俎蕭然。乃和淵明〈貧士〉七篇，以寄許下、高安、宜興諸子姪，并令過同作。」其詩：

> 長庚與殘月，耿耿如相依。以我旦暮心，惜此須臾暉。青天無今古，誰知織烏飛。我欲作九原，獨與淵明歸。俗子不自悼，顧憂斯人飢。堂堂誰有此，千駟良可悲。〔註52〕
>
> （〈其一〉）
>
> 誰謂淵明貧，尚有一素琴。心閑手自適，寄此無窮音。佳辰愛重九，芳菊起自尋。疎巾歎虛漉，塵爵笑空斟。忽餉二萬錢，顏生良足欽。急送酒家保，勿違故人心。〔註53〕
>
> （〈其三〉）
>
> 芙蓉雜金菊，枝葉長闌干。遙憐退朝人，餼酒出大官。豈知江海上，落英亦可餐。典衣作重陽，徂歲慘將寒。無衣粟我膚，無酒嚬我顏。貧居眞可歎，二事長相關。〔註54〕
>
> （〈其五〉）

垂老投荒，流落江海，衣食困窘，樽俎蕭然，飢餐落英，他以陶淵明潦倒之生活，自喻謫居窮困的生活處境，寄予無限感慨。

　　又如〈和陶乞食〉言：

> 莊周昔貸粟，猶欲春脫之。魯公亦乞米，炊煮尚不辭。淵明端乞食，亦不避嗟來。嗚呼天下士，死生寄一杯。斗水何所直，遠汲苦姜詩。幸有餘薪米，養此老不才。至味久不壞，可爲子孫貽。〔註55〕

〔註51〕（清）王文誥撰：《蘇文忠公詩編注集成總案・蘇海識餘》（成都：巴蜀書社，1985年），卷一，頁14。

〔註52〕（宋）蘇軾撰，張志烈等主編：《蘇軾全集校注》詩集七（石家莊：河北人民出版社，2010年6月），卷三九，頁4598。

〔註53〕同註52，頁4602。

〔註54〕同註52，頁4605。

〔註55〕（宋）蘇軾撰，張志烈等主編：《蘇軾全集校注》詩集七（石家莊：

此詩以莊周家貧貸粟於監河侯、魯公乞米維生及陶淵明潦倒乞食等典故，反射自己謫居生活困蹇，尚有微薄之食可維生，不至於乞食。還率直言「至味久不壞，可爲子孫貽」，處之泰然。

紹聖三年（1096）三月作〈贈曇秀〉言：

白雲出山初無心，棲烏何必戀舊林。道人偶愛山水故，縱步不知湖嶺深。空巖已禮百千相，曹溪更欲瞻遺像。要知水味孰冷煖，始信夢時非幻妄。袖中忽出貝葉書，中有璧月綴星珠。人間勝絕畧已遍，匡廬南嶺并西湖。西湖北望三千里，大隄冉冉橫秋水。誦師佳句説南屏，瘴雲應逐秋風靡。胡爲祇作十日歡，杖策復尋歸路難。留師筍蕨不足道，悵望荔子何時丹。〔註 56〕

以「棲烏何必戀舊林」比喻已不眷戀仕宦，此時心境已逐漸趨於平靜，還有「悵望荔子何時丹」之情。他〈食荔支〉言：

羅浮山下四時春，盧橘楊梅次第新。

日啖荔枝三百顆，不辭長作嶺南人。〔註 57〕（〈其二〉）

明代瞿佑認爲：「放曠不羈。……至惠州云：『日啖荔枝三百顆，不辭長作嶺南人。』渡海云：『九死南荒吾不恨，茲遊奇絕冠平生。』方負罪戾，而傲世自得如此。雖曰取快一時，而中含戲侮，不可以爲法也。」〔註 58〕筆者則認爲，以蘇軾曠達、率性之情，不如此非蘇軾也。所以隨謫居日越久其越能放開胸懷，自適謫居生活。是以，

河北人民出版社，2010 年 6 月），卷四〇，頁 4775。溫汝能言：「東坡謫居海南，盡賣酒器，以供衣食。酒盡米竭，時見於歌。至僦官數椽，復遭迫破逐，無地可居，偃息於桄榔林中，謫葉書銘，以記其處。此元符己卯間事也。是詩之作，應在此時。跡其遷謫景況。蓋比淵明窮困爲甚。而處之泰然，嘯咏自得，則又千載一轍。《論語》云：『君子固窮』於斯可見。」見（清）溫汝能：《和陶合箋》（臺北：新文豐出版，1980 年 2 月），卷二，頁 27。

〔註 56〕同註 55，頁 4733。

〔註 57〕同註 55，頁 4744。

〔註 58〕（明）瞿佑：《歸田詩話》（《筆記小說大觀》第六編第六冊），頁 3720。「渡海」乃言至儋州。

他有「吾生本無待，俯仰了此世。念念自成劫，塵塵各有際」超脫凡俗的思維。

紹聖三年（1096）作〈縱筆〉：

> 白頭蕭散滿霜風，小閣藤牀寄病容。報道先生春睡美，道
> 人輕打五更鐘。〔註59〕

瀟灑眞率，表明了他安逸於謫居生活。紀昀則認爲：「此詩無所譏諷，竟意賈禍。蓋失意之人作曠達語，正是極牢騷耳。」〔註60〕筆者則認爲，非如此的曠達即非蘇軾也。蘇軾卻因此首詩，爲政敵章惇憤怒言「蘇子瞻尚爾快活」，於是章惇奏請朝廷，將蘇軾貶謫儋州，要置於死地。

在某個特定日子，或許是最易讓人，感慨世事多變情緒起伏之時刻。他的愛妾朝雲，於紹聖三年（1096）七月五日病逝，蘇軾爲朝雲撰寫〈朝雲墓誌銘〉其言：

> 東坡先生侍妾曰朝雲，字子霞，姓王氏，錢塘人。敏而好
> 義，事先生二十有三年，忠敬若一，紹聖三年七月壬辰，
> 辛于惠州，年三十四。八月庚申，葬之豐湖之上栖（棲）
> 禪寺之東南。生子遯，未朞而夭。蓋常從比丘尼義沖學佛
> 法，亦粗識大意。且死，誦《金剛經》四句偈以絕。銘曰：
> 「浮屠是瞻，伽藍是依。如汝宿心，惟佛之歸。」〔註61〕

是年八月三日朝雲葬畢後，蘇軾作〈悼朝雲〉其并引曰：

> 紹聖元年十一月，戲作〈朝雲〉詩。三年七月五日，朝雲
> 病亡於惠州，葬之棲禪寺松林中東南，直大聖塔。予旣銘
> 其墓，且和前詩以自解，朝雲始不識字，晚忽學書，粗有
> 楷法。蓋嘗從泗上比丘尼義沖學佛，亦畧聞大義。且死，

〔註59〕同註55，頁4770。

〔註60〕（清）紀昀：《紀評蘇詩》（道光十四年冬槧於兩廣節署，成都：四川大學出版社影印，2007年4月），卷四〇，頁18。

〔註61〕同註55，文集三，卷一五，頁1630。八月庚甲：八月三日。蘇軾爲子遯之死作詩題爲〈去歲九月二十七日，在黃州，生子遯，小名幹兒，頎然穎異，至今年七月二十八日，炳亡於金陵，作二首哭之〉。筆者覺得巧妙之事，即是蘇軾與遯同於七月二十八日逝世。

誦《金剛經》四句偈而絕。〔註62〕

其詩曰：

苗而不秀豈其天，不使童烏與我玄。駐景恨無千歲藥，贈
行惟有小乘禪。傷心一念償前債，彈指三生斷後緣。歸臥
竹根無遠近，夜燈勤禮塔中仙。〔註63〕

因之故，蘇軾至惠州第三年的重陽又有感而抒胸臆，見〈丙子重九二
首〉言：

……。今年吁惡歲，僵仆如亂麻。此會我雖健，狂風卷朝
霞。使我如霜月，孤光挂天涯。西湖不欲往，暮樹號寒鴉。
〔註64〕（〈其一〉）

在惠州第三年痛失朝雲，尤其在重陽之際，思之備感心痛，雖然「今
年吁惡歲，僵仆如亂麻。此會我雖健，狂風卷朝霞。使我如霜月，孤
光挂天涯。西湖不欲往，暮樹號寒鴉。」朝雲逝世，失去了生活重心，
孤苦伶仃的過日子。可是「三年瘴海上，越嶠眞我家」，所以其言：

窮途不擇友，過眼如亂雲。餘子誰復數，坐閱兩使君。共飲
去年堂，俯看秋水紋。此水與此人，相追兩沄沄。老去各休
息，造化嗟長勤。佳哉此令節，不惜與子分。何以娛我客，
游魚在清濆。水師三百指，鐵網欲掩羣。獲多雖一快，買放
尤可欣。此樂眞不朽，明年我歸耘。〔註65〕（〈其二〉）

此詩抒發感慨良多，但謫居窮困不穩的生活與精神的折磨，並不能擊
垮他堅忍的鬥志，而又見其曠達。

〔註62〕（宋）蘇軾撰，張志烈等主編：《蘇軾全集校注》詩集七（石家莊：
河北人民出版社，2010 年 6 月），卷四○，頁 4767。

〔註63〕同註 62，頁 4768。

〔註64〕同註 62，頁 4772。蘇軾作《悼朝雲》并引言：「紹聖元年十一月，
戲作《朝雲》詩。三年七月五日，朝雲病亡於惠州，葬之棲禪寺松
林中東南，直大聖塔。予既銘其墓，且和前詩以自解。朝雲始不識
字，晚忽學書，粗有楷法。蓋嘗從泗上比丘尼義沖學佛，亦畧聞大
義。且死，誦《今剛經》寺句偈而絕。」

〔註65〕（宋）蘇軾撰 張志烈等主編：《蘇軾全集校注》詩集七（石家莊：
河北人民出版社，2010 年 6 月），卷四○，頁 4774。

於紹聖三年（1096）十月作〈次韻子由所居六詠〉言：

> 堂前種山丹，錯落馬腦盤。堂後種秋菊，碎金收辟寒。草木如有情，慰此芳歲闌。幽人正獨樂，不知行路難。〔註66〕（〈其一〉）

筆者認爲此詩是以山丹、秋菊比喻自己在惡劣環境中仍不屈不撓之高風亮節之骨氣，而且已安逸於與世無爭，心境清閑自在的謫居生活。

於紹聖四年（1097）二月在惠州與〈與王敏仲十八首〉尺牘之一中言：「春候清穆，竊惟按馭多暇，起居百福，甘雨應期，遠邇滋洽，助喜慰也。某凡百粗遣，適遷過新居，已浹旬日，小窗疎籬，頗有幽趣。」〔註67〕此時離他再責授瓊州別駕昌化軍安置，僅約莫二個月時間。而此尺牘透露的是他當時在惠州的生活及心情寫照，是以，他要說「人間何者非夢幻，南來萬里眞良圖」了。

第二節　自然風物與樸質文化的呼喚

本節對宋代惠州的民風及自然風物，僅以蘇軾與親朋的尺牘中及詩文中提到惠州的風土及民情爲依，如他初到時〈與曹子方〉尺牘言：「惠州風土差善，山水秀邃，食物粗有，但少藥爾。」〔註68〕又〈與王庠〉尺牘亦提及：「海隅風土不甚惡，亦有佳山水，而無佳寺院，無士人，無醫藥。杜門食淡，不飲酒，亦粗有味也。」〔註69〕又〈與周文之〉之尺牘：「嶺南無大寒甚暑，秋冬之交，勾萌盜發，春夏之際，柯葉潛改，四時之運默化，而人不知。民居其間，衣食之奉，終歲一律，寡求而易安，有足樂者。若吏治不煩，即其所安而與之俱化，

〔註66〕同註55，頁4780。

〔註67〕同註55，文集八，卷五六，頁6229。

〔註68〕（宋）蘇軾撰，張志烈等主編：《蘇軾全集校注》文集八（石家莊：河北人民出版社，2010年6月），卷五八，頁6448。

〔註69〕同註68，文集九，卷六〇，頁6587。王庠爲蘇軾任婿。尺牘中雖然談到「而無佳寺廟」，但從他南遷嶺南途中所作遊寺廟詩言之，似乎並非，按此應是其在他處時所見爲少之故。

豈非牧養之妙手乎。」〔註70〕又〈與參寥子二十一首〉尺牘之十七言：

> ……。某到貶所半年，凡百粗遣，更不能細說，大略只似靈隱天竺和尚退院後，卻住一箇小村院子，折足鐺中，罨糙米飯便喫，便過一生也得。其餘，瘴癘病人，北方何嘗不病，是病皆死得人，何必瘴氣。但苦無醫藥，京師國醫手裏死漢尤多。參寥聞此一笑，當不復憂我也。故人相知者，即以此語之，餘人不足與道也，未會合間，千萬為道自愛。〔註71〕

此書函情誼深厚，也看出蘇軾曠達之心，將生死視為尋常之事有置之於度外之思。尺牘言及一點即是惠州瘴癘病多，且醫藥不發達。依此知嶺南之地多瘴氣而成之瘴癘，是自然環境之下的氣候而造成之疾病。

於紹聖二年（1095）三月四日〈與陳季常〉尺牘言：

> ……。軾罪大責薄，聖恩不貲，知幸念咎之外，了無絲髮掛心，置之不足復道也。自當塗聞命，便遣骨肉還陽羨，獨與幼子過及老雲并二老婢共吾過嶺。到惠將半年，風土食物不惡，吏民相待甚厚。孔子云：『雖蠻貊之邦行矣』豈欺我哉。……。自失官後，便覺三山趺步，雲漢咫尺，此未易遽言也。所以云云者，欲季常安心家居，勿輕出入，老劣不煩過慮，決須幅巾草屨相從於林下也。……。今日遊白水佛跡山，山上布水懸三十仞，雷轟電散，未易名狀，大略如項羽破章邯時也。……。〔註72〕

此是蘇軾到惠州已半年的生活與心境。書函中提到風土食物不惡，吏民相待甚厚，此所謂「吏民」應指惠守詹範及表兄程正輔。謫居之後，無事一身輕，倘伴於自然間，仰望雲漢及三仙山方丈、蓬萊、瀛洲，猶若近在咫尺，此是因虛靜以觀萬物，原來都是如此的近，如此的親

〔註70〕同註68，頁6411。周文之：周彥質。
〔註71〕同註68，文集九，卷六一，頁6721。
〔註72〕（宋）蘇軾撰，張志烈等主編：《蘇軾全集校注》文集八（石家莊：河北人民出版社，2010年6月），卷五三，頁5889、5890。

切。他入境隨俗，要縱情於田園山水間，忘憂一切不如意，所以當他盡情於田園山水間時，發現大地萬物竟然是如此的眞實與美。

蘇軾對惠州民情善人事事蹟的記載，如於紹聖三年（1096）十一月〈與王敏仲十八首〉尺牘中之十一言：

> 羅浮山道士鄧守安，字道立。山野拙訥，然道行過人，廣、惠間敬愛之，好爲勤身濟物之事。嘗與某言，廣州一城人，好飲鹹苦水，春夏疾疫時，所損多矣。惟官員及有力者得飲劉王山井水，貧丁何由得。惟蒲澗山有滴水巖，水所從來高，可引入城，蓋二十里以下爾。若於巖下作大石槽，以五管大竹，續處以麻纏之，漆塗之，隨地高下，直入城中。又爲一大石槽以受之，又以五管分引，散流城中，爲小石槽以便汲者。不過用大竹萬餘竿，及二十里間，用葵茅苫蓋，大約不過費數百千可成。然須於循州置少良田，令歲可得租課五七千者，令歲買大筋竹萬竿，作枡下廣州，以備不住抽換。又須於廣州城中置少房錢，可以日掠二百，以備抽換之費。專差兵匠數人，巡覷修葺，則一城貧富同飲甘涼，其利便不在言也。自有廣州以來，以此爲患，若人戶知有此作，其欣願可知。喜捨之心，料非復搭廟之比矣。然非道士至誠不欺，精力勤幹，不能成也。〔註73〕

〔註73〕（宋）蘇軾撰，張志烈等主編：《蘇軾全集校注》文集八（石家莊：河北人民出版社，2010 年 6 月），卷五六，頁 6238、6239。蘇軾與鄧道士結緣，在本集《題羅浮》卷七一：「紹聖元年九月十六日，東坡翁遷於惠州，艤舟泊頭鎮。明晨肩輿十五里，至羅浮山，入延祥寶積寺……道士鄧守安字道玄，有道者也。訪之，適出。」又詩集三九《寄鄧道士·引》并序言：「鄧道士守安，山中有道者也。……紹聖二年正月二日，予偶讀韋蘇州《寄全椒山中道士》：『今朝郡齋冷，忽念山中客。澗底束荊薪，歸來煮白石，搖持一樽酒，遠慰風雨夕。落葉滿空山，何處尋行迹。』乃以酒一壺，依蘇州韻，作詩寄之。」又《與程正輔書》之二八言：「某前日留博羅一日，再見鄧道士，所聞別無異者，方欲邀郡中疑問也。」又《與程正輔書》之三八言：「鄧道士州中住兩個月，以歸山。」嶺南人對竹的經濟價值，蘇軾有《記嶺南竹》言：「嶺南人，當有愧於竹。食者竹筍，庇者竹瓦，載者竹筏，爨者竹薪，衣者竹皮，書者竹紙，履者竹鞋，眞可

此為蘇軾在惠州看到鄧道士的勤身濟物之實情事件，他將此事告知王敏仲，可見他對鄧道士為人處事之敬佩，且有尺牘往來見〈與鄧安道四首〉尺牘。在紹聖二年（1095）十二月作〈雨後行菜園〉：「夢回聞雨聲，喜我菜甲長。……芥藍如菌蕈，脆美牙頰響」〔註74〕此中之芥藍即是蘇軾〈與鄧安道四首〉尺牘之二言：「……。山中芥藍種子，寄少許種之也。」〔註75〕可見其在惠州時與人交往之情與以及對當地民風的認識。

一、自然風物之美在清新交織中呈現

　　蘇軾南遷沿途瀏覽秀麗風景，並將之描寫於詩文之中，如對廣州此地的風物感覺，如〈發廣州〉言：

　　　　朝市日已遠，此身良自如。三杯軟飽後（蘇軾自注：浙人謂飲酒為軟飽。），一枕黑甜餘（蘇軾自注：俗謂睡為黑甜。）。蒲澗疎鐘外，黃灣落木初。天涯未覺遠，處處各樵漁。〔註76〕

對嶺南有別於北方之自然風物，讓他有另一番心境。到了惠州之後，因不得簽書公事，所以他就縱情寄遊於山水田野之間，此閑適之生活體驗，屢次於詩作中呈現。他初到惠州寓居嘉祐寺，對當時松風亭的梅花盛開，對此時節景物美的描寫，「長條半落荔支浦，臥樹獨秀桃榔園。豈惟幽光留夜色，真恐冷豔排冬溫。」〔註77〕他以詩人對事物的敏感，感覺到惠州氣候風物的不一樣。

　　宋代惠州的名山大川幾乎留有蘇軾的足跡。紹聖元年（1094）十二月十二日遊白水山作〈白水山佛跡巖〉〔註78〕言：

　　　　謂一日不可無此君也耶。」詳見（宋）蘇軾撰　張志烈等主編：《蘇軾全集校注》文集十一，卷七三，頁8430。
〔註74〕同註73，詩集七，卷三九，頁4696。
〔註75〕同註73，文集九，卷六〇，頁6691。
〔註76〕（宋）蘇軾撰，張志烈等主編：《蘇軾全集校注》詩集七（石家莊：河北人民出版社，2010年6月），卷三八，頁4425。
〔註77〕同註76，頁4454。
〔註78〕蘇軾〈記遊白水嵒〉：「紹聖元年十二月十二日，與幼子過遊白水山

何人守蓬萊，夜半失左股。浮山若鵬蹲，忽展垂天羽。根
株互連絡，崖嶠爭呑吐。神工自爐鞴，融液相綴補。至今
餘隙蟫，流出千斛乳。方其欲合時，天匠麾月斧。帝觴分
餘瀝，山骨醉后土。峯巒尚開闔，澗谷猶呼舞。海風吹未
凝，古佛來布武。當時汪罔氏，投足不蓋拇。青蓮雖不見，
千古落花雨。雙溪匯九折，萬馬騰一鼓。奔雷濺玉雪，潭
洞開水府。潛鱗有飢蛟，掉尾取渴虎。我來方醉後，濯足
聊戲侮。回風卷飛雹，掠面過強弩。山靈莫惡劇，微命安
足賭。此山吾欲老，慎勿厭求取。溪流變春酒，與我相賓
主。當連青竹竿，下灌黃精圃。〔註79〕

將白水山的形貌描寫的氣勢逼人，峯巒起伏，涯嶠爭呑吐，彷彿鬼斧
神工締造之境。山澗流出的湯泉水濺放猶如飛舞似地，氣勢澎湃的「雙
溪匯九折，萬馬騰一鼓。奔雷濺玉雪，潭洞開水府」而有「潛鱗有飢
蛟，掉尾取渴虎」的驚心動魄畫面。紀昀認為整首詩「奇氣坌湧，無
一語不警拔，而無一毫粗獷之氣。查云：『字字刻畫，句句變化，雲
烟離合，不可端倪。』」〔註80〕趙克宜：「奇情異采，一氣噴薄而出，
此為神來之筆，作者殆不自主。」〔註81〕

佛跡院。浴於湯池，熱甚。其源殆可以熟物。循山而東，少北。有
懸水百仞，山八九折，折處輒為潭。深者縋石五丈，不得其所止。
雪濺雷怒，可喜可畏。水涯有巨人跡數十，所謂佛跡也。暮歸，倒
行，觀山燒狀甚。俛仰度數谷，至江山月出，擊汰中流，掬弄珠璧。
到家，二鼓矣。復與過飲酒，食餘甘，煮菜，顧影頹然，不復能寐。
書以付過。」復作《題白水山》：「紹聖二年三月四日，詹使君邀予
遊白水山佛跡寺，浴於湯泉，風于懸瀑之下，登中嶺，望瀑所從出。
出山，肩輿節行觀山，且語客語。晚休於荔浦之上，曳杖竹蔭之下。
時荔子纍纍如芡實矣。父老指以告予曰：是可食，公能攜酒復來，
意欣然許之。同遊者柯常、林抒、王原、賴仙芝。詹使君名范，予
蓋蘇軾也。」詳見《蘇軾全集校注》文集十（石家莊：河北人民出
版社，2010年6月），卷七一，頁8109、8111。
〔註79〕　同註76，頁4472、4473。
〔註80〕　（清）紀昀：《紀評蘇詩》（道光十四年冬梓於兩廣節署，成都：四
　　　　　川大學出版社影印，2007年4月），卷三八，頁79。
〔註81〕　（清）趙克宜：《角山樓蘇軾評注彙鈔》（清咸豐二年季夏之月），卷

　　蘇軾遊白水山或遊山或泡泉，悠游自在於山水之間。紹聖二年（1095）十月與表兄程正輔復遊白水山，作〈同正輔表兄遊白水山〉言：

> 偉哉造物真豪縱，攫土摶沙為此弄。擘開翠峽走雲雷，截破奔流作潭洞。因隨化人履巨迹，得與仙兄躡飛鞚。曳杖不知巖谷深，穿雲但覺衣裘重。坐看驚鳥救霜葉，知有老蛟蟠石甕。金沙玉礫粲可數，古鏡寶奩寒不動。念兄獨立與世疎，絕境難到惟我共。永辭角上兩蠻觸，一洗胸中九雲夢。浮來山高回望失，武陵路絕無人送。筠籃擷翠爪甲香，素綆分碧銀瓶凍。歸路霏霏湯谷暗，野堂活活神泉湧。解衣浴此無垢人，身輕可試雲間鳳。〔註82〕

再次遊白水山讚嘆造物者之豪縱，將白水山捏造的如此雄偉瑰麗，擘開翠峽造出如雲般如雷響瀉流而下的瀑布。此次觀到的描述的景物，與前次遊之感覺不一樣，心境似乎與世無爭，所以對周遭事物的觀照另有一層感悟。

　　前首詩之「潛鱗有飢蛟，掉尾取渴虎」與此首詩之「坐看驚鳥救霜葉，知有老蛟蟠石甕。」觀賞同一景物，在不同時間有不同之感覺與描摹，都是驚心動魄的畫面。

　　汪師韓言：「直從瀑布發處寫到波平水靜，與前《佛跡巖》詩別是一般境象。遊跡不同而詩亦隨異，可知絕唱高蹤，不由矯強而得。」〔註83〕方東樹對此詩之評曰：「起憑空落入，句奇語縱，氣又奇縱，因隨句用筆，純是空縱，『穿雲但覺衣裘重』句仙句。『坐看驚鳥救霜葉』句奇縱，且敘且寫且入議。收二句神來氣來。」〔註84〕

　　紹聖二年（1095）三月，蘇軾遊香積寺作〈遊博羅香積寺〉：

　　一七，頁33。

〔註82〕同註76，詩集七，卷三九，頁4652、4653。

〔註83〕汪師韓：《蘇詩選評箋釋》收錄於《叢睦汪氏遺書》（臺北：中央研究院傅斯年圖書館），卷六，頁6。

〔註84〕（清）方東樹：《昭昧詹言》（臺北：漢京文化事業有限公司，2004年），卷十二，頁308。

二年流落蛙魚鄉，朝來喜見麥吐芒。東風搖波舞淨綠，初
日泫露酣嬌黃。汪汪春泥已沒膝，刿刿秋穀初分秧。誰言
萬里出無友，見此二美喜欲狂。三山屏擁僧舍小，一溪雷
轉松陰涼。要令水力供臼磨，與相地脈增隄防。霏霏落雪
看收麵，隱隱疊鼓聞舂糠。散流一啜雲子白，炊裂十字瓊
肌香。豈惟牢九薦古味，要使真一流天漿。詩成捧腹便絕
倒，書生說食真膏盲。〔註85〕

詩言「二年流落蛙魚鄉」非實二年，蘇軾於紹聖元年（1094）十月二
日到惠州，而此詩言之二年，是以虛年言之。沿途夾道皆美田，麥禾
甚茂，見麥田茂美「東風搖波舞淨綠，初日泫露酣嬌黃」之景象，欣
喜若狂。聯想到了它可以「炊裂十字瓊肌香」的做餅、做饅頭及「散
流一啜雲子白」的米飯，此真為「豈惟牢九薦古味，要使真一流天漿」
了。蘇軾即是如此真率之人，看到了到綠油油的稻田，想到豐收，就
想到了美食，而更不忘真一酒了。

紹聖二年（1095）十月與程正輔遊香積寺，作〈與正輔遊香積寺〉
言：

越山少松竹，常苦野火厄。此峯獨蒼然，感荷佛祖力。茯
苓無人采，千歲化琥珀。幽光發中夜，見者惟木客。我豈
無長鑱，真贗苦難識。靈苗與毒草，疑似在毫髮。把玩竟
不食，棄置長太息。山僧類有道，辛苦常谷汲。我慚作機
舂，鑿破混沌穴。幽尋恐不繼，書板記歲月。〔註86〕

程正輔此次來訪，蘇軾先後與他遊白水山與香積寺。每次遊各有不同
感受，或因季節或與遊者之故，對觀照景物的心思則不一，每次有每
次的心思及詩意感悟，此次的詩頗有古意，似有遊仙之思。

〔註85〕（宋）蘇軾撰，張志烈等主編：《蘇軾全集校注》詩集七（石家莊：
河北人民出版社，2010 年 6 月），卷三九，頁 4537。蘇軾并引言：
寺去縣七里，三山犬牙，夾道皆美田，麥禾甚茂。寺下溪水，可作
碓磨。若築塘百步閘而落之，可轉兩輪四杵也。已屬縣令林抃，使
督成之。

〔註86〕（宋）蘇軾撰，張志烈等主編：《蘇軾全集校注》詩集七（石家莊：
河北人民出版社，2010 年 6 月），卷三九，頁 4664。

　　雖然蘇軾在南遷赴惠州途中所作之詩，有幾首提到遊寺廟之作。
然在惠州確實少有記遊寺廟之詩，僅有香積寺、羅浮道院、棲禪精舍。
且看〈正月二十四日與兒子過、賴仙芝、王原秀才、僧曇穎、行全、
道士何宗一同遊羅浮道院及棲禪精舍，過作詩，和其韻，寄邁、迨一
首〉言：

> 斷橋隔勝踐，脫屨欣小揭。瘴花已繁紅，官柳猶疎細。斜
> 川二三子，悼歎吾年逝。淒涼羅浮館，風壁頹雨砌。黃冠
> 常苦肌，迎客羞破袂。仙山在何許，歸鶴時墮毳。崎嶇拾
> 松黃，欲救齒髮弊。坐令禪客笑，一夢等千歲。棲禪晚置
> 酒，蠻果粲蕉荔。齋廚釜無羹，野鉤籃有蕙。嬉遊趁時節，
> 俯仰了此世。猶當洗業障，更作臨水禊。寄書陽羨兒，並
> 語長頭弟。門戶各努力，先期畢租稅。〔註87〕

「淒涼羅浮館，風壁頹雨砌」對「黃冠常苦肌，迎客羞破袂」景象荒
涼落寞窮困，連飯羹皆無，惟有以野蔬待客，使他悟到人生「嬉遊趁
時節，俯仰了此世」的感慨。另見〈江月五首〉并引有談到遊棲禪寺
及羅浮道院：「……予嘗夜起登合江樓，或予客遊豐湖，入棲禪寺，
扣羅浮道院，登逍遙堂，逮曉乃歸。」〔註88〕

　　惠州近城有不少小山，蘇軾有詩題言〈惠州近城數小山，類蜀道，
春與進士許毅野步，會意處，飲之且醉，作詩以記。適參寥專使欲歸，
使持此以示西湖之上諸友，庶使知予未嘗一日忘湖山也〉及〈正月二
十六日，偶與數客野步嘉祐寺僧舍東南野人家，雜花盛開，扣門求觀，
主人林氏媼出應，白髮青裾，少寡，獨居三十年矣，感歎之餘作詩記
之〉，他如此灑脫、眞率，常與友人遊，或飲醉，或宿夜，逮曉乃歸。
謫居惠州過著閑適悠遊於自然風物裏，所以他說「醉飽高眠眞事業，
此生有味在三餘」了。

　　蘇軾在惠州謫居的生活除了遊山流覽寺廟之外，即是田園躬耕

〔註87〕同註86，頁4496。蘇軾在惠州所作之詩，常言惠州爲瘴氣之地、蠻
　　　　夷之地、水蛙之鄉、蠻村，此詩就有言「瘴花」、「蠻果」。
〔註88〕同註86，頁4610。

之農事生活，此是繼黃州之後的再次體驗，同時也對惠州的民風習俗有更深的體認。因此蘇軾除了出遊之外，另一事則爲躬耕田園、釀酒、美食及養生。其初到惠州得到釀桂酒之方，就開始釀桂酒，並爲之作詩作頌，於紹聖元年（1094）十一月，其詩〈新釀桂酒〉言：

> 搗香篩辣入瓶盆，盎盎春溪帶雨渾。收拾小山藏社甕，招呼明月到芳樽。酒材已遣門生致，菜把仍叨地主恩。爛煮葵羹斟桂醑，風流可惜在蠻村。〔註89〕

雖然生活窮苦到「爛煮葵羹」，但他似乎能自得其樂，隨遇而安的接受各種不一樣的生活環境，親自製造桂酒品嘗其中之醇美之味，還覺得「風流可惜在蠻村」，享受此地之民風習俗。

同時於紹聖元年十一月作〈桂酒頌〉并敘言：「……吾謫居海上，法當數飲酒以禦瘴，而嶺南無酒禁。有隱者以桂酒方授吾，釀成而玉色，香味超然，非人間物也。東坡先生曰：『酒，天祿也。其成壞美惡，世以兆主人之吉凶。吾得此，豈非天哉』故爲之頌，以遺後之有道而居夷者。其法蓋刻石，置之羅浮鐵橋之下，非忘世求道者莫至焉。」其詞言：

> 中原百國東南傾，流膏輸液歸南溟。祝融司方發其英，沐日浴月百寶生。水娠黃金山空青，丹砂晝曬珠夜明，百卉甘辛角芳馨，旃檀沈水乃公卿。大夫芝蘭士蕙衡，桂君獨立冬鮮榮。無所憚畏時靡爭，釀爲我醪淳而清。甘終不壞醉不醒，輔安五神伐三彭。肌膚渥丹身毛輕，泠然風飛罔水行。誰其傳者疑方平，教我常作醉中醒。〔註90〕

於此有一重點值得注意的是，當時惠州的生活、風俗習慣及自然地理環境，即是，當時之人以爲在蠻荒瘴氣之地生活，應當常飲酒以禦瘴氣。且酒是天之美祿，帝王所以頤養天下，享祀祈福，扶衰養疾之物。

〔註89〕同註86，詩集七，卷三八，頁4463。
〔註90〕（宋）蘇軾撰，張志烈等主編：《蘇軾全集校注》文集三（石家莊：河北人民出版社，2010年6月），卷二〇，頁2278。南溟：此指南海。

其成壞美惡，世人以爲可以兆主人之吉凶。

　　到惠州的翌年，紹聖二年（1095）五月十五日，復親自釀造酒，作〈眞一酒〉并引言：「米、麥、水，三一而已。此東坡先生眞一酒也。」其詩言：

> 撥雪披雲得乳泓，蜜蜂又欲醉先生（蘇軾自注：眞一色味，顏類予在黃州日所醖蜜酒也）。稻垂麥仰陰陽足，器潔泉新表裏清。曉日著顏紅有暈，春風入髓散無聲。人間眞一東坡老，與作青州從事名。〔註91〕

「蜜蜂又欲醉先生」句，寫實、傳神，飲眞一酒彷彿「春風入髓散無聲」的飄飄欲仙之感。

　　蘇軾可敬之處，即是他無論處於何逆境，總是持樂觀心態看待每件事物，與朋友交不分貧富貴賤，此爲其隨和灑脫性情之故。因之，在謫居期間，能自我調適心態，放下昔日仕途之榮耀，在日常生活中，親自躬耕樂於田園之中。除了釀酒，種菜、種茶也是他尋日例行之事，且看〈擷菜〉并引言：

> 吾借王參軍地種菜，不及半畝，而吾與過子終年飽飰。夜半飲醉，無以解酒，輒擷菜煮之。味含土膏，氣飽風露，雖粱肉不能及也。人生須底物，而更貪耶。〔註92〕

生活是貧困的，但處之泰然，隨遇而安，無論物質多麼貧乏，食自己種的菜，是一種成就、滿足。

　　於紹聖二年（1095）十二月作〈小圃五詠〉，此是指蘇軾自己栽種之人參、地黃、枸杞、甘菊及薏苡五藥材。

〔註91〕同註90，詩集七，卷三九，頁4578。蘇軾於〈題眞一酒詩後〉云：「予作蜜酒，格味與眞一相亂。每米一斗，用蒸餅麵二兩半，如常法取醅液，再入蒸餅麵一兩釀之。三日嘗看，味當極辣且硬。且以兩斗米炊飯投之，若甜軟，則每投更入麵與餅各半兩。又二日，再投而熟。全在釀者斟酌損益也。入少水爲妙。」本文取自張志烈等主編：《蘇軾全集校注》之〈蘇軾佚文彙編〉，卷五，頁8685。

〔註92〕（宋）蘇軾撰，張志烈等主編：《蘇軾全集校注》詩集七（石家莊：河北人民出版社，2010年6月），卷四〇，頁4765。

見〈人參〉：

> 上黨天下脊，遼東真井底。玄泉傾海腴，白露灑天醴。靈苗此孕毓，肩股或具體。移根至羅浮，越水灌清泚。地殊風雨隔，臭味終祖禰。青椏綴紫萼，圓實墮紅米。窮年生意足，黃土手自啓。上藥無炮炙，齕齧盡根柢。開心定魂魄，憂患何足喜。糜身輔吾生，既食首重稽。〔註93〕

蘇軾懂醫術，因此將人參的習性、藥效描寫的生動，它幾乎是奉獻一身。比喻猶如自己奉獻於國家朝廷一樣。

又〈地黃〉：

> 地黃飼老馬，可使光鑑人。吾聞樂天語，喻馬施之身。我衰正伏櫪，垂耳氣不振。移栽附沃壤，蕃茂爭新春。沉水得穉根，重湯養陳薪。投以東阿清，和以北海醇。崖蜜助甘冷，山薑發芳辛。融爲寒食餳，嚥作瑞露珍。丹田自宿火，渴肺還生津。願飼内熱子，一洗胸中塵。〔註94〕

親自躬耕種植，因此仍然對地黃的療效、習性瞭若如掌。他有寫〈服地黃法〉：「肥嫩地黃一二寸，截去，薄紙裹兩頭，以生豬腦塗其膚周匝，置小檠中。掛通風處十餘日，自乾。抖數之，出細黃粉，其膚獨一一如鵝管狀，其粉沸湯點，或謂之金粉湯。」〔註95〕敘明地黃的製做及食用法。「地黃飼老馬，可使光鑑人。吾聞樂天語，喻馬施之身。我衰正伏櫪，垂耳氣不振」猶喻自己之品格及老當益壯之意。

又〈枸杞〉：

〔註93〕同註92，卷三九，頁4683。送唐慎微《証類本草》卷六引《圖經》曰：「人參生上黨山谷及遼東。」又曰：「人參……初生，小者三四寸許，一椏五葉。四五年後，生兩椏五葉，本有花莖，莖至十年後，生三椏，年深者，生四椏，各五葉，中心生一莖，俗名百尺杵。三月、四月有花，細小如粟，蕊如絲，紫白色，秋後結子，或七八枚，如大豆。生青，熟紅，自落。」《神農草本》：「人參……安精神，定魂魄……開心、益智。」

〔註94〕（宋）蘇軾撰，張志烈等主編：《蘇軾全集校注》詩集七（石家莊：河北人民出版社，2010年6月），卷三九，頁4686。

〔註95〕同註94，文集十一，卷七三，頁8380。

神藥不自閟，羅生滿山澤。日有牛羊憂，歲有野火厄。越
俗不好事，過眼等茨棘。青蒨春自長，絳珠爛莫摘。短籬
護新植，紫筍生臥節。根莖與花實，收拾無棄物。大將玄
吾鬢，小則餉我客。似聞朱明洞，中有千歲質。靈厖或夜
吠，可見不可索。仙人倘許我，借杖扶衰疾。〔註96〕

將自己栽種枸杞的環境、生長狀態言於表。枸杞又名「仙人杖」，而
且成長的枸杞無論是果實或根莖都可實用，食之會有延年益壽之神
效。

又〈甘菊〉：

越山春始寒，霜菊晚愈好。朝來出細粟，稍覺芳歲老。孤
根蔭長松，獨秀無眾草。晨光雖照耀，秋雨半摧倒。先生
臥不出，黃葉紛可掃。無人送酒壺，空腹嚼珠寶。香風入
牙頰，楚些發天藻。新萼蔚已滿，宿根寒不槁。揚揚弄芳
蝶，生死何足道。頗訝昌黎翁，恨爾生不早。〔註97〕

嶺南之地暖，寒冬來得晚，菊花也開的晚。蘇軾在〈記海南菊〉言：
「……嶺南地暖，百卉造作無時，而菊獨後開。考其理，菊性介烈，
不與百卉並盛衰，須霜降乃發，而嶺南常以多至微霜故也。其天姿
高潔如此，宜其通仙靈也。吾在海南，藝菊九畹，以十一月望，與
客汎菊作重九，書此為記。」〔註98〕甘菊「孤根蔭長松，獨秀無眾
草」以此他認為甘菊天姿如此高潔獨出一格，猶如喻自己謫居惠州，
獨秀無眾草似地。紀昀認為：「『揚揚弄芳蝶』四句，寓慨深至。」
〔註99〕

又〈薏苡〉：

〔註96〕同註94，頁4688、4689。
〔註97〕（宋）蘇軾撰，張志烈等主編：《蘇軾全集校注》詩集七（石家莊：
河北人民出版社，2010年6月），卷三九，頁4691。
〔註98〕同註97，文集十一，卷七三，頁8431、8432。此文於元符二年（1099）
十一月十五日作於昌化軍。
〔註99〕（清）紀昀：《紀評蘇詩》（道光十四年冬槧於兩廣節署，成都：四
川大學出版社影印，2007年4月），卷三九，頁128。

伏波飯薏苡，禦瘴傳神良。能除五溪毒，不救讒言傷。讒
言風雨過，瘴癘久亦亡。兩俱不足治，但愛草木長。草木
各有宜，珍產駢南荒。絳囊懸荔支，雪粉剖桃椰。不畏蓬
荻姿，中有藥與糧。春為艾珠圓，炊作菰米香。子美拾橡
栗，黃精誑空腸。今吾獨何者，玉粒照座光。〔註100〕

「伏波飯薏苡，禦瘴傳神良。能除五溪毒，不救讒言傷」四句，蘇軾
用馬援將軍典故，在《後漢書・馬援傳》記載：「於是璽書拜援伏波
將軍，……。南擊交趾。……。初，援在交阯，當餌薏苡實，用能輕
身省慾，以勝瘴氣。南方薏苡實大，援欲以為種，軍還，載之一車，
時人以為南土珍怪，權貴皆望之。援時方有寵。……」〔註101〕蘇軾
認為薏苡能除五溪毒，不救讒言傷。此詩，蓋有比喻自身之處境。〈小
圃五詠〉之作，紀昀認為：「五詩皆語質而味腴，東坡用意之作。」
〔註102〕是也。他借詠物抒發滿胸憤懣。

復見〈雨後行菜圃〉：

夢回聞雨聲，喜我菜甲長。平明江路濕，並岸飛兩槳。天
公真富有，乳膏瀉黃壤。霜根一番滋，風葉漸俯仰。未任
筐筥載，已作杯盤想。艱難生理窄，一味敢專饗。小摘飯
山僧，清安寄真賞。芥藍如菌蕈，脆美牙頰響。白菘類羔
豚，冒土出蹯掌。誰能視火候，小甕當自養。〔註103〕

此詩是平居生活的真實寫照，蘇軾喜好自然之美，對周遭所見所聞之
事，真情的付與，因之夢醒驚雨，見經雨水的滋潤，菜又可長些的喜
悅之情。汪師韓言：「質而實綺，癯而實豐，得陶公田園諸詩之神髓。」
〔註104〕趙克宜言：「『霜根四句』物色生態，描寫曲盡。『杯盤』句融

〔註100〕　同註97，頁4693。
〔註101〕　《後漢書・馬援傳》見（南北朝）范曄撰；（唐）李賢注：《後漢書》
　　　　　（臺北：中華書局據武英殿本校刊，1965年）卷五十四，列傳第十
　　　　　四，頁8～12。
〔註102〕　（清）紀昀：《紀評蘇詩》（道光十四年冬栞於兩廣節署，成都：四
　　　　　川大學出版社影印，2007年4月），卷三九，頁126。
〔註103〕　同註97，頁4696。
〔註104〕　汪師韓：《蘇詩選評箋釋》收錄於《叢睦汪氏遺書》〔臺北：中央研

入人情，尤妙。」〔註105〕

另外，於紹聖三年（1096）十二月二十七日於惠州寫一篇〈記惠州土芋〉：

> 岷山之下，凶年以蹲鴟為糧，不復疫癘，知此物之宜人也。《本草》謂芋，土芝，云：『益氣充飢。』惠州富此物，然人食者不免瘴。吳遠遊曰：『此非芋之罪也。芋當去皮，濕紙包，煨之火，過熟，乃熱噉之，則鬆而膩，乃能益氣充飢。今惠人皆和皮水煮冷噉，堅頑少味，其發瘴固宜。』丙子除夜前兩日，夜飢甚，遠遊煨芋兩枚見噉，美甚，乃為書此帖。〔註106〕

詳敘明吃法及療效，此當蘇軾之能耐，凡事無論生活小常識或周遭之事物，他都書寫記錄下來。譬如其喜竹、愛吃笋，於惠州時作〈記嶺南竹〉：「嶺南人，當有愧於竹。食者竹筍，庇者竹瓦，載者竹筏，爨者竹薪，衣者竹皮，書者竹紙，履者竹鞋，真可謂一日不可無此君也耶。」〔註107〕

除上述之外，蘇軾對嶺南之其他農作物也入詩，如於紹聖四年（1097）二月，作〈種茶〉：

> 松間旅生茶，已與松俱瘦。茨棘尚未容，蒙翳爭交構。天公所遺棄，百歲仍穉幼。紫筍雖不長，孤根乃獨壽。移栽白鶴嶺，土軟春雨後。彌旬得連陰，似許晚遂茂。能忘流轉苦，戢戢出鳥味。未任供春磨，且可資摘嗅。千團輸太官，百餅衒私鬪。何如此一啜，有味出吾圃。〔註108〕

此詩汪師韓言：「茶根移種，經雨而生，謫居殆用自況。故曰：『天公

究院傅斯年圖書館），卷六，頁10。

〔註105〕　（清）趙克宜：《角山樓蘇軾評注彙鈔》（清成豐二年季夏之月），卷一八，頁33。

〔註106〕　同註97，文集十一，卷七三，頁8428、8429。吳遠遊：吳復古，字子野，號遠遊。

〔註107〕　（宋）蘇軾撰，張志烈等主編：《蘇軾全集校注》文集十一（石家莊：河北人民出版社，2010年6月），卷七三，頁8430。

〔註108〕　同註107，詩集七，卷四〇，頁4830。

所遺棄」、曰『能忘流轉苦』詞旨了然可見。」筆者認爲其言是也。其詩言「千團輸太官，百餅衒私鬥。何如此一啜，有味出吾囿。」最終無論是進貢之團茶，抑是用來買賣較量之茶餅，都不如喝自己種的茶有茶味。

　　蘇軾特別喜歡惠州的荔枝，有「日啖荔支三百顆，不辭長作嶺南人」之語。對荔枝的形容，如〈食荔支二首〉言：

　　　　丞相祠堂下，將軍大樹旁。炎雲駢火實，瑞露酌天漿。爛
　　　　紫垂先熟，高紅掛遠揚。分甘遍鈴下，也到黑衣郎。〔註109〕
　　　　（〈其一〉）

蘇軾認爲又美又火紅的熟荔枝生長在枝頭上，其果漿之美猶如天上瓊漿之甘美。又，其於〈和陶歸園田居六首〉之其四亦對荔枝讚許有嘉：「……。手插荔支子，合抱三百株。莫言陳家紫，甘冷恐不如。君來坐樹下，飽食攜其餘。……」〔註110〕另外，又如〈食檳榔〉：

　　　　月照無枝林，夜棟立萬礎。眇眇雲間傘，蔭此八月暑。上
　　　　有垂房子，下繞絳刺禦。風欺紫鳳卵，雨暗蒼龍乳。裂包
　　　　一墮地，還以皮自煮。北客初未諳，勸食俗難阻。中虛畏
　　　　泄氣，始嚼或半吐。吸津得微甘，著齒隨亦苦。面目太嚴
　　　　冷，滋味絕媚嫵。誅彭勳可策，推轂勇宜賈。瘴風作堅頑，
　　　　導利時有補。藥儲固可爾，果錄詎用許。先生失膏粱，便
　　　　腹委敗鼓。日啖過一粒，腸胃爲所侮。蟄雷殷臍腎，藜霍
　　　　腐亭午。書燈看膏盡，鉦漏歷歷數。老眼怕少睡，竟使赤
　　　　眥努。渴思梅林嚥，饑念黃獨舉。奈何農經中，收此困羈
　　　　旅。牛舌不餉人，一斛肯多與。乃知見本偏，但可酬惡語。

　　〔註111〕

檳榔屬南方作物，閩廣人以檳榔果食，謂可以袪瘴瘻之疾病。嶺南在當時屬瘴氣之地，所以廣南有勸客食檳榔之俗，因之蘇軾入境隨俗而

〔註109〕同註107，詩集七，卷四〇，頁4742。
〔註110〕同註107，詩集七，卷三九，頁4516。
〔註111〕同註107，詩集七，卷三九，頁4668、4669。在《神農本草經》：「檳
　　　　榔味辛溫，無毒，主消穀，逐水，除痰癖，殺三蟲，伏尸，療寸白。」

食之。詩將食檳榔有消食、損神之效能，描寫的盡致。

對惠州的地域文化如風俗、氣候的體認，在〈丙子重陽二首〉：

> 三年瘴海上，越嶠眞我家。登山作重九，蠻菊秋未花。惟
> 有黃茅浪，堆壟生坳宽。蜑酒蘗眾毒，酸甜如梨櫨。何以
> 侑一樽，鄰翁饋蛙蛇。……。〔註112〕（〈其一〉）

蘇軾在惠州生活已經三年了（虛年），對惠州的人文風俗、氣候已非
常了解與適應，彷彿已居住很久的家鄉。在重陽節這天登山，嶺南的
秋菊尚未開花。惟有在低窪之地長滿了黃茅草，隨風飄盪，看似波浪
般的美。蜑人釀造蘗眾毒之酒，酸甜如梨櫨的口味。何以侑一樽，鄰
翁饋蛙蛇。此都是古代嶺南人的生活習俗，蘇軾也入境隨俗。

二、眞摯情誼與樸質文化在互動中產生

蘇軾個性眞率、隨和，結交之朋友無論老少婦孺都有與之交往，
雖然是處於謫居生活，但無論是與當地之官員或百姓都是誠摯的交
往，此在詩作中可看出端倪，與官吏之交，如於紹聖元年（1094）十
一月，初到惠州時，作〈惠守詹君見和，復次韻〉：

> 已破誰能惜甑盆，頽然醉裏得全渾。欲求公瑾一囷米，試
> 滿莊生五石樽。三杯卯困忘家事，萬戶春濃感國恩。刺史
> 不須要半道，籃輿未暇走山村。〔註113〕

於謫居詩作中屢見蘇軾言及生活困頓之事，生活窮困未定，向詹守乞
米。卯飲一杯眠一覺，世間何事不悠悠。

到了十二月蘇軾復作〈詹守攜酒見過，用前韻作詩，聊復和之〉：

> 箕踞狂歌老瓦盆，燎毛燔肉似羌渾。傳呼草市來攜客，灑
> 掃漁磯共置樽。山下黃童爭看舞，江干白骨已銜恩。孤雲
> 落日西南望，長羨歸鴉自識村。〔註114〕

〔註112〕同註107，詩集七，卷四〇，頁4772。

〔註113〕（宋）蘇軾撰，張志烈等主編：《蘇軾全集校注》詩集七（石家莊：
河北人民出版社，2010年6月），卷三八，頁4465。惠州詹君：詹
範，字器之。紹聖間知惠州，與蘇軾遊。

〔註114〕同註113，頁4485。

詹守與蘇軾之交往，於此而知。蘇軾到惠州的詩作之中，似乎時有飲酒之言。此或許是其說過，嶺南地理環境多瘴氣，其風俗習慣以飲酒驅瘴病之故。在此詩看到「燎毛燔肉似羌渾」之原始野食之法，無怪乎，當時蘇軾稱之為蠻之地。此可看出，蘇軾入鄉隨俗、隨性之情。

與當時知廣州的章質夫交往，於紹聖二年十二月作〈章質夫送酒六壺，書至而酒不達，戲作小詩問之〉：

> 白衣送酒舞淵明，急掃風軒洗破觥。豈意青州六從事，化為烏有一先生。空煩左手持新蟹，漫繞東籬嗅落英。南海使君今北海，定分百榼餉春耕。〔註115〕

整首詩諧趣濃，詩中「豈意青州六從事，化為烏有一先生。」二句彷彿渾然一意，不著痕跡，更見其真與自然。尤其等待美醇到來時刻「空煩左手持新蟹，漫繞東籬嗅落英」的心情。

又〈答周循州〉：

> 疏飯藜粥破衲衣，掃除習氣不吟詩。前生自是盧行者，後學過呼韓退之。未敢叩門求夜話，時叨送米續晨炊。知君清俸難多輟，且覓黃精與療飢。〔註116〕

周文之，屢饋糧食周濟蘇軾貧困生活，尤其「未敢叩門求夜話，時叨送米續晨炊。知君清俸難多輟，且覓黃精與療飢。」愈見交情之深，實感人肺腑。蘇軾與周循州文之的交情匪淺，在惠州期間時予周文之

〔註115〕 （宋）蘇軾撰，張志烈等主編：《蘇軾全集校注》詩集七（石家莊：河北人民出版社，2010年6月），卷三九，頁4678、4679。《宋史‧章楶》：「紹聖初，知應天府，加集賢殿修撰，知廣州。」

〔註116〕 同註115，頁4666、4667。周循州：名彥質，字文之。蘇軾於惠州有向周文之乞米，其於紹聖三年（1096）十月《與周文之四首》尺牘之三言：「惠栗極佳，梨，無則已，不煩遠致也。惠米五碩，可得醇酒三十斗，日飲一勝，并舊有者，已足年計。既免東籬之歎，又無北海之憂，感怍可之也。食米已領足，今附納二十千省還宅庫足外，餘緡盡用致此物，幸甚。來年食口稍眾，又免在陳，不惟軟飽，遂可硬飽矣，以代相對，一笑。」蘇軾自注：「浙中謂飲酒為軟飽。僕有詩云：『三杯軟飽後，一枕黑甜餘。』」詳見本《蘇軾全集校注》文集八，卷五八，頁6413。

詩文，又於紹聖四年（1097）年二月作三首，見〈次韻惠循二守相會〉：

> 共惜相從一寸陰，酒杯雖淺意殊深。且同月下三人影，莫
> 作天涯萬里心。東嶺近開松菊徑，南堂初絕斧斤音。知君
> 善頌如張老，猶望攜壺更一臨。〔註117〕

由詩知蘇軾與周文之的情誼。白鶴峯在惠州之城東，依「東嶺近開松菊徑，南堂初絕斧斤音」應是蘇軾新居白鶴新居即將完竣。

又〈又次韻二守許過新居〉：

> 數畝蓬蒿古縣陰，曉窗明快夜堂深。也知卜築非真宅，聊
> 欲跏趺看此心。聞道攜壺問奇字，更因登木助微音。相娛
> 北戶江千頃，直下都無地可臨。〔註118〕

前首詩寫新居將落成，而此首則言，與惠州太守方子容及循州太守周彥質二守攜酒相娛，縱言交心談學問。感悟到處在人世間皆是過客，此宅非真正歸宿處。

又紹聖四年（1097）二月作〈又次韻二守同訪新居〉：

> 此生真欲老牆陰，却掃都忘歲月深。拔薤已觀賢守政，折
> 蔬聊慰故人心。風流賀監常吳語，憔悴鍾儀獨楚音。治狀
> 兩邦俱第一，潁川歸去肯重臨。〔註119〕

「此生真欲老牆陰，卻掃都忘歲月深」句有失意退隱之意。「風流賀監常吳語」句，蘇軾以賀知章比喻二位太守。「憔悴鍾儀獨楚音」句以鍾儀自比。

於紹聖四年（1097）二月又作〈循守臨行，出小鬟，復用前韻〉：

> 學語雛鶯在柳陰，臨行呼出翠帷深。通家不隔同年面，得
> 路方知異日心。趁著春衫游上苑，要求國手教新音。嶺梅
> 不用催歸騎，裁韆須防舊所臨。〔註120〕

〔註117〕 同註115，詩集七，卷四〇，頁4816。此言二守，乃是循州太守周
文之及惠州太守南圭使君方子容。

〔註118〕 同註115，詩集七，卷四〇，頁4817。

〔註119〕 同註115，詩集七，卷四〇，頁4819、4820。

〔註120〕 （宋）蘇軾撰，張志烈等主編：《蘇軾全集校注》詩集七（石家莊：
河北人民出版社，2010年6月），卷四〇，頁4821。

此詩爲蘇軾對二太守讚美之詩，言二太守爲世交，同時又是同榜，在宦途上同樣得志之人，是以二人的關係密切，情致宛然。尤其稱讚周文之的政績。

又〈和陶答龐參軍六首〉并引言：

> 周循州彥質，在郡二年，書問無虛日。罷歸過惠，爲余留半月。既別，和此詩追送之。〔註121〕

蘇軾與周文之的情誼於此見出情眞、情義，眞語入情。

另外，與其他人士的交往，如在蘇軾南遷時路過虔州時認識的王子直秀才，王秀才於隔年至惠州訪之，他於紹聖二年（1095）四月作〈贈王子直秀才〉：

> 萬里雲山一破裘，杖端閑挂百錢游。五車書已留兒讀，二頃田應爲鶴謀。水底笙歌蛙兩部，山中奴婢橘千頭。幅巾我欲相隨去，海上何人識故侯。〔註122〕

蘇軾〈題嘉祐寺壁〉言：「……虔州鶴田處士王原子直，不遠千里，訪予於此，留七十日而去。」〔註123〕於此見其之交情厚。

復如與〈吳子野絕粒不睡，過作詩戲之，芝上人、陸道士皆和，予亦次其韻〉：

> 聊爲不死五通仙，終了無生一大緣。獨鶴有聲知半夜，老蠶不食已三眠。憐君解比人間夢，許我時逃醉後禪。會與江山成故事，不妨詩酒樂新年。〔註124〕

詩中之吳子野，名復古，號遠遊先生，不仕，閑遊四方。蘇軾於元祐八年（1093）作〈吳子野將出家，贈以扇山枕屛〉〔註125〕，所以詩

〔註121〕同註120，頁4823。

〔註122〕同註120，詩集七，卷三九，頁4563。

〔註123〕同註120，文集十，卷七一，頁8112。蘇軾言：「子直住鶴田山」。

〔註124〕（宋）蘇軾撰，張志烈等主編：《蘇軾全集校注》詩集七（石家莊：河北人民出版社，2010年6月），卷四〇，頁4803。

〔註125〕其詩：「裁裁扇中山，絕壁信天剖。誰知大圓鏡，衡霍入戶牖。得之老月師，畫者一醉叟。常疑若人胸，自有雲夢藪。千巖在掌握，用舍彈指久。低昂不自知，恨寄兒女手。短屛雖曲折，高枕謝奔走。出家非今日，法水洗無垢。浮游雲釋嶠，宴坐柳生肘。忘懷紫翠間，

前四句即言「聊爲不死五通仙，終了無生一大緣。獨鶴有聲知半夜，老蠶不食已三眠。」而且「憐君解比人間夢」喜歡吳子野將人間比作似夢般之思維。

　　蘇軾與惠州農父的交往，在〈和陶歸園田居六首〉并引言及：

　　三月四日，遊白水山佛迹巖，沐浴於湯泉，晞髮於懸瀑之下，浩歌而歸，肩輿卻行。以與客言，不覺至水北荔支浦上。晚日葱曨，竹陰蕭然，時荔子纍纍如芡實矣。有父老年八十五，指以告余曰：『及是可食，公能攜酒來遊乎？』意欣然許之。〔註126〕

此情此景猶若他初到惠州時「父老相攜迎此翁」的熱情一樣。於此了解了蘇軾與父老百姓間的情誼。又如：

　　窮猿既投林，疲馬初解鞍。心空飽新得，境熟夢餘想。江鷗漸馴集，蠻叟已還往。南池綠錢生，北嶺紫筍長。提壺豈解飲，好語時見廣。春江有佳句，我醉墮渺莽。〔註127〕
　　（〈其二〉）

此詩透露了蘇軾的心境，如「窮猿既投林，疲馬初解鞍」般。但嶺南的自然風物與樸質的人民似「江鷗漸馴集，蠻叟已還往」一樣。

　　新浴覺身輕，新沐感髮稀。風乎懸瀑下，却行詠而歸。仰觀江搖山，俯見月在衣。步從父老語，有約吾敢違。〔註128〕
　　（〈其三〉）

　　老人八十餘，不識城市娛。造物偶遺漏，同儕盡丘墟。平生不渡江，水北有幽居。手插荔支子，合抱三百株。莫言陳家紫，甘冷恐不如。君來作樹下，飽食攜其餘。歸舍遺兒子，懷抱不可虛。有酒持飲我，不問錢有無。〔註129〕（〈其四〉）

相與到白首。」詩中之「月師」：即是潁州僧月老。見張志烈等主編：《蘇軾全集校注》詩集六，卷三六，頁4215。
〔註126〕同註124，卷三九，頁4509。
〔註127〕同註124，詩集七，卷三九，頁4514。
〔註128〕同註124，詩集七，卷三九，頁4515、4516。
〔註129〕同註124，詩集七，卷三九，頁4516、4517。

坐倚朱藤杖，行歌《紫芝曲》。不逢商山翁，見此野老足。
願同荔支社，長坐雞黍局。教我同光塵，月固不勝燭。霜
飆散氛祲，廓然似朝旭。〔註130〕（〈其五〉）

「教我同光塵，月固不勝燭」百姓勸他遠離官場勉受奸讒之禍，而他
深受感動「願同荔支社，長作雞黍局」。此幾首詩顯示其與父老間之
情誼，可見一斑。

　　蘇軾與方外人士交往之詩作，如於紹聖三年（1096）三月作〈贈
曇秀〉：

白雲出山初無心，棲鳥何必戀舊林。道人偶愛山水故，縱
步不知湖嶺深。空巖已禮百千相，曹溪更欲瞻遺像。要知
水味孰冷煖，始信夢時非幻妄。袖中忽出貝葉書，中有壁
月綴星珠。人間勝絕畧已遍，匡廬南嶺并西湖。西湖北望
三千里，大隄冉冉橫秋水。誦師佳句說南屏，瘴雲應逐秋
風靡。胡爲祇作十日歡，杖策復尋歸路難。留師筍蕨不足
道，悵然荔子何時丹。〔註131〕

「白雲出山初無心，棲鳥何必戀舊林。道人偶愛山水故，縱步不知湖
嶺深」言曇秀證悟深邃佛理之境界，而他「袖中忽出貝葉書」的詩句
彷彿「中有壁月綴星珠」般璀璨明亮。

　　又〈和郭功甫韻送芝道人游隱靜〉：

觀音妙智力，應感隨緣度。芝師訪東坡，寧辭萬里步。道
義妙相契，十年同去住。行窮半世間，又欲浮杯渡。我願
焚囊鉢，不作陳俗具。會取却歸時，祇是而今路。〔註132〕

言及與芝上人之交情深、相知之情。

　　蘇軾憂國憂民，體恤民情之詩作，如於紹聖二年（1095）夏作〈荔
支歎〉：

十里一置飛塵灰，五里一堠兵火催。顛阬仆谷相枕藉，知
是荔支龍眼來。飛車跨山鶻橫海，風枝露葉如新採。宮中

_____

〔註130〕同註124，詩集七，卷三九，頁4518。
〔註131〕同註124，詩集七，卷四〇，頁4733。
〔註132〕同註124，詩集七，卷四〇，頁4736。芝道人：即是芝上人曇秀。

美人一破顏，驚塵濺血流千載。永元荔支來交州，天寶歲貢取之涪。至今欲食林甫肉，無人舉觴酹伯游。我願天公憐赤子，莫生尤物為瘡痏。雨順風調百穀登，民不飢寒為上瑞。君不見武夷溪邊粟粒芽，前丁後蔡相籠加。爭新買寵各出意，今年鬥品充官茶。吾君所乏豈此物，致養口體何陋耶。洛陽相君忠孝家，可憐亦進姚黃花。〔註133〕

十里一置，五里一堠，沿途設滿驛站。車馬傳遞，急如兵火，飛塵滿天飛。送荔枝之役夫顛仆橫死坑谷甚多，貴妃知道送荔枝及龍眼來了。快馬飛車橫山越嶺，如鶻鳥橫海一樣，所以荔枝到了京城，枝葉寒露，好像才採摘的新鮮。為了迎得宮中美人破顏一笑，不惜役夫濺血千百年。漢和帝時的荔枝來自嶺南交趾，唐玄宗時的荔枝來自涪陵。至今人們尚痛恨助君為惡的李林甫，如直言敢諫者，竟無人舉杯祭奠。祈願上蒼可憐百姓，勿再生此尤物為禍害。能風調雨順，五穀豐收，而人民不飢不寒，則是最好祥瑞之事。君不見武夷溪邊粟粒芽，前丁後蔡相籠加。爭新買寵各出意，今年鬥品充官茶。吾君所乏豈此物，致養口體何陋。洛陽相君忠孝家錢惟演，可憐亦進貢牡丹姚黃花。

　　蘇軾關心民瘼之詩作，如紹聖三年（1096）六月作〈兩橋詩〉其并引言：「惠州之東，江溪合流。有橋，多廢壞，以小舟渡。羅浮道士鄧守安，始作浮橋，以四十舟為二十舫，鐵鎖石碇，隨水漲落，榜曰東新橋。州西豐湖上，有長橋，屢作屢壞。棲禪院僧希固築進兩岸，為飛樓九間，盡用石鹽木，堅若鐵石，榜曰西新橋。皆以紹聖三年六月畢工，作二詩落之。」其詩如下：

群鯨貫鐵索，背負橫空霓。首搖翻雪江，尾插崩雲溪。機牙任信縮，漲落隨高低。轆轤卷巨絙，青蛟挂長堤。奔舟免狂觸，脫筏防撞擠。一橋何足云，謹傳廣東西。父老有不識，喜笑爭攀躋。魚龍亦驚逃，雷電生馬蹄。嗟此病涉久，公私困留稽。奸民食此險，出沒如鳧鷖。似賣失船壺，如去登樓梯。不知百年來，幾人隕沙泥。豈知濤瀾上，安

〔註133〕同註124，詩集七，卷三九，頁4585、4586。

若堂與閭。往來無晨夜，醉病休扶攜。使君飲我言，妙割無牛雞。不云二子勞，歎我捐腰犀。我亦壽使君，一言聽扶藜。常當修未壞，勿使後噬臍。〔註134〕（〈東新橋〉）

昔橋本千柱，挂湖如斷霓。浮梁陷積淖，破板隨奔溪。笑看遠岸沒，坐覺孤城低。聊因三農隙，稍進百步堤。炎州無堅植，潦水輕推擠。千年誰在者，鐵柱羅浮西。獨有石鹽木，白蟻不敢躋。似開銅駝峯，如鑿鐵馬蹄。岌岌類鞭石，山川非會稽。嗟我久閣筆，不書紙尾鶖。蕭然無尺箠，欲構飛空梯。百夫下一杙，椓此百尺泥。探囊賴故侯，寶錢出金閨。父老喜雲集，簞壺無空攜。三日飲不散，殺盡西村雞。似聞百歲前，海近湖有犀。那知陵谷變，枯瀆生茭藜。後來勿忘今，冬涉水過臍。〔註135〕（〈西新橋〉）

此二詩敘述各異，汪師韓言：「〈東新橋〉先寫浮橋之狀，次言橋成之利，而以『常當修未壞』終之，驚采絕豔，直是爲浮橋作贊頌。前賢詩中無此倔奇。〈西橋〉序記事迹與東橋體格不同，而波瀾意度，開闔盡致，意曲折而筆恣肆，獨以和韻顯其奇。」〔註136〕蘇軾於此生活，細心觀照到此兩橋「昔橋本千柱，挂湖如斷霓。浮梁陷積淖，破板隨奔溪。」的情形。

　　蘇軾〈與程正輔〉尺牘之二十七及三十六皆有言及修橋之事，第二十七尺牘言：

老兄留意浮橋之事，公私蒙利，未易遽數。本州申漕司，乞支阜民監買糞土，若蒙支與，則鄧道士者可以力募緣成之矣，告與一言。某不當僭管，但目見冬有覆溺之憂，太

〔註134〕（宋）蘇軾撰，張志烈等主編：《蘇軾全集校注》詩集七（石家莊：河北人民出版社，2010年6月），卷四〇，頁4758、4759。

〔註135〕（宋）蘇軾撰，張志烈等主編：《蘇軾全集校注》詩集七（石家莊：河北人民出版社，2010年6月），卷四〇，頁4762。本校注：宋許騫《西新橋記略》記載：「橋故千柱，橫跨一壺，雨潦弗支。紹聖二年冬，僧希固築進兩岸而堤之，東坡蘇公捐腰犀以倡其役，黃門公遺金錢以助其費，而西橋新之名遂爲南州甲。」頁4763。

〔註136〕汪師韓：《蘇詩選評箋釋》收錄於《叢睫汪氏遺書》（臺北：中央研究院傅斯年圖書館），卷六，頁14。

守見禱，故不忍默也。但鄧君肯管，其工必堅久也。〔註137〕

又尺牘之三十六：

> ……。差官估所費，蓋八九百千。除有不係省諸般錢外，
> 猶少四五百千。除有不係省諸般外，於法當提、轉分
> 認。……。若減省，即做不成，縱成，不堅久矣。……。
> 做成一坐河樓橋也，必矣必矣，才元必欲成之，選一健幹
> 吏令來權簽判，專了此事。不宜，且勿應副此錢，但令只
> 嚴切指揮，且令牢繫添修竹浮橋也。……。〔註138〕

此二封尺牘皆言修橋乃當務之急，橋多處廢壞，冬有覆溺之憂。並請
鄧守安若肯管修橋之事，其工必堅久。修橋之經費需八九百千，尚少
四五百千，於法當提刑司、轉運司分認。由此得知，蘇軾熱心於公益，
體恤民間疾苦之心。

第三節　美質的內蘊──平淡開逸

嚴羽《滄浪詩話》言：「大抵禪道，惟在妙悟。詩道亦在妙悟。」
又言：「盛唐諸人惟在興趣，羚羊掛角，無迹可求。故其妙處透徹玲
瓏，不可湊泊，如空中之音，相中之色，水中之月，鏡中之象，言有
盡而意無窮。」其亦言：「工詩有別材，非關書也。詩有別趣，非關
理也，然非多讀書，多窮理，則不能極其至。所謂不涉理路，不落言
筌者，上也。詩者，吟咏性情也。」〔註139〕

蘇軾於元符三年（1100）十一月在廣東清遠還北歸舟行途中〈與
謝民師推官書〉尺牘亦言：「……。求物之妙，如繫風捕影，能使是
物了然於心者，蓋千萬人不一遇也。而況能使了然於口與手者
乎。……。」〔註140〕說明在凝神觀照萬物時產生的妙悟，如繫風捕

〔註137〕同註135，文集八，卷五四，頁5983。

〔註138〕（宋）蘇軾撰，張志烈等主編：《蘇軾全集校注》文集八（石家莊：
河北人民出版社，2010年6月），卷五四，頁6000、6001。

〔註139〕（宋）嚴羽《浪滄詩話・詩辨》（《景印文淵閣四庫全書》第1179
冊，臺北：臺灣商務印書館），頁1179-30、31。

〔註140〕同註138，文集七，卷四九，頁5292。

影於須臾間的感悟。

其於元豐元年（1078）十二月於徐州作〈送參寥師〉亦言：

上人學苦空，百念已灰冷。劍頭惟一吷，焦穀無新穎。胡爲逐吾輩，文字爭蔚炳。新詩如玉屑，出語便清警。退之論草書，萬事未嘗屏。憂愁不平氣，一寓筆所騁。頗怪浮屠人，視身如丘井。頹然寄淡泊，誰與發豪猛。細思乃不然，眞巧非幻影。欲令詩語妙，無厭空且靜。靜故了羣動，空故納萬境。閱世走人間，觀身臥雲嶺，鹹酸雜眾好，中有至味永。詩法不相妨，此語更當請。〔註141〕

「靜故了羣動」此也是他所謂「虛靜而觀動，則萬物之情畢陳於前」之最佳闡釋。「空故納萬境」即是空能容納萬象。人若虛懷應物，則萬物各就其性的呈現。此如蘇軾於〈次韻僧潛見贈〉所云：「道人胸中水鏡清，萬象起滅無逃形。」〔註142〕心處於虛明之中，宛如水與鏡一樣，能照鑒萬象之起與滅之幻化。

蘇軾在惠州時期的詩，無論是題材或內容都有變異，顯示著他在審美趣味取向的改變，由昔日的豪邁、雄健、激揚、曠達而轉向平淡自然、閑逸，是一種內心空靈淡泊的境界。此現象是由於現實人、事、心境、人文、環境、地域及景物等總總因素影響使然。在審美過程中主體會受自身的情緒、心境、生活環境、文化教養及個性特徵的影響。

一、平淡閑逸的美質，在虛靜、觀照交感中呈現

嶺南的山川景物之美，扣鎖了蘇軾的心靈。紹聖元年（1094）七月在南遷途中於江西湖口作〈壺中九華詩〉并引言：「湖口人李正臣蓄異石，九峯玲瓏，宛轉若窗櫺然。予欲以百金買之，與仇池石爲偶，方南遷未暇也。名之曰壺中九華，且以詩紀之。」

〔註141〕（宋）蘇軾撰，張志烈等主編：《蘇軾全集校注》詩集三（石家莊：河北人民出版社，2010 年 6 月），卷一七，頁 1892、1893。

〔註142〕同註141，頁 1832。僧潛，即是道潛，字參寥，本姓何，於潛（今浙江臨安西）人。

清溪電轉失雲峯，夢裏猶驚翠掃空。五嶺莫愁千嶂外，九
華今在一壺中。天池水落層層見，玉女窗虛處處通。……。
〔註143〕

雖是異石，但異石條紋中呈現之異狀奇景，彷若九華之山。按蘇軾是
詩文書畫的全才，對於自然之物之美，有其豐富想像力。五嶺的千嶂
萬峯都在此壺中，而壺中九華山上之流水瀑布乃是從天池流下，石上
諸孔如雕鏤的玉女之窗格。審美心理完全融入在異石的紋路所勾勒出
的奇景，而產生了審美意象。

〈過廬山下〉并引：「予過廬山下，雲物騰湧，默有禱焉。未午，
眾峯凜然，故作是詩。」其詩言：

亂雲欲霾山，勢與飄風南。羣隮相應和，勇往爭驂驔。可
憐薈蔚中，時出紫翠嵐。雁沒失東嶺，龍騰見西龕。一時
供坐笑，百態變立談。暴雨破塊圠，清飆掃渾酣。廓然歸
何處，陋矣安足戡。亭亭紫霄峯，窈窈白石菴。五老數松
雪，雙溪落天潭。雖云默禱應，顧有移文慚。〔註144〕

〔註143〕（宋）蘇軾撰，張志烈等主編：《蘇軾全集校注》詩集七（石家莊：
河北人民出版社，2010 年 6 月），卷三八，頁 4355。所謂「仇池石」：
蘇軾《雙石》敘：「至揚州，獲二石。其一綠色，岡巒迤邐，有穴
達於背。……忽憶在穎州日，夢人請住一官府，榜曰仇池。覺而誦
杜子美詩曰：『萬古仇池穴，潛通小有天。』」蓋此即所謂仇池石（取
自本全集校注，頁 4356、4357）。蘇過《湖口人李正臣蓄異石廣袤
尺餘而九峯玲瓏老人名之曰壺中九華且以詩紀之命過繼作》，其
詩：「至人寓居塵凡中，杖頭掛壺何從來。長房俗眼偶澄澈，一笑
市井得此翁。試窺壺中了無物，何處著此千柱宮。毗耶華藏皆已有，
不獨海上樓瀛蓬。我聞須彌納芥子，況此空洞孰不容。何人誤持一
嶂出，恍是九華巉絕峯。令人卻信劉朗語，當年霹靂化九龍。誰將
真形寫此石，太華女几分清雄。終當作亭號秋浦，刻工妙句傳無窮。」
（宋）蘇過撰 舒星校補 蔣宗許、舒大剛等注：《蘇過詩文編年箋
注》，北京：中華書局，2012 年 12 月），頁 1。《神仙傳‧壺公》：「費
長房為市椽，見市中有老翁賣藥，懸一壺於座，市罷，跳入壺內。
長房因向其學道，隨之入壺，見其中有仙宮世界。」（取自本全集
校注，頁 4356、4357）。五嶺有二說。一說指大庾、騎田、都龐、
萌渚、越城五嶺。一說指大庾、始安、臨賀、桂陽、揭陽五嶺。
〔註144〕同註143，頁 4359。

奇麗雄偉的廬山隨雲霧之起伏，景象千變萬化。旋風騰雲幾乎要籠罩整座山，忽飄高走底，彷彿驂驔爭馳的奔騰氣勢。可喜的是在雲霧瀰漫中，忽現青紫色的山。看到雁消失在東嶺之中，而雲如龍飛騰而去，現出西邊佛龕。須臾間雲與廬山變化出多樣貌的美。在地勢高底的山巒羣峯中亂雲橫掃，廓然歸何處，陋矣安足戲。現出聳立的紫霄峯，及遠處的白石菴。

　　置身於廬山之下，蘇軾於虛靜中觀照到廬山在大自然神奇力量的揮掃下，一幕一幕奇境奇景，宛若欣賞大自然的畫似地。他透過心靈的感悟，及內在的涵養，將之寫於詩中。

　　〈江西一首〉：

　　　　江西山水眞吾邦，白沙翠竹石底江。舟行十里磨九瀧，篙
　　　　聲舉确相舂撞。醉臥欲醒聞淙淙，直欲一口吸老龐。何人
　　　　得雋窺魚矼，舉叉絕叫尺鯉雙。〔註145〕

行至江西，看到白沙翠竹石底江的風景，感覺像峨嵋家鄉一樣，有種親切熟悉之感。當船行走了幾十里，遇到急流險灘，支撐船行的槳與溪中石堆相擊撞。在醉夢似醒中聽到潺潺的水流聲，冰涼沁心的空氣，眞讓人想「直欲一口吸老龐」。蘇軾已陶醉在江西的好山好水之中，並虛靜體悟到，此山水給人一種舒適感。

　　遊虔州〈塵外亭〉：

　　　　楚山澹無姿，贛水清可厲。散策塵外遊，麾手謝此世。山
　　　　高惜人力，十步輒一憩。却立浮雲端，俯視萬井麗。幽人
　　　　宴坐處，龍虎爲斬薙。……。〔註146〕

遠處楚山形狀不清晰，無法看出它的壯麗。近處的贛水清澈，可以連衣涉水。扶杖到塵外亭一遊，遠離塵世一切。站在飄雲高處俯視眾多

〔註145〕（宋）蘇軾撰，張志烈等主編：《蘇軾全集校注》詩集七（石家莊：
　　　　河北人民出版社，2010 年 6 月），卷三八，頁 4366。詩中之「直欲
　　　　一口吸老龐」句，本校注提《景德傳燈錄》卷八《襄州居士龐蘊》
　　　　言：「後之江西參問馬祖云：『不與萬髮爲侶者是甚麼人』祖云：『待
　　　　汝一口吸進西江水，及向汝道。』」頁 4367。
〔註146〕同註 145，頁 4384。

村落，而遐想道一禪師馬祖坐禪之地。此為蘇軾觸景生情聯想到馬祖事蹟。紀昀評曰：「無可著語之題，只可筆端簸弄。若泛寫山光樹色，則一首詩可題遍天下名勝矣。盛談王、孟高渾者，往往成馬首之絡，偶見之似可喜，數見之便有多少不滿人意處。」〔註 147〕而趙克宜則說：「紀氏矯空套之弊似矣。然唐人之所以高渾者，不涉議論而情景融洽，令人悠然可會故也。若必以筆端簸弄為工，則拾禪宗唾餘，作翻進一層之說，豈不一詩可題遍天下佛寺乎，蘇詩正坐此弊，而紀氏猶存左祖。甚矣，門戶之見難化也。」〔註 148〕

遊英州〈碧落洞〉：

> 槎牙亂峯合，晃蕩絕壁橫。遙知紫翠間，古來仙釋併。陽崖射朝日，高處連玉京。陰谷叩白月，夢中遊化城。果然石門開，中有銀河傾。幽龕人窈窕，別戶穿虛明。泉流下珠琲，乳蓋交縵纓。我行畏人知，恐為仙者迎。小語輒響答，空山白雲驚。策杖歸去來，治具煩方平。〔註 149〕

崎嶇眾多錯亂不齊的山巒圍繞，空曠的懸崖峭壁。在此紫翠間自古就是佛、道共存之地。山崖之北有朝陽，高峯之處可連到天帝之宮；而山北之谷有皎潔月光，夢中似乎遊幻化之城郭了，此幻化之城郭石門果然開著，而洞中之暗河及瀑布彷彿天上星河般。洞中還有深邃的深暗小閣，另有別戶雲華處在空明中。流下之泉彷彿成串之珠，灑落在帽帶上。每次低聲說話，回音就相答，而驚動空山的白雲了。蘇軾遊碧落洞，凝神洞內奇景，而產生了遐想及審美意象，尤其「小語輒響答，空山白雲驚」是物我間的感悟，境真語雋。

於廣州遊清遠縣峽山寺作〈峽山寺〉：

> 天開清遠峽，地轉凝碧灣。我行無遲速，攝衣步屢顏。山僧本幽獨，乞食況未還。雲碓水自舂，松門風為關。石泉

〔註 147〕（清）紀昀：《紀評蘇詩》（道光十四年冬栞於兩廣節署，成都：四川大學出版社影印，2007 年 4 月），卷三八，頁 66、67。

〔註 148〕（清）趙克宜：《角山樓蘇軾評注彙鈔》（清咸豐二年季夏之月），卷一七，頁 23。

〔註 149〕同註 145，頁 4405。「別戶穿虛明」是指碧落洞旁小洞，名雲華者。

解娛客，琴筑鳴空山。佳人劍翁孫，遊戲暫人間。忽憶嘯
雲侶，賦詩留玉環。林深不可見，霧雨霾髻鬟。〔註150〕

對此具有傳奇性的寺廟，感悟良多，虛靜觀照峽山寺的自然景物，觸
景生情「雲碓水自舂，松門風爲關。石泉解娛客，琴筑鳴空山。」在
雲碓水自舂中，風吹動著松門，在物我間產生了意象，寧靜的空間美
意境深，石間山泉流動清靜之聲，彷彿琴筑鳴空山的美妙之聲，令人
心靜爲之清涼沉靜，陶醉在此深邃充滿霧氣朦朧美的山林。詩意境充
滿寂寞冷落之感。

　　蘇軾於一年內，去白水山三次，其對景物的感受都不同，或許由
於心境，或與遊之人不同，或氣候、時間之不同而影響之故。於紹聖
元年十二月十二日，遊白水山時作〈白水山佛跡巖〉：

何人守蓬萊，夜半失左股。浮山若鵬蹲，忽展垂天羽。根
株互連絡，崖嶠爭吞吐。神工自爐鞴，融液相綴補。……。
峯巒尚開闔，澗谷猶呼舞。海風吹未凝，古佛來布武。……。
〔註151〕

以虛靜的心，凝神觀照、體察氣勢雄壯宏偉的景象，白水山的地形如
缺一角似地，幻想是誰看守，讓其中一部分飄流走了。浮山的氣勢好
像鵬鳥展翼，山之間的樹根株緊密糾纏在一起，山巒起伏懸崖峭壁的
山勢，其巒峯間的瀑布好像在飛舞似地，而留著的足跡，應是山尚未
凝結時，古佛來此留下的足跡。一連串對白水山景象的憧憬、幻想，
而產生了各種意象。

　　於紹聖二年（1095）十月與正輔表兄遊，作〈同正輔表兄遊白水
山〉：

───────────────

〔註150〕　同註145，頁4409。蘇軾自注：「傳奇所記孫恪、袁氏事，即此寺。
　　　　　至今有人見白猿者。」《輿地紀勝·廣州》卷八九記載：「峽山在清
　　　　　遠縣東三十里。崇山峻寺，如擘太華，中通江流。廣慶寺居峽山之
　　　　　中，有殿甚古，梁武帝時物也。舊傳黃帝二子善音律，南採崑崙竹
　　　　　爲黃鐘之管，隱於此山，祠在東廡。」《明一統志》卷七九《廣州
　　　　　府》：「廣慶寺，在清遠縣峽山。一名飛來寺。相傳寺自舒州飛至此。」
〔註151〕　同註145，頁4472。

偉哉造物真豪縱，攫土搏沙為此弄。擘開翠峽走雲雷，截
破奔流作潭洞。……〔註152〕

再遊雄麗之白水山又有不一樣的感受，讚嘆造物者的靈巧，隨意抓取
砂土捏成創作出絕美山水來。雪白壯觀巨響的瀑布，猶如河神巨靈擘
開而成，而且截破奔流作潭洞。以靈境的心境觀看景物而想像是造物
主的傑作，才有如此絕美的風景。

又〈次韻正輔同遊白水山〉言：

……。仙山一見五色羽，雪樹兩摘南枝花。赤魚白蟹著屢
下，黃柑綠橘邊常加。糖霜不待蜀客寄，荔支莫信閩人
誇。……。朱明洞裏得靈草，翩然放杖凌蒼霞。豈無軒車
駕熟鹿，亦有鼓吹號寒蛙。山人勸酒不用勺，石上自有樽
罍窪。徑從此路朝玉闕，千里莫遣毫釐差。故人日夜望我
歸，相迎欲到長風沙。豈知乘槎天女側，獨倚雲機看織
紗。……。千年枸杞常夜吠，無數草棘工藏遮。但令凡心
一洗濯，神人先藥不我遐。山中歸來萬想滅，豈復回顧雙
雲鴉。〔註153〕

白水山景觀之美，似人間仙境令蘇軾有遐想。此詩與前二首描摹的意
境渾然不同，但都有仙逸之感。此詩有飄逸出世之想，層巒疊波，興
會淋漓，逸思奔發。尤其「朱明洞裏得靈草，翩然放杖凌蒼霞。豈無
軒車駕熟鹿，亦有鼓吹號寒蛙。山人勸酒不用勺，石上自有樽罍窪。
徑從此路朝玉闕，千里莫遣毫釐差。」有遊仙之意想。

紹聖元年（1094）九月南遷赴惠州經廣州作〈廣州蒲澗寺〉言：

不用山僧導我前，自尋雲外出山泉。千章古木臨無地，
百尺飛濤瀉漏天。昔日菖蒲方士宅，後來薝蔔祖師禪。
而今祇有花含笑，笑道秦皇欲學仙（蘇軾自注：山中多含
笑花）。〔註154〕

〔註152〕（宋）蘇軾撰，張志烈等主編：《蘇軾全集校注》詩集七（石家莊：
河北人民出版社，2010 年 6 月），卷三九，頁 4652。

〔註153〕同註 152，頁 4657、4658。

〔註154〕同註 152，卷三八，頁 4420。此詩題蘇軾自注：「地產菖蒲，十二

蘇軾喜用歷史及用典故入詩，此詩以仙人安期生及秦始皇欲學仙之典故入詩。遊古寺之地，當然是古木參天，「千章古木臨無地，百尺飛濤瀉漏天。」古木參天仰視之彷彿是飛濤從天而瀉一樣，此爲蘇軾在凝神靜觀物象的審美視覺所產生的意象。

紹聖元年（1094）南遷惠州途中於廣州作〈浴日亭〉：

　　劍氣崢嶸夜插天，瑞光明滅到黃灣。坐看暘谷浮金暈，遙
　　想錢塘涌雪山。已覺蒼涼蘇病骨，更煩沆瀣洗衰顏。忽驚
　　鳥動行人起，飛上千峯紫翠間。〔註155〕

在遊浴日亭時，對日出時整座山的氣勢景象，感受到的是「劍氣崢嶸夜插天，瑞光明滅到黃灣。」高峻崢嶸拔地的山，在曙光出現的剎那間，將大地點綴的光彩奪目。「忽驚鳥動行人起，飛上千峯紫翠間。」整個畫面由靜態到動態，在黑暗中乍現萬丈毫光，驚動了棲息鳥群飛向濛濛山嵐之千山萬峯裏。

紹聖二年（1095）三月遊香積寺作〈遊博羅香積寺〉：

　　二年流落蛙魚鄉，朝來喜見麥吐芒。東風搖波舞淨綠，初
　　日泫露酣嬌黃。汪汪春泥已沒膝，剗剗秋穀初分秧。……。
　　三山屏擁僧舍小，一溪雷轉松陰涼。……。〔註156〕

蘇軾於紹聖元年十月二日到惠州，此詩所言「二年流落蛙魚鄉」是紹聖二年三月時節，以古代算法是虛年第二年。他對周遭環境的觀察細微，將惠州比喻爲蛙魚鄉，以及麥已吐芒的魚米之地的特色景象言

節。相傳安期生之故居。始皇訪之於此。」在《列仙傳》卷上記載：
「安期先生者，瑯琊阜鄉人也。賣藥於東海邊，時人皆言千歲。秦
始皇東遊，請見，與語三日三夜，賜金璧度數十萬，出於阜鄉亭皆
置去，留書以赤玉舄爲報，曰：『後數年求我於蓬萊山』始皇即遣
使者徐市、盧生等數百人入海，未至蓬萊山，輒逢風波而還，立祠
阜鄉亭海邊數十處云。」

〔註155〕同註152，卷三八，頁4427。作於紹聖元年（1094）九月，廣州浴
　　　　日亭。

〔註156〕同註152，卷三九，頁4537。蘇軾并引言：寺去縣七里，三山犬牙，
　　　　夾道皆美田，麥禾甚茂。寺下溪水，可作碓磨。若築塘百步閘而落
　　　　之，可轉兩輪四杵也。已屬縣令林抃，使督成之。

盡。在「東風搖波舞淨綠，初日泫露醽嬌黃」風吹著明淨青綠麥芒搖曳，初日時濃盛懸滴在嫩黃的麥穗上露珠，及整片麥田如波浪翻捲般的美妙，此視覺審美，惟於心靜感觸間發生。「三山屏擁僧舍小，一溪雷轉松陰涼」在大北山、象頭山、白水山三座山的環抱下，山上的僧舍顯得特別小了，而溪水洶湧奔騰，聲如雷鳴一樣，此是審美距離的審美感受。

蘇軾在惠州的詠物詩不少，如詠梅花，他紹聖元年（1094）十一月二十六日初到惠州，寓居於嘉佑寺松風亭，作〈十一月二十六日松風亭下梅花盛開〉：

> ……。長條半落荔支浦，臥樹獨秀桃榔園。豈惟幽光留夜色，直恐冷豔排冬溫。松風亭下荊棘裏，兩株玉蕊明朝暾。海南仙雲嬌墮砌，月下縞衣來扣門。酒醒夢覺起繞樹，妙意有在終無言。先生獨飲勿歎息，幸有落月窺清樽。〔註157〕

松風亭下荊棘裏獨秀超群出眾的白色梅花，在晨曦照耀下顯得特別明豔照人。盛開如雲的梅花，嬌柔的落在石階上。夜晚似乎有白衣女子來叩門，可是夢醒繞樹瞧，意境在有無間。汪師韓言：「秀色孤姿，涉筆如融風彩靄。集中梅花詩，有以清空入妙者。」〔註158〕

嶺南氣候溫暖，梅花早開，蘇軾到惠州的第二個月，見梅花紛紛落下，而作〈花落復次前韻〉：

> 玉妃謫墮煙雨村，先生作詩與招魂。人間草木非我對，奔月偶桂成幽昏。闇香入戶尋短夢，青子綴枝留小園。披衣連夜喚客飲，雪膚滿地聊相溫。松明照坐愁不睡，井華入

〔註157〕同註152，卷三八，頁4454。舊題柳宗元《龍城錄》卷上《趙師雄醉憩梅花下》：「隋開皇中，趙師雄遷羅浮。一日，天寒日暮，在醉醒間，因憩僕車於松林間酒肆傍舍，見一女子，淡粧素服，出迓師雄。時已昏黑，殘雪對月，色微。師雄喜之，與之語，但覺芳香襲人，語言極清麗。因與之扣酒家門，得數杯相與飲。少頃，有一綠衣童來笑歌戲舞，亦自可觀。頃，醉寢，師雄亦懵然，但覺風寒相襲。久之，時東方已白。師雄起視，乃在大梅花樹下。上有翠羽啾嘈相顧。」

〔註158〕汪師韓：《蘇詩選評箋釋》收錄於《叢睦汪氏遺書》（臺北：中央研究院傅斯年圖書館），卷六，頁1。

腹清而暾。先生來年六十化，道眼已入不二門。多情好事
餘習氣，惜花未忍都無言。留連一物吾過矣，笑領百罰空
曇樽。〔註159〕

「玉妃謫墮煙雨村」蘇軾虛靜觀物，從不同的觀點思維想像，他以梅
花擬人，喻梅花為玉妃，謫墮在濛濛細雨之中。「闇香入戶尋短夢，
青子綴枝留小園」梅花墜地幽香飄入夢境，而此時在枝頭已結滿小青
梅。「披衣連夜喚客飲，雪膚滿地聊相溫」在滿是梅花的氛圍中喚客
飲酒。詩中呈現詩人的浪漫情懷。宋人韋居安《梅磵詩話》言：「梅
格高韻勝，詩人見之吟詠多矣，自和靖香影一聯為古今絕唱。詩家多
推尊之，其後東坡次少遊槁字韵，及謫羅浮時，賦古詩三篇，運意琢
句，造微入妙，極其形容之工，真可企嫓孤山，以此見騷人詠物，愈
出而愈奇也。」〔註160〕

　　蘇軾喜歡食荔枝，如在〈食荔支二首〉其二言：「日啖荔支三百
顆，不辭長作嶺南人」及悼古諷今之〈荔支歎〉。於其他詩句亦看到
有說荔枝之句「悵望荔子何時丹」、「荔支莫信閩人誇」、「牆頭荔支以
爛斑」。於紹聖二年（1095）四月十一日，在惠州初嘗荔枝，所以作
〈四月十一日初食荔支〉言：

南村諸楊北村盧，白華青葉冬不枯。垂黃綴紫煙雨裏，特
與荔子為先驅。海山仙人絳羅襦，紅紗中單白玉膚。……。
雲山得伴松檜老，霜雪自困楂梨麤。……。〔註161〕

「南村諸楊北村盧」蘇軾自注：「謂楊梅、盧橘也。」對荔枝美的趣
味是「海山仙人絳羅襦，紅紗中單白玉膚。」荔枝的外殼猶如深紅色
絲綢短襖紋路，殼內一層單薄的膜就如紅紗般，荔枝甜美的瓤肉宛如
白玉膚般。他將荔枝擬人的比喻，實為罕見，且全貌描寫已盡。蘇軾

〔註159〕（宋）蘇軾撰，張志烈等主編：《蘇軾全集校注》詩集七（石家莊：
　　　　河北人民出版社，2010年6月），卷三八，頁4469。

〔註160〕（宋）韋居安：《梅磵詩話》（《叢書集成簡編》，臺北：臺灣商務印
　　　　書館，1969年4月），卷下，頁41。

〔註161〕同註159，詩集七，卷三九，頁4570。

於虛靜觀照後而對荔枝產生的人物間之共鳴。「雲山得伴松檜老，霜雪自困樝梨麤。」蘇軾又比喻說荔枝生於南方，得與雲山松柏同長，不像北方之山楂、梨子，因風霜而果質粗糙。

　　蘇軾喜歡小酌，喜歡自釀酒，在黃州他釀蜜酒，而於惠州時，他釀桂酒，其詩言：

　　　　搗香篩辣入瓶盆，盎盎春溪帶雨渾。收拾小山藏社甕，招
　　　　呼明月到芳樽。……〔註162〕（〈新釀桂酒〉）

蘇軾觀察微小事物入微，將酒發酵時呈現之狀，喻爲「盎盎春溪帶雨渾」，而「收拾小山藏社甕」想像更是神奇，他以釀桂酒之桂樹之多，形容猶如座小山似地。他以典故將桂酒比喻爲明月，將之倒入酒杯中。其以凝靜之思觀照物象，觀察到細微之物之美。

　　〈殘臘獨出二首〉：

　　　　江邊有微行，詰曲背城市。平湖春草合，步到棲禪寺。堂
　　　　空不見人，老稚掩關睡。所營在一食，食已寧復事。客來
　　　　豈無得，施子淨掃地。風松獨不靜，送我作鼓吹。〔註163〕
　　　　（〈其二〉）

此詩境象幽靜閒適。身處於閒幽之處，顯得時空與世隔絕，而能描摹此景，惟於心空無物，乃能感悟出，然「風松獨不靜，送我作鼓吹」使心靈感受到自然之音。

　　蘇軾於紹聖三年（1096）正月作〈新年五首〉：

　　　　海國空自煖，春山無限清。冰溪結瘴雨，雪菌到江城。更
　　　　待輕雷發，先催凍筍生。豐湖有藤菜，似可敵蓴羹。〔註164〕
　　　　（〈其三〉）

春天嶺南的氣候是溫暖，處處綠意盎然。帶有瘴氣之雨在溪已結冰，此時也已冰融流到江城。期待春雷帶來春雨生春筍。出產在豐湖的藤菜，作出的羹湯不遜於黃州時作的蓴羹。此詩洋溢著春天的景象，是

〔註162〕同註159，詩集七，卷三八，頁4463。
〔註163〕同註159，詩集七，卷三九，頁4701。
〔註164〕同註159，詩集七，卷四〇，頁4709。

祥和是期待。是審美主體受環境氛圍影響對客體意象產生了一片祥
和、希望與期待。

　　蘇軾謫居惠州時，初寓居合江樓、旋遷於嘉祐寺，於合江樓、嘉
祐寺二處，各遷居二次。終於，於紹聖三年（1096）有了新居，其曰：

　　　　前年家水東，回首夕陽麗。去年家水西，濕面春雨細。東
　　　　西兩無擇，緣盡我輒逝。今年復東徙，舊館聊一憩。已買
　　　　白鶴峯，規作終老計。長江在北戶，雪浪舞吾砌。青山滿
　　　　牆頭，藜髯幾雲髻。……。〔註165〕（〈遷居〉）

蘇軾在此詩并引言：「吾紹聖元年十月二日至惠州，寓居合江樓，是
月十八日，遷於嘉佑寺。二年三月十九日，復遷於合江樓。三年四月
二十日，復歸於嘉祐寺。時方卜築白鶴峯之上。新居成，庶幾其少安
乎。」嶺南氣候，尤其廣東冬暖夏炎濕，因此，蘇軾發現其四時季節
多變。在紹聖元年十月二日，出到惠州寓居合江樓，對嶺南的景物感
受是「海山葱矓氣佳哉」。所以此詩「前年家水東，回首夕陽麗」而
「去年家水西，濕面春雨細。」他對「五嶺以南，號曰炎方，乃其高
岡疊嶂，左右環合，水氣蒸之，故欝而爲嵐。」〔註166〕的氣候形態
在此詩前四句言盡。

　　「長江在北戶，雪浪舞吾砌。青山滿牆頭，藜髯幾雲髻」龍川江
的雪白水浪洶湧衝急著石階，牆外青山起伏，形狀宛如美麗的髮髻一
樣，遠近高低各不一的審美視覺感受。

　　紹聖四年（1097）三月二十九日作〈三月二十九日二首〉：

　　　　門外橘花猶的皪，牆頭荔子已斕斑。樹暗草深人靜處，卷

────────────

〔註165〕同註159，詩集七，卷四〇，頁4746。水東：王文誥云：「嘉佑寺在
　　　　歸善寺後。惠人以歸善爲水東。」水西：王文誥注云：「合江樓，
　　　　在惠州府東江口，……惠人以惠州府爲水西。」白鶴峯：依據查注：
　　　　「《名勝志》：『白鶴峯在惠州城東五里，高五丈。』」危太樸《東坡
　　　　書院記》：「白鶴峯在歸善縣北十餘步，下臨大江，遠瞰數百里。惠
　　　　州之勝處也。」取自本校注頁4747。長江：東江，即龍川江。
〔註166〕（清）汪森：《粵西文載・氣候論》（《景印文淵閣四庫全書》第1466
　　　　冊，臺北：臺灣商務印書館），頁1466-697。

簾敞枕臥看山。〔註167〕（〈其二〉）

橘花開的正燦爛，而牆頭探出來的荔子，已呈現熟透顏色了。在樹暗草深幽靜的地方，斜臥躺著看窗外的遠山。此詩顯的蘇軾的心境處在閒適悠哉的狀態，所以看到的景象是如此的清淨、祥和。

二、美的內蘊，在妙悟中體現

蘇軾南遷赴惠州時，沿途隨景隨物，心境時有起伏跌宕，觀其〈南康望湖亭〉：

> 八月渡長湖，蕭條萬象疏。秋風片帆急，暮靄一山孤。⋯⋯。
>
> 〔註168〕

在八月，節氣已進入秋天，所以看到蕭條的景象。秋風橫掃湖面，遠處的帆船急速漂流，而暮色中的山也顯得孤寂，此時，審美的心與物已相融，心境已入意象之中，霎時妙悟到「秋風片帆急，暮靄一山孤」的孤寂之美。復如〈鬱孤臺〉：

> ⋯⋯。山爲翠浪湧，水作玉虹流。日麗崆峒曉，風酣章貢秋。丹青未變葉，鱗甲欲生洲。嵐氣昏城樹，灘聲入市樓。煙雲侵嶺路，草木半炎州。⋯⋯。〔註169〕

登上鬱孤臺，凝神觀照山如一片青綠色的波浪，水流如白玉般，物象給予的審美感受，妙悟到的是動態中之美。視野所及是風和日麗，水波盪漾，山嵐布滿圍繞，草木叢生之景象。

紹聖元年（1094）九月經廣州清遠縣作〈清遠舟中寄耘老〉：

> 小寒初度梅花嶺，萬壑千巖背人境。清遠聊爲泛宅行，一夢分明墮鄉井。覺來滿眼是湖山，鴨綠波搖鳳凰影。⋯⋯。
>
> 〔註170〕

「小寒初度梅花嶺，萬壑千巖背人境」，遠離人間的萬壑千巖大庾嶺

〔註167〕 （宋）蘇軾撰，張志烈等主編：《蘇軾全集校注》詩集七（石家莊：河北人民出版社，2010 年 6 月），卷四〇，頁 4833。

〔註168〕 同註 167，詩集七，卷三八，頁 4363。

〔註169〕 同註 167，詩集七，卷三八，頁 4378。

〔註170〕 同註 167，詩集七，卷三八，頁 4413。

已微寒了。「覺來滿眼是湖山，鴨綠波搖鳳凰影。」醒來霎時看到鴨頭綠的竹子隨風搖動，妙悟到恰似鳳凰之樣，此景意象已物我相融。蘇軾也是書畫家，所以對事物的視覺感觸有藝術家的敏感與想像。

見〈上元夜〉：

……。今年江海上，雲房寄山僧。亦復舉膏火，松間見層層。散策桄榔林，林疎月朧朧。使君置酒罷，簫鼓轉松陵。狂生來索酒，一舉輒數升。浩歌出門去，我亦歸薈騰。〔註171〕

今年在嶺南惠州，寓居在寺中。夜晚，美的景象，在燈火照射下，閃爍穿梭於層層的松林，此時扶杖散步於桄榔林中，月光照射下的桄榔影子猶如散亂的髮絲。夜色美景，燈火月色中，美得有點夢幻，於是大喝大醉於朦朧酣醉之中了。

見〈同正輔表兄遊白水山〉：

……。曳杖不知巖谷深，穿雲但覺衣裳重。坐看驚鳥救霜葉，知有老蛟蟠石甕。金沙玉礫粲可數，古鏡寶奩寒不動。……。歸路霏霏湯谷暗，野堂活活神泉湧。解衣浴此無垢人，身輕可試雲間鳳。〔註172〕

「曳杖不知巖谷深，穿雲但覺衣裳重」此二句充滿意境之美，惟於虛靜空明的心靈方能妙悟。白水山雲煙離合，不可端倪，且霧氣濕重，在雲霧間行走，衣服都濕了，尤其在「坐看驚鳥救霜葉」瞬間捕捉到美的畫面，是驚心動魄的，因為知有老蛟蟠石甕。「歸路霏霏湯谷暗，野堂活活神泉湧」此時白石山的湯谷意象是在濛濛小雨之中，而聽到佛迹院的靈湯泉潺潺流動之聲，整個時空猶似一幅滿是意境的畫絹一樣。在此意境中解衣沐浴於湯泉之中，以清淨無垢染，此時身心輕鬆舒適好比飛翔於雲間之鳥之鳳。

見〈次韻正輔表兄江行見桃花〉：

……。淨眼見桃花，紛紛墮紅雨。蕭然振衣裓，笑問散花

〔註171〕同註167，詩集七，卷三九，頁4492、4493。
〔註172〕同註167，詩集七，卷三九，頁4652、4653。

女。我觀解語花，粉色如黃土。……。〔註173〕

蘇軾以佛教能洞見事物實像之法眼，即是心靜之心，觀萬物之相。在物我相融的審美感悟，見到飄落的桃花猶如下紅雨的美妙，此時已無我之相，惟物與我合一。

見〈次韻正輔同遊白水山〉：

……。朱明洞裏得靈草，翩然放杖淩蒼霞。豈無軒車駕熟鹿，亦有鼓吹號寒蛙。山人勸酒不用勺，石上自有樽罍窪。徑從此路朝玉闕，千里莫遣毫釐差。故人日夜望我歸，相迎欲到長風沙。豈知乘槎天女側，獨倚雲機看織紗。……。

〔註174〕

白水山在羅浮之東麓，而羅浮山是葛洪煉丹之地，所以蘇軾赴惠州途中，遊羅浮山時說「人間有此白玉京」，因此對羅浮山、白水山充滿著對道家仙遊遐想之思。在羅浮山沖虛觀後的朱明洞裏的靈草，身輕疾放杖淩蒼霞。豈無軒車駕熟鹿，也有寒蛙的鳴叫著。隱居之士飲酒不用酒器勺子，因為以石上窪坑為酒樽。從此路通往天帝、仙人居住之宮闕，應是千里莫遣毫釐之差。而故人日夜望我歸，相迎欲到長風沙。豈知乘槎天女側，獨倚雲機看織紗。

蘇軾以道家思維冥想白水山彷彿人間仙境，此為其虛心觀照白水山後，妙悟到一種縹緲虛無的仙境意象。

宋代周紫芝《竹坡詩話》云：

林和靖賦梅花詩，有「疏影橫斜水清淺，暗香浮動月黃昏」之語，膾炙天下殆二百年。東坡晚年在惠州，作梅花詩云：「紛紛初疑月挂樹，耿耿獨與參橫昏。」此語一出，和靖之氣遂索然矣。〔註175〕

〔註173〕 同註167，詩集七，卷三九，頁4523。

〔註174〕 同註167，詩集七，卷三九，頁4657。

〔註175〕 （宋）周紫芝撰：《竹坡詩話》（《景印文淵閣四庫全書》第1480冊，臺北：臺灣商務印書館），頁1480-673。此詩蘇軾《再用前韻》全詩：「羅浮山下梅花村，玉雪為骨冰為魂。紛紛初疑月挂樹，耿耿獨與參橫昏。先生索居江海上，悄如病鶴棲荒園。天香國豔肯相顧，

　　此言是，雖然對相同的物象，但因主體審美經驗、審美觀照、審美心理的感受不同而有異。主體對美的感悟，有文化、社會、時空環境、心境，以及造語用詞用字之內蘊之不同，表現的審美就有別。

　　紹聖元年（1094）蘇軾〈再用前韻〉寫了梅花詩：

> 羅浮山下梅花村，玉雪爲骨冰爲魂。紛紛初疑月挂樹，耿耿獨與參橫昏。先生索居江海上，悄如病鶴棲荒園。天香國艷肯相顧，知我酒熟詩清溫。蓬萊宮中花鳥使，綠衣倒挂扶桑暾。抱叢窺我方醉臥，故遣啄木先敲門。麻姑過君急掃灑，鳥能歌舞花能言。酒醒人散山寂寂，惟有落蕊黏空樽。〔註176〕

此詩蘇軾以梅花自喻，自己獨居在嶺南，宛如病鶴棲荒園。在孤寂的時候只有高潔的梅花懂我「知我酒熟詩清溫」，在酒醒人散後，在冷冷清清山裏「惟有落蕊黏空樽」的不離棄。在梅花盛開時，虛靜觀照，以梅花的高潔之梅格，思到自己，因此以此自喻自身之際遇。

　　「紛紛出疑月挂樹，耿耿獨與參橫昏」此二句歷代學者各有不一認同，有的以爲「語奇麗」，有的則說「此直是全不知詩之語。黃魯直若平和靖詩……『月挂樹』及『參橫昏』，則用典而已，有何功夫。」〔註177〕而筆者則認爲用典即能如此的自然，豈是「而已」能言之，乃是博學渾然之功夫，是對高潔的梅有了妙悟，引發心物間的和諧。

　　紹聖三年（1096）正月蘇軾寓居合江樓，凝神觀照嶺南暮冬的景象，感悟到初春萬物甦醒的自然現象，因此作〈新年五首〉：

> 曉雨暗人日，春愁連上元。水生挑菜渚，煙濕落梅村。小

知我酒熟詩情溫。蓬萊宮中花鳥使，綠衣倒挂扶桑暾。抱叢窺我方醉臥，故遣啄木先敲門。麻姑過君及掃灑，鳥能歌舞花能言。酒醒人散山寂寂，惟有落蕊黏空樽。」

〔註176〕　（宋）蘇軾撰，張志烈等主編：《蘇軾全集校注》詩集七（石家莊：河北人民出版社，2010年6月），卷三八，頁4458。

〔註177〕　（清）陳衍：《石遺室詩話》（臺北：臺灣商務印書館，1929年）卷二七，頁11。

市人歸盡,孤舟鶴踏翻。猶堪慰寂寞,漁火亂黃昏。〔註178〕
　（〈其一〉）

在農曆正月初七時下著濛濛雨,將春天籠罩在春愁中,直到上元節日。習俗「人日」節日要挖七種菜煮羹,所以在洲中陸地挑菜,此時的梅花村在濛濛煙雨中。人們都已回家了,惟見鶴棲息在搖晃的孤舟上,突然點點漁船燈火點亮,照明了此孤寂的景象。此意象猶如一幅春雨濛濛的畫境,是孤寂,是寧靜。

〔註178〕同註176,卷四〇,頁4707。詩中之「人日」是指農曆正月初七。
　　南朝梁宗懍《荊楚歲時記》:「正月七日為人日。以七種菜為羹」風
　　俗一直延續至宋代。（本校注頁4708）